Ensemble.
Maintenant.
Pour toujours.

EMILY BLAINE

ENSEMBLE.
MAINTENANT.
POUR TOUJOURS.

ROMAN

HARPERCOLLINS FRANCE
83-85, boulevard Vincent-Auriol, 75646 PARIS CEDEX 13.

www.harlequin.fr

ISBN 978-2-2803-9136-8 — ISSN 2271-0256

Note de l'auteur

À la sortie de chaque livre, c'est un peu l'angoisse. Va-t-il plaire ? Les héros séduiront-ils mes lecteurs ? Parviendrai-je à les faire rêver encore un peu ?

À la sortie de *Toi. Moi. Maintenant ou jamais*, je me suis posé ces questions. C'était un livre riche, avec des héros que j'aimais profondément. Je me souviens d'une remarque de Sophie, mon éditrice, à la fin du processus éditorial : « On va te réclamer une suite. » J'ai haussé les épaules. Si je devais écouter tout ce que me dit Sophie (je l'écoute, néanmoins, la plupart du temps !)...

Et la prédiction de Sophie s'est réalisée. À chaque rencontre, à chaque salon, à chaque interview, vous me demandiez si l'histoire de Charlotte et Jérémiah allait faire l'objet d'un nouvel opus. Et surtout vous me demandiez des nouvelles des autres personnages — Gemma, David, Théo, Summer et même Tate — comme vous vous seriez inquiétés de proches dont vous n'auriez plus de nouvelles. Alors, j'ai fait comme vous, je suis allée m'enquérir de ce qu'ils devenaient.

Rassurez-vous, ils vont bien. Vous le constaterez par vous-même en découvrant *Ensemble. Maintenant. Pour toujours*. Théo et Summer m'ont émue, touchée et parfois agacée. J'espère qu'ils vous toucheront, vous émouvront et vous agaceront aussi. Parce que je crois qu'un livre est réussi quand on ressent ce que les héros ressentent, quand on vit, les mains serrées sur le livre, les questionnements de leur histoire. Dans ce livre, plus que dans les autres, il est question de confiance, d'amitié, de lâcher-prise et surtout de savourer ce que le destin met sur notre route.

Peut-être parce que je suis une éternelle optimiste, j'ai tendance à croire que les épreuves nous rendent plus forts, que les embûches ne sont qu'une source supplémentaire de motivation. C'est le message que j'ai voulu faire passer à travers l'histoire de Théo et Summer : même avec un début de vie très chaotique, on peut être heureux.

Théo et Summer sont maintenant tout à vous, prêts à dévoiler une partie de leur histoire. Et tout ça, comme toujours, c'est aussi grâce à vous, qui me soutenez maintenant depuis quatre ans, à chaque sortie d'un livre. Votre enthousiasme et votre énergie sont un véritable moteur. Merci à vous, et surtout ne changez rien.

Un merci particulier aux équipes de HarperCollins France, qui sont toujours — comme vous — très enthousiastes et qui m'accompagnent avec une confiance incroyable dans tous mes projets.

Un dernier merci pour mes proches : mon mari, qui me soutient, me fait rire, m'aime et sait me faire prendre du recul ; mes enfants, que je regarde grandir avec fierté et émotion ; mes amis, qui sont un vrai soutien, toujours curieux, toujours ravis ; mes parents, qui ont finalement réussi à se faire à l'idée que leur fille écrive ; mes collègues (eh oui !), qui me font garder les pieds sur terre et m'offrent tout un tas d'idées de prochains romans.

Je vous adresse une dernière courbette de gratitude, vous lance un dernier merci, et je vous laisse prendre soin de Théo et de Summer.

Summer

Théo me tendit la main puis m'aida à sortir de la voiture. Il leva les yeux vers les fenêtres de mon appartement et demanda :

— Charlotte est là ?

— Non. Elle est avec ton frère. Je suis souvent seule, dernièrement.

— Tu t'ennuies ?

— J'ai du travail : ça occupe l'esprit.

Je rivai les yeux au sol, incertaine. Je ramenai ma veste sur mes épaules et relevai les yeux vers Théo. Il m'adressa un sourire chaleureux, de ceux qu'il me réservait lorsque nous étions tout l'un pour l'autre. Durant notre dîner, nous avions parlé de la Fondation, de son frère, de mon travail. Nous avions ostensiblement évité le sujet de notre relation.

Peut-être qu'il n'y avait rien à dire.

— Tu veux monter ? demandai-je subitement.

— Tu proposes par politesse ou par envie ?

— Par habitude : tu sais, je dîne avec un homme différent chaque soir, plaisantai-je.

— Je me pensais vaguement privilégié.

— En effet. Toi, je te laisserai entrer.

Il posa sa main dans le bas de mon dos, et de l'autre poussa la lourde porte d'entrée de l'immeuble. Théo me dirigea vers l'ascenseur, qui nous fit monter, dans un sifflement sinistre, jusqu'à l'étage de mon appartement. Pendant ce court trajet, je gardai les yeux fixés sur la porte, me demandant si je n'étais pas un peu cinglée d'avoir invité Théo chez moi. Notre dîner n'était pas un rencard, mais il y ressemblait. Et le faire monter ici ne faisait qu'accentuer cette impression. Je secouai la tête, en maudissant Charlotte : le tourbillon romantique et nostalgique dans lequel elle vivait ces derniers mois essayait visiblement de m'embarquer moi aussi.

Je tirai nerveusement mon trousseau de clés de mon sac à main et bondis hors de la cabine aussi vite que possible. Théo me suivit et attendit patiemment que j'ouvre la porte. J'ignorai son parfum entêtant et me réfugiai dans l'appartement.

— Un café ? Je n'ai rien de mieux.

— Avec plaisir.

Je retirai ma veste et la déposai sur une chaise. Théo fit le tour de l'appartement, admirant les quelques photos disposées ici et là, pendant que je nous servais. Mon accès de nervosité m'agaçait. J'avais accepté ce dîner, j'avais décidé de le faire monter ici, nous étions adultes et responsables. Je ne savais même pas ce que je craignais.

— Assieds-toi, proposai-je.

— Je pensais plutôt à autre chose.

Je me décidai à affronter le regard de Théo. Un

regard si brûlant et intense que mon corps tout entier se tendit. Je pris une profonde inspiration, me composai un visage aussi neutre que possible et lui tendis sa tasse. En silence, il prit nos deux cafés et les reposa sur la table basse.

— Laisse-toi faire. Pour une fois, ajouta-t-il.

Il posa sa main droite dans le bas de mon dos et m'attira contre lui. J'étouffai un cri de surprise, coincée entre son corps et le canapé.

— Fais-moi confiance, murmura-t-il, rassurant.

Je me contentai de hocher la tête, laissai Théo récupérer son téléphone dans sa poche. Il lança une musique douce, posa l'appareil sur le canapé, puis prit ma main dans la sienne.

— Tu veux qu'on danse ? m'étonnai-je.

— Je cherche à canaliser la légère panique que je vois dans ton regard.

— Je ne panique pas !

— Si. Je ne ferai rien que tu ne veuilles pas, Summer. Je connais tes limites.

Je poussai un soupir et me laissai aller contre lui. Ma main libre se referma sur son épaule et, lentement, contre Théo, je dansai. Contrairement à ce qu'il avait imaginé, cela ne m'apaisa pas. Mon cœur frappait dans ma poitrine à m'en faire mal et je contenais difficilement le frisson de désir qui courait dans mon dos.

Je relevai les yeux vers Théo, retrouvant son regard protecteur sur moi.

— Nous n'avions jamais fait ça, chuchotai-je.

— Peut-être que nous devrions le faire plus souvent.

Lentement, il abaissa son visage, ses yeux verts ancrés aux miens, comme pour s'assurer que j'étais d'accord. Je n'attendis pas que ses lèvres atteignent les miennes, je me hissai sur la pointe des pieds et le retrouvai à mi-chemin. Notre baiser fut timide, presque craintif. Si j'étais effrayée, Théo, lui, était prudent. Dans sa volonté de ne pas me brusquer, il parvenait même à retenir son désir.

Je nouai mes bras autour de sa nuque et ma langue se faufila entre ses lèvres. Théo me repoussa contre le canapé, s'abandonnant à notre étreinte. Ses lèvres étaient chaudes, douces et particulièrement conquérantes. Je gémis contre sa bouche et caressai ses épaules. J'avais souvent imaginé ce baiser ; j'avais prévu de ressentir du plaisir, d'avoir le cœur battant, d'être renversée d'émotion.

Mais Théo avait raison. Ce que je ressentais était proche de la peur panique, comme si je franchissais une limite inviolable derrière laquelle un terrible danger me guettait. Je finis par m'écarter, les mains crispées sur sa chemise.

Théo me fixa, perdu et le souffle court.

— On ne devrait pas, balbutiai-je.

— Quoi ?

— On… On ne devrait pas.

Hagarde, je ne parvins même pas à prononcer une explication à mon comportement. Théo réajusta sa veste, puis, sans ajouter quoi que ce soit, quitta l'appartement.

Ensemble. Maintenant. Pour toujours.

Je fixai la porte pendant de longues secondes, espérant qu'il fasse demi-tour et vienne me retrouver. Après presque dix minutes, je me résolus à accepter la situation : j'allais passer la nuit seule.

Encore.

Six mois plus tard

Je fronçai les sourcils devant l'écran de mon ordinateur. Nous traînions ce projet depuis des semaines. Des semaines d'études, de réunions, de comptes rendus et de projections financières. Le lancement produit avait déjà été retardé d'un mois. À l'approche de Noël, nous ne pouvions plus nous permettre d'attendre. Je feuilletai à nouveau le dossier marketing, étudiant l'analyse de risques. Si j'en croyais mes collègues qui l'avaient rédigée, la période des fêtes nous garantissait des ventes et une exposition maximale. Cependant, la concurrence était agressive et plus innovante. Avec un soupir, je décidai de revoir à la baisse la courbe des ventes. Mieux valait être prudente et s'offrir la possibilité d'une belle surprise sur le chiffre d'affaires.

Je m'enfonçai dans mon siège et, du bout des doigts, je me frottai les tempes, refoulant un début de migraine. Les yeux clos, je bougeai ma nuque dans des petits mouvements circulaires. Un gémissement de douleur m'échappa, mais la tension dans mes muscles ne diminua pas. Ce n'était guère surprenant : depuis plusieurs semaines, j'enchaînais les soirées de travail au bureau. À l'heure où la plupart des gens envisageaient de se mettre au lit, j'étais encore vissée sur mon fauteuil et rivée sur mon écran d'ordinateur, gardant pour seul éclairage ma lampe de bureau. J'appréciais le calme qu'offraient les bureaux déserts. Le téléphone ne sonnait plus, les mails ne pleuvaient plus, je n'étais plus interrompue constamment dans mes réflexions. C'était certainement mon moment préféré de la journée, un moment qui me faisait apprécier la solitude et le silence.

J'avais hérité du bureau de l'ancien directeur financier. À mon arrivée, j'avais complètement rénové la pièce. Les placards vieillots avaient été remplacés par d'élégants meubles en bois et j'avais fait repeindre en blanc cassé les murs jaunis et mouchetés de traces rectangulaires de cadres photo. Mon prédécesseur avait affiché sa vie entière dans ce bureau : ses diplômes, les photos de ses enfants, les articles de presse sur la société et même ses souvenirs de parties de pêche. Personnellement, je n'avais accroché qu'une seule photo : un cliché en noir et blanc de la plage de Norfolk.

Beaucoup de mes collègues y voyaient un symbole de sérénité et de solitude. Certains, en découvrant la photo, se contentaient de sourire, avant de me demander s'il s'agissait d'un lieu que j'aimais particulièrement.

Ils se trompaient tous.

Cette photo me rappelait tout ce que j'avais fui et tout ce que je ne voulais pas revivre. Cette photo symbolisait tout le chemin parcouru depuis le lycée. Cette photo, c'était ma revanche.

Depuis ce bureau, au 35e étage, qui m'offrait une vue impeccable sur Manhattan, je pouvais affirmer fièrement que j'avais réussi. Contre toute attente, j'avais réussi. J'avais grimpé les échelons, j'avais obtenu un poste important, un bureau spacieux et le privilège de choisir mon mobilier — un fauteuil confortable et un bureau laqué blanc. Je gagnais très bien ma vie, j'étais indépendante. Et, cette réussite, je ne la devais à personne. Cette photo, c'était ma fierté et le rappel que, même avec la plus mauvaise donne au départ, on peut remporter la partie.

Un sourire victorieux aux lèvres, je repris mon dossier. Avec un peu de chance, je pourrais terminer cette présentation assez rapidement pour rejoindre Charlotte et les autres au Rooftop. La perspective de retrouver mes amis me donnait un nouvel élan.

— Vous allez finir par me coûter très cher en heures supplémentaires !

Je quittai mon écran des yeux et vis Logan, mon patron, appuyé sur le chambranle de la porte de mon bureau. En cette fin de semaine, il avait renoncé à sa veste et remonté les manches de sa chemise immaculée sur ses avant-bras. Sa cravate desserrée et ses cheveux ébouriffés trahissaient la fin d'une longue réunion. Il triturait un dossier bleu entre ses mains.

— J'allais justement vous demander une augmentation, plaisantai-je.

— Vous êtes ici depuis moins d'un an. Ça serait peut-être un peu… précipité, non ?

— En dix mois, j'ai réussi à vous faire économiser presque 30 % de vos frais financiers, notre marge s'est améliorée de 12 % et nous sommes en avance sur la trajectoire du plan stratégique, débitai-je tout en arrangeant le visuel de ma présentation.

Logan étouffa un rire et, quand je me détournai enfin de mon ordinateur, il eut une moue partagée entre stupéfaction et incrédulité.

— Et je vous ai offert deux cafés cette semaine, complétai-je en m'enfonçant dans mon fauteuil.

Il s'écarta de la porte et entra dans mon bureau. Je me redressai, vérifiant machinalement l'état de ma tenue. Je tirai sur ma jupe et passai une main nerveuse dans ma chevelure. Je n'aimais pas l'idée que mon patron envahisse mon espace. J'étais habituée à ses intrusions ponctuelles. Mais nous étions vendredi soir, il était tard et il apparaissait bien trop détendu pour traiter d'un sujet professionnel. Pour moi, il était essentiel que mes relations de travail demeurent strictement professionnelles. Nous pouvions être collègues, mais rarement amis. Je buvais mon café en solitaire dans mon bureau, déjeunais rarement avec mes collègues, ne racontais pas mes week-ends. Je cloisonnais ma vie professionnelle et ma vie personnelle avec force et détermination, quitte à passer pour une femme froide et trop ambitieuse. Et Logan, en particulier parce qu'il était mon patron, ne ferait pas exception à cette règle.

Ensemble. Maintenant. Pour toujours.

Pourtant, quand ses yeux sombres trouvèrent les miens, un agréable picotement parcourut ma colonne. Logan était le représentant de la troisième génération à la tête de l'entreprise. Son père avait fait fructifier la petite entreprise familiale, la transformant en multinationale florissante. Avec son prestigieux diplôme de Harvard, Logan était désormais chargé de faire voguer le navire aussi vite que possible vers de nouvelles contrées de réussite. Son ambition, son succès, alliés à son physique avantageux — épaules carrées, yeux sombres, sourire conquérant, corps athlétique —, le rendaient assez séduisant. Un peu lisse, à mon goût, mais résolument le genre d'homme qui aurait pu m'attirer en dehors du contexte professionnel.

— Sur quoi travaillez-vous ? demanda-t-il en posant son dossier sur mon bureau.

— À votre avis ?

Il se glissa derrière moi et son parfum à base d'amande amère m'assaillit de toutes parts. J'eus soudain la sensation d'étouffer et luttai contre l'envie de m'écarter de lui : je détestais cette proximité physique. Un court silence s'installa, pendant qu'il parcourait les conclusions de ma présentation sur l'écran de mon ordinateur. Tendue, je posai ma main droite sur la souris, prête à faire défiler mes *slides*.

— Intéressant, murmura-t-il finalement.

— C'est l'hypothèse la plus prudente. Les ventes seront certainement très bonnes, mais…

— … mais le produit n'est pas assez innovant pour

rattraper notre écart sur le marché. Je partage votre point de vue, Summer.

Il se redressa et je respirai mieux à nouveau. Logan n'était pas un patron particulièrement sévère ou pénible, mais je n'avais jamais supporté qu'on envahisse mon espace vital.

— Et j'aimerais que vous le défendiez lundi après-midi, devant nos actionnaires. Je tente de les convaincre depuis plusieurs mois que nous devons investir dans la recherche. Qu'en dites-vous ?

— J'en dis que vous allez vraiment devoir m'augmenter.

Il se contenta d'un sourire énigmatique, puis appuya ses fesses contre mon bureau. Je restai à distance, mal à l'aise. Logan ne me touchait plus, mais j'avais toujours la sensation désagréable d'être acculée. Ses mains agrippèrent le rebord et son regard accrocha le mien. Je me tendis à nouveau, devinant un léger changement dans son attitude. Le patron s'effaçait au profit de l'homme.

— J'en dis que je vais devoir vous offrir un café, proposa-t-il.

— Ça vous fera toujours un café de retard.

— En finance, il faut toujours envisager deux hypothèses : la plus favorable…

— … et la moins favorable.

Je reculai mon fauteuil, instaurant une distance nécessaire, puis pivotai pour lui faire face. Même si Logan n'avait aucune chance avec moi, j'étais curieuse de connaître ses intentions. Je croisai les bras sur ma poitrine et, d'un regard, je l'encourageai à poursuivre. Il reprit :

— L'hypothèse la plus favorable étant évidemment que vous acceptiez ce café. Disons... Ce soir ?

Il se saisit d'un de mes stylos et joua avec, dissimulant son hésitation derrière un visage neutre. Je me risquai à lui sourire, le trouvant, malgré tout, très touchant. Il donnait la sensation de n'avoir jamais abordé une fille de toute sa vie. Brutalement, son regard s'arrêta sur le stylo et il fronça les sourcils, comme perdu.

— Fondation Montgomery ? fit-il en me rendant mon stylo.

— J'ai assisté à une vente de charité dernièrement.

— Mon père a participé à certaines de leurs bonnes œuvres. Comment connaissez-vous la Fondation ?

Logan haussa un sourcil curieux, attendant une explication plus détaillée. Je le dévisageai pendant quelques secondes, me demandant si sa question était sincère ou si elle visait à me rappeler que nous ne fréquentions pas le même monde. J'avais toujours détesté cette forme de condescendance. Logan connaissait mon parcours : un lycée d'une petite ville, une université publique et moyenne et une bourse d'études maigrichonne. J'avais lutté pour me faire une place au soleil, pendant que lui attendait seulement que son père se retire.

— J'ai fréquenté le même lycée que Jérémiah, avouai-je dans un soupir fatigué.

— Vous étiez au lycée avec le pilote de course Jérémiah Montgomery ?

— Nous sommes très bons amis, en effet.

Je jetai un coup d'œil à ma montre. J'étais officiellement en retard. D'ici quelques minutes, mon téléphone serait inondé de messages s'inquiétant de mon absence. Je me retournai vers mon écran et enregistrai mon travail. Avec un peu de chance, je trouverais du temps d'ici lundi pour finaliser ma présentation.

— Ce qui me fait penser à l'hypothèse la moins favorable, reprit Logan.

— Celle où je refuse le café ?

— Celle où je n'aurai jamais ni le café ni la femme.

— Je n'ai pas dit non au café.

— Summer, je ne vais pas faire comme si c'était vraiment ce café qui m'intéressait. Pour être tout à fait honnête, je suis venu ici avec la ferme intention de vous inviter à dîner. Le café est déjà un compromis à peine acceptable.

La détermination et la franchise de Logan me tirèrent un sourire. Au moins, la proposition était nette : il me draguait ouvertement. Je me levai de mon fauteuil et glissai mon ordinateur dans ma sacoche.

— Malheureusement, mon patron vient de me confier une présentation imprévue pour lundi, et je dois travailler.

Au sourire conquérant qui s'étira sur ses lèvres, je compris que mon argument tombait à l'eau. Malgré tout, je tentai une nouvelle esquive :

Ensemble. Maintenant. Pour toujours.

— Vous n'allez tout de même pas choisir de prendre un café avec moi au détriment des actionnaires.

— Absolument pas. Voyez-vous, quelque part entre l'hypothèse la plus favorable et la moins favorable, j'ai envisagé une option intermédiaire.

— Est-ce que je suis censée être admirative ? l'interrogeai-je en rassemblant mes dossiers.

— Si votre cuisine préférée est la cuisine italienne et que vous aimez les tortellinis quatre fromages, oui !

Il ouvrit le dossier bleu qu'il avait apporté et me tendit un menu de la trattoria au coin de la rue. Le souffle coupé par son aplomb, je finis par lâcher :

— Je vous demande pardon ?

— Le livreur sera là dans quinze minutes.

— Vous avez commandé à manger, en pensant que j'allais accepter de rester ici avec vous ?

— Pour travailler. Travailler et faire connaissance. J'ai très envie de vous connaître et je me suis dit que…

— Logan, je ne fais pas… ça. Je ne suis pas le genre de femme qui sympathise avec ses collègues de bureau et je suis encore moins le genre de femme qui dîne avec son patron sous prétexte qu'il y a un dossier à finir.

Mon ton était sec et sans équivoque. À ce stade, le café, ce compromis si détestable à ses yeux, n'était même plus une option pour moi.

— Je ne mélange pas le boulot et… et le reste, dis-je finalement en lui rendant son menu.

Il se redressa, encaissant mon refus. J'enroulai mon écharpe autour de mon cou et ajustai mon bonnet sur ma tête. Logan affichait une mine embarrassée, et je me sentis brutalement mal d'avoir été si sèche. À force d'imposer une distance de sécurité entre le reste du monde et moi, j'en oubliais ce qu'était une relation. Le désastre de mon baiser avec Théo en était une preuve éclatante : depuis cette soirée, je maintenais une distance qui s'apparentait à un fossé et tentais de trouver une solution pour sauver notre amitié vacillante.

— Et... J'ai déjà une soirée prévue.

— L'hypothèse la moins favorable, murmura-t-il. Je n'ai ni le café ni la femme. Est-ce qu'un jour j'aurai l'un ou l'autre ?

— Je peux vous offrir un café lundi matin.

— Parfait. Et juste après je vous vire.

À nouveau, il ouvrit le dossier et me tendit une lettre à l'en-tête de la société. Médusée, je parcourus le courrier, découvrant que Logan avait rédigé une parfaite lettre de licenciement, incluant même le détail de mes indemnités.

— Comme ça, vous n'aurez plus à mélanger travail et plaisir, sourit-il.

— Ça ressemble de plus en plus à du chantage.

Je lui rendis son courrier, nullement impressionnée par son accès d'autoritarisme. Cette lettre n'était qu'un leurre : Logan m'avait déjà fait comprendre plusieurs fois qu'il était ravi de m'avoir dans l'équipe. Son ambition professionnelle lui interdisait de sacrifier l'un de ses meilleurs éléments. Toutefois, qu'il ait pensé à ce genre de détails avant de débouler dans mon bureau me tira un rire.

— Non, ce qui serait du chantage, ça serait de vous présenter un avenant à votre contrat incluant cette fameuse augmentation dont nous parlions.

— Juridiquement, ça s'appelle même de la corruption. Vous tentez le tout pour le tout ?

J'enfilai mon manteau et pris le temps de le boutonner en espérant une réponse de la part de mon patron. Ces efforts pour me séduire étaient inutiles, mais, sans que je comprenne vraiment pourquoi, ils me touchaient. La plupart des hommes que je rencontrais n'avaient pas sa témérité : au premier refus, ils battaient en retraite et fonçaient sur une autre proie.

Le seul homme qui avait tenu bon, c'était Théo, le frère de Jérémiah. Indéboulonnable. Toujours là, malgré tout. Encore ce soir — comme depuis de nombreux soirs —, il s'invitait dans mes pensées.

— Je tente de réveiller la joueuse qui sommeille en vous. J'ai besoin que vous pariiez sur moi, Summer.

— Joueuse ?

J'étais piquée au vif. Dans le passé, j'avais effectivement eu recours à de nombreux paris : une méthode rapide, efficace et simple pour me faire de l'argent. Théo avait d'ailleurs été partie prenante de ces paris.

— J'ai écouté attentivement ce que vous avez dit cet après-midi en réunion : vous avez parlé d'un pari dangereux et d'un gain aléatoire. Et puis vous avez ça, sur votre bureau.

De l'index, il indiqua un cadre photo.

— C'est la première chose que vous avez installée à votre arrivée ici.

Sa remarque sonnait comme une demande d'explication. Un silence s'imposa entre nous, pendant que mon regard embrassait le cadre. Un souvenir pénible me saisit et je passai mon index sur ma lèvre inférieure. À chaque fois que je regardais ce cadre, je repensais à la façon dont Théo avait fini par me convaincre d'accepter son aide. Il ne m'avait laissé aucun choix, me forçant à ouvrir les yeux sur ma vie d'adolescente revêche. Sans lui, sans cette carte, je ne serais jamais parvenue à m'en sortir.

— Une carte à jouer ? insista-t-il.

— Un dix de trèfle.

— Gagnant ?

Ses questions trahissaient sa curiosité mais je n'avais aucune intention de lui expliquer ce que signifiait cette carte pour moi. C'était trop personnel pour être partagé. Même Charlotte, ma plus proche amie, ne connaissait pas cette histoire.

Je me laissai happer par mes souvenirs. Oui, ce jour-là, j'avais perdu. Heureusement : ce dix de trèfle m'avait certainement sauvé la vie. Comme le cadre sur le mur, cette carte était un souvenir doux-amer ; elle me rappelait d'où je venais, ce que j'avais traversé et à quoi tenait ma réussite.

— Je ne veux pas parler de ça. Pas avec vous, en tout cas. Il faut que j'y aille, dis-je finalement.

— Summer, je ne voulais pas...

— La présentation sera prête lundi et vous pourrez m'offrir un café à mon arrivée, qu'en dites-vous ?

Ses épaules s'affaissèrent en signe de défaite. Ses multiples hypothèses n'avaient pas abouti. Je m'en voulais de lui faire de la peine, mais avoir une relation personnelle avec mon patron était une limite inviolable. En deux minutes de conversation, il avait remué ce que je m'évertuais à enterrer depuis plusieurs semaines. Parler de cette carte revenait à parler de Théo. Et ce qu'il y avait entre lui et moi, notre histoire, nos secrets, notre lien, ne regardait personne. Surtout pas mon patron inquisiteur.

— À lundi, lançai-je en quittant mon bureau.

— Summer ?

— Oui ?

— Je peux vraiment vous virer, vous savez. Si ce n'est que ça, le problème.

Il effaça la distance entre nous et je reculai d'un pas. Il n'y avait aucune menace dans sa remarque, aucune volonté manifeste de se séparer de moi. Juste un fait qui laissait entendre une question.

— J'aurais déjà posé ma démission, si ce n'était que ça, le problème.

— Le problème a-t-il un lien avec Jérémiah Montgomery ?

— Jérémiah est fiancé à ma meilleure amie.

Un bref sourire flotta sur ses lèvres. Il était soulagé de ma réponse. Je contins un soupir exaspéré : pourquoi les hommes pensaient-ils toujours que le refus d'une femme était forcément lié à un autre homme ? Dans mon cas, il n'y avait personne.

— Café, lundi, dit-il.

Je hochai la tête et il m'escorta jusqu'à l'ascenseur. Ce n'est qu'une fois les portes closes que je m'appuyai contre la paroi, épuisée par cette conversation. Je fermai les yeux et me massai le front.

Dans mon cas, il n'y avait *presque* personne.

Après vingt minutes de métro, je débouchai finalement sur le trottoir longeant le Rooftop. À grandes enjambées, je rejoignis le bar et saluai le barman d'un hochement de tête ; il m'adressa un signe de la main, avant de me désigner le toit.

Nous étions en hiver mais mes amis prenaient encore un malin plaisir à siroter un verre en plein air. Je détestais le froid et je ne comprenais pas leur entêtement : les cocktails étaient tout aussi délicieux dans une salle chauffée.

Je n'avais personne à séduire et j'envisageais de passer un bon moment avec Gemma et Charlotte. Je les retrouvai dans un coin de la terrasse, discutant avec animation sur un des canapés en cuir noir mis à disposition. Au-dessus d'elles, je remarquai un chauffage au gaz. Je déboutonnai mon manteau, retirai mon bonnet et ajustai ma jupe. Mon chemisier blanc était un peu strict, mais, pour ce soir, il ferait l'affaire. Gemma me repéra presque immédiatement et bondit du canapé pour m'accueillir.

Elle détailla ma tenue et cala ses poings contre ses

hanches, avec une mine contrariée. Son impétueuse chevelure rousse encadrait son visage pâle. Gemma avait gardé certains traits de l'enfance, une forme de douceur et bienveillance dans le regard qui la rendait systématiquement sympathique.

— Tu sors du bureau ?

— Bonjour à toi aussi ! Eh oui, je sors du bureau. Et je vais sûrement passer une partie de mon week-end à bosser, ajoutai-je en désignant ma sacoche.

Elle grimaça et se réinstalla sur le canapé. Charlotte se leva à son tour et m'offrit une accolade amicale.

— Tu as l'air exténuée, me murmura-t-elle à l'oreille.

— Je vais bien, je t'assure.

Elle scruta mon visage en s'écartant de moi. À son regard, je compris qu'elle savait que je mentais. Elle, en revanche, affichait une mine superbe. J'étais ravie pour elle, ravie de retrouver la Charlotte du lycée.

— On va reprendre des cocktails, proposa Gemma.

Elle fit signe à la serveuse et commanda nos boissons. Je gardai mon manteau sur le dos et m'installai dans un fauteuil face à elles. Charlotte jeta un œil à sa montre, puis vérifia son téléphone.

— On attend quelqu'un ?

— Jérémiah doit venir nous rejoindre, normalement. Son avion a dû atterrir depuis au moins une heure.

Elle joua avec sa bague de fiançailles, affichant un air rêveur. Depuis qu'elle avait retrouvé son amour de jeunesse, ma meilleure amie avait aussi retrouvé son tempérament d'avant, elle souriait plus, se laissait aller. Jérémiah avait su la convaincre de partager sa vie, malgré sa passion dévorante pour la course et la peur panique de Charlotte. J'appréciais de les voir évoluer ensemble. Il y avait entre eux une confiance et un amour absolu qui me rendait presque envieuse.

Personnellement, je gérais ma vie amoureuse comme je gérais la vie d'un produit marketing : à l'instant où je perdais ma marge cruciale d'indépendance et où les indicateurs « plaisir » et « curiosité » s'effritaient, je m'éloignais. Aussi, à l'instar des produits saisonniers, les hommes entraient dans ma vie et en sortaient tout aussi rapidement, et je ne faisais rien pour les retenir. Rien ne me donnait envie de les garder près de moi, de toute façon.

— On commençait à s'inquiéter, reprit Gemma. On a dû laisser deux messages sur ton répondeur.

— J'ai fini tard… Et mon patron a tenté de me draguer.

— Ton patron, c'est bien Logan Walsh ? m'interrogea Gemma.

— Lui-même !

— Pauvre homme, se lamenta-t-elle dans un rire.

— Tu l'as envoyé promener ? demanda Charlotte.

— J'ai été plus diplomate. J'ai accepté un café lundi matin.

— Cet homme sait-il que tu as accepté uniquement pour le café et pas pour lui ?

La serveuse déposa nos cocktails sur la table et je levai mon verre en direction de mes deux amies. Elles m'imitèrent et nous échangeâmes un sourire.

— Il ne le sait pas encore, mais il l'apprendra très

vite, assurai-je. Honnêtement, j'ai surtout accepté pour éviter qu'il revienne à la charge.

— Serait-ce si dramatique d'avoir une relation avec ton patron ? demanda Charlotte avant de boire une gorgée de son cocktail.

— Tu pourrais lui laisser une chance, renchérit Gemma. On parle quand même de Logan Walsh, le type qui arrive à me faire comprendre une stratégie financière en m'évitant d'avoir une migraine !

— Tu le connais ? m'inquiétai-je soudainement.

En une seconde, j'envisageai une myriade de possibilités : Logan pouvait être un parent d'un des élèves de Gemma, elle pouvait aussi l'avoir rencontré à la faveur d'une de ses visites à mon bureau.

— J'ai lu un de ses articles dernièrement. C'était fascinant. Il est brillant et porte des costumes sur mesure, vraiment, je ne vois pas pourquoi tu n'apprécies pas qu'il te drague.

— Pourquoi ? Pour être à sa disposition ? Et je ne veux pas que ma carrière soit entachée par ça. Je dois mon job à mes compétences, pas à autre chose. Je ne veux rien devoir à Logan ni à quiconque.

— Ce qui veut donc dire que cette tournée est pour toi ? lança Charlotte en riant.

— Évidemment. Quoi de neuf de votre côté ?

— Oh... Eh bien, j'ai recommandé un stock de gommettes, j'ai distribué deux bisous magiques, j'ai découpé une ribambelle de sapins de Noël et j'ai fini ma journée par une réunion avec les parents pour leur expliquer la prochaine sortie pédagogique. Et pendant ce temps Charlotte évitait la prison à un pauvre type et, toi, tu faisais fructifier les actions du groupe. Vous sauvez le monde, les filles. Moi, je me contente de… chanter des comptines !

Je haussai un sourcil pendant que Gemma, assoiffée par sa tirade, buvait son verre d'un trait. Son métier d'institutrice la passionnait, mais parfois la monotonie de ses journées lui pesait.

— Tu éduques les cerveaux de demain, pondéra Charlotte. Cerveaux qui ne finiront sûrement pas en prison.

— Et qui feront fructifier tout un tas de comptes offshore. Tu as un métier tellement plus important que le nôtre, Gemma, continuai-je, en hochant la tête de concert avec Charlotte.

Gemma fit la moue. Elle était loin d'être convaincue. Charlotte me lança un regard, m'encourageant silencieusement à trouver un nouvel argument, mais rien ne me venait.

— Tu sais, ce type avait quand même détroussé une femme âgée ! Je ne suis pas spécialement fière de lui avoir évité la prison.

— Certes. Mais personne ne m'a offert de café ni dragué ouvertement aujourd'hui !

— Je peux aisément résoudre l'un des deux problèmes, fit une voix masculine derrière moi.

Charlotte se leva du canapé et Jérémiah l'étreignit. Elle lui murmura quelque chose à l'oreille et le sourire de son fiancé s'élargit. Elle pivota dans ses bras, son dos plaqué contre son torse, pendant que les mains de Jérémiah trouvaient sa taille.

— Je peux tout à fait t'offrir un café demain, continua Jérémiah. Sans sucre et avec une pointe de lait, je crois.

— Vous voulez savoir ce qui est profondément injuste ? demanda Gemma en se renfonçant sur le canapé. Ce qui est injuste, c'est que Jérémiah sache parfaitement comment j'aime mon café alors qu'il est un ami. Normalement, ce genre d'information est réservé à un public averti, non ?

— Pas faux, marmonnai-je.

Théo savait parfaitement que j'aimais mon café très serré. Il savait aussi je détestais l'art contemporain et que j'avais toujours rêvé de réussir une belle photo. Le genre d'information qui, effectivement, aurait dû le faire basculer d'ami à petit ami.

Je poussai un soupir las. Théo me manquait.

— Tu es venu seul ?

— Non. D'ailleurs, mon acolyte devrait résoudre le deuxième problème de Gemma dès ce soir.

Cette dernière se redressa aussitôt et son regard balaya la terrasse : un véritable chien de chasse en quête de sa proie. J'étouffai un rire, tout en observant Jérémiah du coin de l'œil.

— Dis-moi que tu as ramené un pilote de course ! fit Gemma. Un grand brun, aux yeux sombres, qui sent l'huile cramée et a les mains pleines de graisse.

— Tu veux sortir avec un pilote ?

— J'ai vu de très beaux spécimens de cette espèce. Donc où est cet ami qui doit me draguer ?

— Je suis là.

Je sursautai presque en reconnaissant la voix de mon frère. Gemma se figea, pétrifiée. Son regard embrassa à nouveau la terrasse, cette fois-ci à la recherche d'une issue.

— Bonsoir, Gemma.

Un silence embarrassant s'installa et mon amie se ratatina sur le canapé. Elle tenta de se réfugier dans son verre, avant de réaliser qu'elle l'avait vidé quelques minutes auparavant. Décidée à dissiper le moment de gêne, je me levai et saluai mon frère.

— D'ici quelques minutes, elle aura retrouvé sa voix, dis-je en le serrant dans mes bras.

David m'embrassa sur la joue et je pris une seconde pour admirer son teint hâlé. Il était habillé d'un pull en laine écru, en lieu et place de son T-shirt habituel, et un jean brut.

— Tu aurais dû me dire que tu rentrais, je serais venue te chercher à l'aéroport.

— J'ai rejoint Jérémiah sur sa dernière course et je n'ai pas pu refuser de rentrer en jet privé. Quand il m'a dit qu'il vous rejoignait ici, j'ai pensé que ce serait l'occasion de… draguer ouvertement Gemma.

Un léger sourire souleva ses lèvres. Je savais que Gemma et David avaient échangé un baiser. Ensuite, il avait choisi de suivre un stage de plusieurs mois en Californie. Maintenant qu'il était de retour, leur histoire — leur baiser — n'était plus en suspens.

— Tu as l'air fatiguée, remarqua-t-il. Dis-moi que tu vas faire une pause pendant les fêtes !

— Je ne crois pas que ce sera possible. Viens t'asseoir, on va boire un autre verre.

Il hocha la tête, puis contourna la table pour embrasser Charlotte. Il s'approcha de Gemma et un éclat de panique brilla dans le regard de cette dernière. Tant que David était loin, elle n'avait pas eu à se préoccuper de leur relation, mais, maintenant qu'il était face à elle elle ressemblait à une biche face à un chasseur.

— Tu as coupé tes cheveux, remarqua-t-il.

— Oh. Euh… Oui, un peu.

Elle captura une mèche de sa chevelure entre ses doigts et la tritura nerveusement.

— Est-ce que je peux t'offrir un verre ?

— Je…

— Je vais même mettre une option sur tous tes prochains verres.

— Je… Je comptais partir, en fait. J'ai… J'ai un début de migraine et…

Elle se leva du canapé, manqua de renverser nos verres vides et s'agita pour enfiler son écharpe puis boutonner son manteau avec bien trop d'application. David suivit ses gestes du regard, parfaitement immobile. Pourtant, dans ses yeux clairs, je lus la déception. Je lui adressai un sourire désolé, et il me rassura d'un geste de la main : apparemment, il s'était préparé à ce type de réaction. Il prit la place de Gemma sur le canapé, pendant que Charlotte se lovait dans les bras de Jérémiah.

— Gemma, avant que tu partes, on a quelque chose à fêter, lança Charlotte.

Elle prit une profonde inspiration et entrelaça ses doigts avec ceux de son fiancé.

— J'ai plaidé ma dernière affaire aujourd'hui.

— Quoi ? fis-je, entre sidération et inquiétude. Tu as fait quoi ?

— J'ai plaidé ma dernière affaire.

— Tu quittes New York ?

Mon regard passa de ma meilleure amie à Gemma, puis à David. Pourquoi étais-je la seule à être affolée ? Charlotte et moi étions amies depuis plus de dix ans, je la considérais comme une sœur. Je la voyais déjà moins depuis que Jérémiah était revenu dans sa vie, c'était inimaginable de ne plus du tout la voir !

— Je quitte juste mon poste, Summer. Et je vais avoir besoin de vous pour la suite.

— Charlotte, cesse les effets de manche et dis-nous plutôt ce que tu mijotes ! m'agaçai-je.

— Je vais avoir besoin de vos talents pour le ménage, le nettoyage de vitres et... le ponçage dès ce week-end.

— Tu reprends la boutique ! hurla finalement Gemma.

J'eus à peine le temps de voir Charlotte acquiescer que Gemma se ruait sur elle pour la féliciter. Apparemment, elle s'était remise du choc du retour de mon frère. Je me levai à mon tour, me retrouvant coincée entre mes deux amies.

— Tu as fini ce fichu meuble, alors ? interrogeai-je Charlotte.

Je fis semblant de ne pas voir les larmes dans ses yeux. Sa mère lui avait offert ce meuble — un bureau Art déco — lors de sa dernière année de lycée. Elle ne l'avait jamais fini et Jérémiah avait comploté pour rapatrier ce bureau dans un ancien magasin de tricot. Magasin de tricot que Jérémiah avait proposé de transformer en boutique.

C'était ce que Charlotte avait toujours voulu.

— Il me servira de bureau dans la boutique, confirma-t-elle.

Jérémiah porta la main de sa fiancée à ses lèvres et l'embrassa avec tendresse. Les voir ensemble, si liés, si complices, me rendait toujours nostalgique. Dix ans auparavant, nous plaisantions sur les courses autour d'un feu de camp, sur la plage. En dix ans, nous étions devenus adultes.

— Tu peux compter sur moi, dis-je.

— Et ton boulot ?

— Rien qu'un litre de caféine et une nuit blanche ne pourront résoudre. Et j'ai toujours rêvé de poncer !

— Je viendrai aussi, assura Gemma.

— Et ensuite on dînera à l'appartement, si vous voulez. David, tu seras des nôtres ? demanda Jérémiah.

— Je dois au moins un verre à Gemma, donc oui !

— Tu viens pour elle ou tu viens pour moi ? s'esclaffa Charlotte.

— « Elle » est toujours là, râla Gemma en enroulant son écharpe autour de son cou.

— En plein délit de fuite, soulignai-je.

Gemma m'adressa un regard assassin. Du coin de l'œil, je vis David froncer les sourcils et passer une main agacée dans sa courte chevelure blonde.

— Je tenterai de faire venir Théo et de le sortir de son bureau de président du conseil d'administration, soupira Jérémiah.

Mon attention fut aussitôt piquée. Cette histoire de nettoyage me donnait un prétexte rêvé pour revoir Théo sans avoir à prendre les devants. J'avais très envie de le revoir, mais j'aurais aimé qu'il fasse le premier pas, plutôt que de me laisser seule à jongler avec mes émotions. Quelque part, je lui en voulais d'être parti aussi vite, sans m'avoir laissé le temps de lui fournir des explications. J'espérais que lui ne m'en voulait pas.

Ce dont je doutais, vu la manière dont je l'avais repoussé.

— Il ne se traîne plus de vernissages en dîners mondains ? ironisai-je.

— Il travaille sur la refonte de la Fondation. Il veut moderniser l'image de Montgomery. Ça devrait aboutir sous peu.

— Tu pourras lui dire que Summer sera là, cingla Gemma.

Au travail, j'avais l'habitude des coups bas et des remarques désagréables, mais venant de Gemma, la fille la plus drôle que je connaissais, cela m'étonnait.

Ensemble. Maintenant. Pour toujours.

Apparemment, ma petite pointe d'ironie l'avait touchée plus que je l'imaginais.

— Je le lui dirai, promit Jérémiah. Mais je ne suis vraiment pas certain qu'il vienne !

— Dis-lui que ma voiture a besoin d'une révision, tenta David. Ça le fera venir.

— Est-ce que je dois être vexée qu'il soit davantage motivé par une voiture que par moi ? demandai-je à Charlotte dans un rire.

— Tu dois. Tu peux ! La dernière fois que je l'ai vu, il était effectivement assez occupé, le défendit-elle. Il n'a même pas dîné avec nous.

Malgré moi, je culpabilisais. Théo avait été un témoin privilégié de mon adolescence chahutée. Il m'avait protégée, il m'avait aidée, alors même que je n'attendais plus rien de personne. Puis il y avait eu l'accident, un trou noir dans notre relation, qui avait tout aspiré autour de nous. Dix ans plus tard, nous nous étions retrouvés. Plus vieux, plus matures, engagés dans nos vies professionnelles respectives. Nous avions retrouvé notre complicité, nos rires, notre lien si particulier et intense... Mais quelque chose avait changé. Nous étions maladroits, toujours sur nos gardes, comme si nous craignions de nous faire du mal. Théo passait beaucoup de temps à m'observer, en silence, pendant que je tentais de combler le vide à grand renfort de rires faux.

Je l'avais invité à dîner. Parce que je me sentais seule, parce que j'avais envie de partager ma soirée avec quelqu'un, j'avais fini par l'appeler. Fidèle à notre histoire, il était venu. Et puis il y avait eu ce baiser. Ce seul et unique baiser : une erreur, un accident. J'en avais eu envie, je l'avais souvent imaginé… Mais la perspective de perdre notre amitié m'avait fait peur.

Je trouvais maintenant tout cela ironique : parce que je ne voulais pas le perdre, je l'avais repoussé. Et, en le repoussant, je craignais maintenant d'avoir perdu encore plus. Le Théo que j'avais retrouvé me manquait. Sa franchise me manquait. Sa façon de me regarder comme si j'étais merveilleuse me manquait. Maintenant, je voulais qu'on reprenne notre relation, je voulais oublier ce baiser ridicule, passer du temps avec lui, lui raconter mes états d'âme, retrouver notre complicité. J'avais besoin de Théo, parce qu'il représentait une forme d'équilibre dans ma vie.

Mais nous nous étions éloignés. Ce baiser, qui pendant quelques secondes nous avait rapprochés, était maintenant synonyme de froide distance. Plusieurs fois, j'avais songé à l'appeler, répétant inlassablement les premiers mots que je lui dirais — un mélange absurde d'excuses et de rires —, mais j'avais toujours fini par renoncer. Nous aurions pu décréter que ce baiser n'était qu'un accident, nous aurions pu en rire, nous aurions pu nous dire que notre amitié était trop importante pour être détruite.

Oui, nous aurions pu. Mais, de toute évidence, quelque chose entre nous avait changé depuis ce soir-là.

— Donc je compte sur vous ? s'assura Charlotte.

— Avec plaisir.

— Il faut que j'y aille, lança Gemma.

— Tu ne veux pas boire un dernier verre avec nous ? On doit fêter ça !

Face à moi, David me remercia d'un mouvement furtif de la tête ; il avait l'air vraiment déçu du départ précipité de Gemma.

— Pas ce soir, non. Je… J'ai…

— … la migraine, finit David pour elle, avec une pointe de lassitude dans la voix.

À la façon dont elle enfonça ses poings dans les poches de son manteau en laine gris, je devinais que Gemma n'appréciait pas cette remarque. Loin de se démonter, il continua :

— C'est ce que tu nous as servi il y a cinq minutes quand j'ai voulu te proposer un verre. Je présume que cette migraine n'a pas disparu miraculeusement !

Il arqua un sourcil, la défiant de lui répondre. Défier Gemma n'était pas la meilleure des idées : elle avait du tempérament et n'appréciait pas qu'on lui reproche ses choix.

— Non, en effet. Pardon de ne pas atteindre ton niveau en ce qui concerne les excuses !

— Ce n'était pas une excuse, je devais vraiment faire ce stage ! se défendit mon frère.

Un silence gênant s'installa autour d'eux. Je lançai un regard perdu à Charlotte et Jérémiah, cherchant, en vain, un moyen de changer de sujet ou de calmer leurs échanges. S'ils devaient parler, ils devaient le faire seul à seul. Gemma se tourna vers Charlotte :

— Je viendrai à la boutique demain. Bonne soirée, tout le monde !

Elle contourna la table, le visage contrarié et le regard sombre de colère. Elle m'adressa un signe de la tête pour me saluer et se dirigea à grandes enjambées vers l'escalier qui menait au rez-de-chaussée du bar.

— Tu devrais la rattraper, dit Jérémiah à mon frère.

— Pas ce soir, non. Commandons une nouvelle tournée. Histoire de me coller la migraine à moi aussi, ajouta-t-il dans un murmure agacé.

Deux heures plus tard, je marchais en direction de mon appartement, escortée par mon frère. Entre Charlotte qui désertait l'appartement que nous partagions pour passer la majorité de ses nuits chez Jérémiah et David qui était parti à l'autre bout du pays, la solitude me pesait de plus en plus. J'étais ravie d'avoir un peu de temps avec mon frère. J'enroulai mon bras autour du sien, espérant qu'il se confie à moi.

David était pudique. Dès qu'il avait pu, il avait quitté la maison familiale pour tenter sa chance à New York. Notre jeunesse était un sujet tabou ; David ne ressentait aucunement le besoin d'en parler, de mon côté, je faisais comme si rien ne s'était jamais passé. C'était ce que m'avait dit ma mère, ce soir-là : « Si on t'interroge, tu dis qu'il ne s'est rien passé. » Son regard implorant et sa voix chevrotante avaient suffi à me convaincre. Je chassai les souvenirs et demandai à mon frère :

— Alors, raconte-moi ton stage ! Je veux tout savoir !

— C'était bien. Très bien, même : du soleil, des

plages. Des incendies, ajouta-t-il dans un sourire. J'ai pu parfaire facilement ma technique.

— Tu as pris en muscles aussi, soulignai-je en pressant son biceps.

— Aussi. Porter des lances, ça aide. Et toi, raconte-moi. Je te vois trimballer ce truc partout — il désigna la sacoche de mon ordinateur —, ça commence à m'inquiéter.

— J'ai de quoi m'occuper.

— Tu travailles trop.

— Je dois travailler, objectai-je. J'ai besoin de prouver que je mérite ce poste. Je ne veux pas finir dans une boîte de seconde zone, David. Je veux... Je veux être maîtresse de mon destin.

— Tu as mérité ce poste à l'instant où tu as postulé. J'aimerais juste te voir... Je ne sais pas... Heureuse ? J'ai l'impression que tu te noies dans le travail, que tu t'y investis au détriment de ta vie.

— De la part du type qui n'a pas donné de nouvelles depuis presque trois mois à cause de son stage, je trouve cette remarque plutôt gonflée, dis-je en riant.

— Ce que je fais me plaît. Je ne pourrais pas faire autre chose.

— Ce que je fais me plaît aussi !

David s'arrêta et me lança un regard incrédule. Je levai les yeux au ciel et, d'un mouvement du bras, l'encourageai à reprendre notre marche. Il soupira lourdement et m'assena un léger coup de coude dans les côtes.

— Qu'est-ce qui te plaît là-dedans ? demanda-t-il en désignant trois immeubles modernes de bureau.

— J'ai travaillé dur pour ce poste.

— Je n'en doute pas. Mais je me demande ce qui te plaît. Moi, tu vois, j'aime mon métier parce que ça me permet d'aider les gens, de leur parler, de leur sauver la vie, parfois. Je me sens utile, je me sens... Je me sens mieux d'avoir su les tirer d'un mauvais pas.

— Tu es pompier. N'importe qui se sent minable à tes côtés !

— Ce n'est pas le but. Je demande juste ce qui te plaît dans ton métier.

— Je participe au cycle de l'entreprise, à sa réussite. J'analyse, je compare, j'optimise, je propose des campagnes marketing. Je suis au cœur de la commercialisation. Ça me plaît, David ! Et je plais ! Je reçois chaque jour une nouvelle offre d'emploi.

— Plus jeune, tu étais tellement plus... enjouée, plus créative.

— Quand j'étais plus jeune, tout était bon pour m'évader de ma chambre. Mon imagination a été mon salut. Maintenant, je gagne correctement ma vie, je suis libre et indépendante. Je n'ai plus besoin de rêver.

— Et ça explique que tu travailles autant ?

Nous tournions en rond, et la direction de notre conversation m'agaçait profondément. Certes, je travaillais beaucoup, certes, je n'avais pas vocation à sauver le monde, mais j'aimais mon métier. J'aimais ce que j'étais devenue et le pouvoir sur ma vie que cela me conférait. Je contrôlais tout.

— Pourquoi t'inquiètes-tu autant ? demandai-je finalement.

— C'est mon job, Summer : prendre soin de toi, m'assurer que tu vas bien.

— Qui a décrété ça ?

— Moi. Je n'ai pas toujours été présent. J'aurais pu être un meilleur grand frère, mieux te protéger. Mais maintenant que nous sommes ici, ensemble, je reprends mon rôle. Et donc je veille sur toi. Théo m'a demandé de garder un œil sur toi.

Je ravalai ma déception. Pendant des années, Théo s'était dévoué pour me protéger ; il n'aurait confié cette mission à personne. Qu'il demande à David de s'assurer que j'allais bien me faisait du mal. Théo, de lui-même, instaurait de la distance entre nous. Aussi, ma réaction acerbe fusa :

— En échange de quoi ? Une vidange ?

— Tu vaux au moins une révision complète et un jeu de plaquettes de frein, répondit mon frère dans un rire. Et, crois-moi, Théo est dur en affaires.

— Je vais bien, David. Dis-le à Théo, ajoutai-je un ton plus bas.

— Vous êtes en froid ?

— Non. Enfin… Je ne sais pas. Je ne crois pas. Nous sommes surtout tous les deux très occupés.

Brutalement, ma solitude me sauta aux yeux. Ma meilleure amie avait déserté l'appartement, mon métier m'occupait intensément, je ne m'autorisais presque aucune sortie. Nous avions nos vies, nous buvions des verres... Pourtant, j'étais seule la plupart du temps. J'avais moi-même œuvré à cet état de fait, en repoussant toutes les nouvelles rencontres, aussi bien dans ma vie personnelle que professionnelle.

Théo, lui, dirigeait la Fondation. Son frère préférait passer son temps sur les circuits, laissant son aîné se débattre avec le conseil d'administration. J'imaginais qu'il devait avoir du travail, lui aussi.

Lui et moi avions beaucoup de points communs : nous étions incapables de nous parler et nous préférions nous enfoncer dans le travail que d'affronter nos vies personnelles.

— Je l'appellerai, dis-je finalement, en me le promettant.

— Il n'attend que ça, j'en suis sûr. Il t'aime bien...

— J'avais oublié à quel point tu étais incroyablement fleur bleue !

— Je ne fais qu'énoncer une évidence.

Je levai les yeux au ciel, cherchant un nouveau sujet de conversation. Je n'avais pas besoin d'une analyse de ma relation avec Théo ; entre la fatigue et les souvenirs nébuleux de notre baiser, j'étais hors d'état d'argumenter.

— Cela étant, reprit mon frère, je suis bien incapable de comprendre ce qui se passe entre vous.

— Il ne se passe rien.

David m'adressa un regard sombre, brillant de contrariété. Je me pinçai les lèvres, comme prise en flagrant délit de mensonge éhonté.

— Il ne se passe rien de ce que tu imagines, complétai-je. Je ne l'ai pas vu depuis des semaines.

— Ce qui vous lie est beaucoup plus fort que quelques semaines d'éloignement. Personne ne peut vraiment le comprendre, mais... Écoute, appelle-le, je sais qu'il serait ravi de t'entendre.

— Je le ferai, je t'assure. Mais, tu sais, la différence entre toi et moi, c'est que Théo ne m'a pas draguée.

— Au vu de l'efficacité du stratagème, j'aurais peut-être dû m'abstenir, ronchonna mon frère.

Il secoua la tête, agacé. À mon visage, il comprit immédiatement que j'en savais bien plus que ce qui s'était passé ce soir. David s'arrêta net, manquant de faire trébucher un couple de passants près de nous.

— Qu'est-ce qu'elle a raconté, au juste ?

— Une vague histoire au sujet d'un baiser accidentel.

— C'est ce qu'elle a dit ? Un baiser accidentel ?

Son inquiétude se mua en incrédulité. Ses lèvres se soulevèrent et il éclata d'un rire sonore, qui résonna contre le bitume. Je le fixai, interdite. Gemma m'avait effectivement raconté leur baiser. Et dans mes souvenirs il n'y avait rien eu de particulièrement drôle.

— Quoi ? Elle a menti ? demandai-je quelques instants après. Ce n'était pas accidentel ?

— Ce n'était pas un seul baiser.

Je tentai de me souvenir en détail du récit de Gemma. Je l'avais pourtant écoutée attentivement, mais ma mémoire me jouait des tours. Même le lieu du crime m'échappait.

— Oh. Euh… Elle nous a juste dit que c'était arrivé une fois. Et par hasard.

— Le premier, oui. Les autres, non.

— Les autres ? Elle n'a jamais parlé d'autres baisers ! m'écriai-je, stupéfaite. Combien d'autres ?

— Deux. Pourquoi as-tu l'air si choquée ? Gemma n'est pas la première fille que j'embrasse, tu sais. Et même que je…

— Je ne veux rien savoir de plus, le coupai-je en reculant prudemment d'un pas. Je me doute bien que Gemma n'est pas la première, c'est juste que… d'habitude, elle n'est pas du genre cachottière.

— Non, ça, c'est toi !

— Je suis célibataire et je n'ai rien à cacher. Où s'est déroulé ce premier baiser ?

— À la caserne. Elle est venue en repérage pour une visite de sa classe et… Bref, on a discuté et… Et depuis elle ne cesse de prendre la fuite. J'ai cru que mon stage finirait par nous rapprocher.

— Comment 8 000 km de distance pourraient vous rapprocher ? David, c'est une idée vraiment tordue. Gemma est du genre simple : invite-la à dîner, envoie des fleurs.

— Tu crois qu'elle finira par céder ?

— Elle a pris la poudre d'escampette en te voyant débarquer : elle a déjà craqué.

Mon frère hocha la tête. Au lycée, il plaisait à toutes mes copines de classe. À l'époque, il avait une épaisse tignasse châtain clair, des yeux bleu azur et une mine de poète maudit. Même en cas de canicule, il veillait toujours à cacher son corps sous des pulls trop grands et des jeans trop longs, ce qui lui conférait une aura de mystère. Aucune fille n'avait jamais réussi à l'approcher, et cela le rendait d'autant plus attirant.

L'adolescence était désormais un lointain souvenir et David s'aventurait maintenant dans un domaine qu'il avait choisi d'ignorer : les relations amoureuses.

Je pressai ma main sur son épaule. J'avais pris cette histoire avec Gemma pour un véritable accident. Apparemment, David y attachait une réelle importance. J'en voulais presque à Gemma de faire du mal à mon frère.

— J'essayerai de savoir pourquoi elle est si distante, il y a forcément une explication. Je lui proposerai un petit déjeuner hypercalorique et je la priverai de beignets tant qu'elle n'aura pas parlé !

Mon frère étouffa un rire et enroula son bras autour de mes épaules pour me serrer contre lui. Il déposa un baiser tendre sur mon front et murmura un faible « merci ». Nous traversâmes la rue et, quelques mètres plus loin, nous fûmes devant l'entrée de mon immeuble.

— Ne travaille pas trop, me recommanda mon frère en m'étreignant.

— Ne sauve pas trop de vies !

— Et prends soin de toi, ajouta-t-il en déposant un baiser sur ma joue. Appelle Théo.

— Tu radotes !

— Tu vis dans le déni. Appelle-le.

Il s'écarta de moi et me pressa la main une dernière fois avant de me laisser entrer dans mon immeuble. Il attendit patiemment que la porte principale se referme avant de m'adresser un ultime salut et de rebrousser chemin. Je grimpai dans l'ascenseur aux humeurs capricieuses pour rejoindre mon appartement.

Dès que je franchis le seuil, le silence qui y régnait me fit l'effet d'une gifle. Jusqu'ici, la solitude ne m'avait jamais posé problème car je la choisissais : cela ne me dérangeait pas de passer des nuits à travailler sur un dossier ou de manger seule devant la télévision. Mais ce soir je ressentais un vide désagréable. Ce sentiment nouveau, entre tristesse et lassitude, me poursuivit jusqu'au fond de mon lit.

Il y a encore quelques mois, je vivais ici avec Charlotte, je partageai des pizzas avec Gemma, Jérémiah hantait nos soirées et Théo et moi parlions des heures durant. À l'occasion, je sortais même avec William. Notre petit groupe était soudé et animé. Même quand je rentrais tard, il y avait toujours un bon prétexte pour boire un dernier verre ou foncer prendre un petit déjeuner trop gras.

Lentement, quelque chose s'était disloqué. David et moi étions toujours aussi proches… Mais, le jour où Gemma se déciderait à le laisser s'approcher, il serait moins présent. Charlotte avait désormais sa boutique et un mariage en vue ; Jérémiah passait son temps sur les circuits de course ou se consacrait corps et âme à ma meilleure amie. J'avais mis un terme à ma relation avec William : trop compliquée, trop aléatoire. J'avais besoin d'un homme qui me rassure, pas d'un type qui partait avant le lever du soleil.

J'en avais pris mon parti : peu à peu, mes proches faisaient leur vie loin de moi, ils se cherchaient, ils s'aimaient, ils n'avaient plus de temps pour de grandes soirées animées. Ils étaient heureux, et pour ça je ne pouvais pas leur en vouloir.

Il restait Théo. Il s'était éloigné brutalement et par ma faute. Parce qu'il était mon plus vieil ami, son absence me faisait encore plus mal. J'avais la sensation d'avoir perdu un bout de moi-même, celui qui me maintenait debout quoi qu'il arrive.

Ce soir, j'aurais aimé parler avec lui. Lui dire que Gemma était ridicule, lui avouer que j'admirais mon frère, médire sur mon patron, lui réciter mon discours pour le mariage de Charlotte. Je n'avais plus personne pour partager ce genre de choses. Ce baiser avait ruiné notre complicité.

Je fermai les paupières et poussai un profond soupir : la dernière fois que je m'étais sentie aussi seule et désemparée, c'était quand je vivais encore à Norview. Cette solitude lourde et gluante m'avait accompagnée pendant des années. En rencontrant Charlotte, j'étais parvenue à m'en débarrasser. Ce soir, seule dans cet appartement, j'étais oppressée comme jamais. Je m'enroulai dans ma couette et tentai d'oublier mes états d'âme dans le sommeil.

Vingt ans plus tôt

Parce que j'avais abîmé mes baskets neuves, que j'avais eues pour mes neuf ans, papa me hurla dessus. Il m'ordonna de les retirer et les plaça tout en haut de l'armoire du salon.

— Si tu ne peux pas en prendre soin, inutile de les mettre.

Son ton était sec et ne supportait aucune réponse. Je savais maintenant reconnaître les signes de sa colère. Sa voix. Son corps tendu. Ce verre d'alcool couleur or qui reposait sur l'accoudoir. Son regard noir et sans âme lorsqu'il nous regardait, David, maman et moi. À ses yeux, nous étions gênants.

À ses yeux, nous n'étions rien.

J'acquiesçai et baissai les yeux. Dans un geste nerveux, je triturai mon T-shirt entre mes doigts. Il était tout déformé et beaucoup trop long. David l'avait porté avant moi. Quand je me rendis compte de mon geste, il était déjà trop tard. La main rugueuse de mon père s'abattit sur ma joue si violemment que je vacillai sur mes pieds.

— Arrête de déformer tes vêtements, ou tu finiras nue à l'école.

Les larmes roulèrent sur mes joues, avant de s'écraser sur la moquette encrassée. Après un nouveau hochement de tête, je finis par prendre la fuite. Réfugiée dans ma chambre, je me bouchai les oreilles. Papa avait augmenté le son de la télévision. Je savais ce que ça signifiait.

Ensemble. Maintenant. Pour toujours.

Après une éternité, je sortis de la chambre et je frappai doucement à la porte de la chambre de mon frère. La télévision hurlait toujours, mais je distinguais le ronflement sonore de papa. David prit ma main dans la sienne et dans un silence absolu — nous avions même repéré les marches qui grinçaient — nous descendîmes au salon.

Papa dormait dans son fauteuil. Maman était allongée sur le tapis, le visage gonflé.

— Maman ? Maman ?

Mais maman ne répondit pas. Après avoir échangé un regard inquiet David et moi, nous décidâmes d'appeler les secours. Évidemment, l'agitation et le bruit des sirènes réveillèrent papa. Il se débattit, cria et jura, pendant que maman reprenait conscience.

Et maintenant nous étions ici.

À l'hôpital. À attendre. David était sur le deuxième lit, en face de moi. Je réprimai un frisson et fixai mon pied gauche. Dans la précipitation, je n'avais pas eu le temps de mettre convenablement mes chaussons. Une infirmière discutait avec un policier. Il prenait des notes sur son carnet. J'étudiai son visage, en me disant qu'il allait peut-être nous aider. Puis j'observai les murs vert d'eau autour de moi. Ils étaient écaillés par endroits. Sous mes pieds, je remarquai l'absence d'une plaque de lino, puis l'absence d'une seconde sous le lit de David. La lumière était trop forte, trop blanche. Du regard, je cherchai l'interrupteur. J'aurais préféré être dans le noir.

— Les enfants n'ont rien. Et la mère dit qu'elle

est tombée dans les pommes parce qu'elle n'a rien mangé aujourd'hui.

Entre mes longues mèches noires, je vis le policier m'adresser un regard. Aussitôt, je m'arrêtai de tordre mon T-shirt et je baissai les yeux. L'instant suivant, ma mère, affolée, entra dans la pièce. Elle s'assit près de moi, passa une main tremblante dans ma chevelure et plaça sa bouche à quelques centimètres de mon oreille.

— Si on t'interroge, tu dis qu'il ne s'est rien passé.

J'échangeai un regard avec David. Je ne l'avais pas vu pleurer depuis des mois, comme si, du jour au lendemain, il avait décidé que cela ne servait plus à rien. Ce soir, dans cette chambre d'hôpital, pendant que maman me répétait qu'il ne s'était rien passé, David pleurait de nouveau.

Théo

Des invitations à des dîners, des propositions de mécénat, des offres de parrainage d'œuvres philanthropiques fleurissaient devant mes yeux sur l'écran de mon ordinateur. Nous étions beaucoup sollicités, pourtant, notre fondation restait dans l'ombre. Le nom des Montgomery était plus souvent cité grâce aux performances sportives de Jérémiah que grâce à nos multiples actions envers l'enfance défavorisée ou la réinsertion des détenus. Cela me déconcertait. Nous avions déployé des efforts colossaux en communication et en relations presse… Pour rien. La Fondation n'intéressait pas. Les journalistes me posaient plus de questions sur mon frère et sa fiancée que sur nos actions caritatives. Désespérant.

Je poussai un soupir et allumai ma lampe de bureau : un cadeau récent de Charlotte, chiné dans une brocante. À cette heure, elle devait dîner avec Jérémiah. Elle n'appréciait pas franchement ses talents de cuisinier, mais elle aimait mon frère. Certainement que ça devait suffire à tout supporter, de sa cuisine aux courses en passant par sa folie furieuse. Pas étonnant qu'il fascine autant la presse : il était l'un des meilleurs pilotes de sa génération et il allait prochainement épouser la femme de sa vie.

À côté de lui, j'incarnais le frère fade, balafré et qui faisait vivoter la Fondation, héritage de l'empire pétrolier familial.

Il était la lumière, j'étais une ombre tremblante.

Pendant longtemps, j'avais considéré la Fondation comme un plan B, un plan de secours qui arrangeait la famille, une façon élégante de me cacher dans un coin pour camoufler un potentiel scandale. Cet accident de voiture ne m'avait pas seulement défiguré, il avait anéanti mes rêves de carrière automobile et éloigné mes proches. Du jour au lendemain, j'avais perdu un genou et ma carrière. Être vu avec moi était devenu synonyme de honte. Si j'en souffrais au début, maintenant, j'avais appris à vivre avec.

Ou à vivre sans. Je ne savais plus.

Désormais, je consacrais toute mon énergie et tout mon temps à la Fondation. Cela me donnait un but, m'occupait l'esprit et m'empêchait de penser à *elle*. Avec l'aide d'une agence, nous avions convenu d'un plan de communication afin de faire connaître nos actions. Mon enthousiasme des premières semaines avait vite été refroidi car nous n'avions eu que très peu de retombées. Il nous fallait trouver une nouvelle stratégie.

— Généralement, je fais cette tête quand je tente de déchiffrer les toutes petites lignes en bas de mon contrat, fit la voix de Jérémiah.

— Je pensais que tu avais un avocat pour ce genre

de basses tâches ! répondis-je tout en continuant à trier mes mails.

— Tu es d'humeur bougonne ?

— Qu'est-ce que tu veux, Jérémiah ?

— Donc tu es d'humeur très bougonne.

Je levai les yeux vers lui. Jérémiah retira son caban, s'assit sur l'un des fauteuils et étendit ses jambes pour poser ses pieds sur mon bureau. J'observai chacun de ses gestes avant d'arquer un sourcil quand son pied droit repoussa mon pot à crayons. Après un silence théâtral, il déclara :

— Il faut qu'on parle.

— On va rompre ?

Jérémiah pencha la tête devant mon air pince-sans-rire, comme s'il me jaugeait. Je reportai mon attention sur mon écran, choisissant d'ignorer l'extravagance de mon frère. Il avait pour habitude d'attirer l'attention à tout prix. La lumière, toujours. Je me demandais parfois si Jérémiah aurait pu mener une vie normale, sans voitures, sans courses, sans l'adrénaline des compétitions. Je pense qu'il n'aurait pas pu. Il était fait pour ça.

— J'ai vu Summer.

Je serrai les dents et me concentrai sur ma lecture. La seule mention de son prénom me faisait un mal de chien. Nous ne nous étions pas vus depuis des mois. Pourtant, le souvenir de ses lèvres douces contre les miennes me hantait encore. J'avais espéré ce baiser pendant des années, je l'avais espéré dès l'instant où elle m'avait offert son premier vrai sourire. Summer avait toujours eu cette emprise sur moi. Elle me fascinait. Dès notre première rencontre, j'avais compris qu'elle ne me laisserait jamais faire. Certains appelaient ça de la rébellion, j'appelais ça du courage. Elle était déterminée, têtue, incroyablement forte et belle.

En une semaine, j'avais compris que je l'aimais.

En un mois, j'avais su qu'il n'y aurait qu'elle. J'avais aussi réalisé que, pour elle, je n'étais qu'un ami, qu'elle n'autoriserait rien de plus, que sa confiance gagnée de si haute lutte pouvait se perdre en un instant. Alors, j'avais pris mon mal en patience, attendant que Summer me regarde comme je la regardais.

Maintenant, je me sentais pathétique. J'attendais une femme qui ne viendrait sûrement jamais vers moi. Je luttais nuit et jour contre mon esprit vagabond : penser à Summer était douloureux, un mélange de souvenirs agréables et de pensées amères. N'importe quel homme aurait pris les devants — une invitation à dîner, des fleurs —, mais avec Summer je savais que cela ne fonctionnait pas. Il fallait être patient et guetter l'instant où elle venait à vous.

J'avais cru voir cet instant juste avant notre baiser chez elle. Elle était nerveuse, ce qui ne lui ressemblait pas. Puis j'avais compris : son élan vers moi ne visait qu'à compenser sa solitude. Ensuite, il y avait eu son regard voilé de panique, elle était tétanisée, incapable de me retenir. J'avais alors pris la décision la plus difficile qui soit : partir et m'éloigner.

— Elle va bien, continua mon frère.

Je me levai de ma chaise et entrepris de fouiller

dans le placard dans lequel je rangeais mes dossiers. Je cherchais un moyen d'éviter cette conversation. Je ne voulais pas parler de Summer. Je l'attendais, certes. J'attendais qu'elle revienne dans ma vie. Car c'était ainsi que nous fonctionnions depuis toujours : j'étais là, présent, patient, et, quand elle en ressentait le besoin, elle venait à moi, avec son optimisme débordant et son énergie folle. C'était ainsi que nous fonctionnions : je lui laissais le contrôle sur notre relation. Elle choisissait quand et comment, pendant que j'attendais.

— Et elle ne sort avec personne.

Malgré moi, un soupir de soulagement m'échappa. C'était douloureux de devoir attendre Summer, d'accepter qu'elle donne le rythme de notre histoire ; j'avais été dévasté que William parvienne à ses fins avec elle. Leur relation était chaotique, et, je l'espérais, uniquement charnelle. Malgré tout, il avait réussi. Summer ne voyait en moi que l'âme charitable qui l'avait aidée par le passé. J'étais son bon Samaritain et son ami. Et rien de plus.

— Ma voiture fait du bruit. Ça claque.

— Haut moteur ? demandai-je en me tournant vers lui.

— Donc tu parles. Pendant un instant, j'ai eu un doute.

Je lui adressai un regard sombre. Jérémiah retira les pieds de mon bureau et se redressa dans son fauteuil. Il posa ses coudes sur les genoux puis son visage se fit sérieux.

— Haut moteur, confirma-t-il.

— Vérifie les culbuteurs.

— Et ?

— Soit c'est usé et il te faut racheter les pièces, soit c'est juste un réglage. Mais, à la façon dont tu conduis ta voiture, j'opterais pour la première hypothèse.

— Et c'est pareil pour Summer ? demanda-t-il avec une lueur de provocation dans le regard.

— Je ne vois pas de quoi tu parles.

— C'est usé ou c'est un juste un réglage ? Parce que, vu la façon dont tu te conduis avec elle, j'opterais pour une troisième hypothèse.

— Tu es assez mal placé pour me faire un cours sur les relations avec les femmes, contrai-je en claquant le tiroir du placard bien trop fort.

— Au contraire, je sais ce que c'est. Pendant longtemps, j'ai manqué de courage, moi aussi.

Mes lèvres se soulevèrent dans un sourire. Pour un peu, j'aurais pu en rire. Que Jérémiah me fasse la leçon était drôle : il était passé de femme en femme pendant des années avant de comprendre que la seule qu'il voulait vraiment était celle qu'il avait rencontrée au lycée. Mais, ce qui me faisait encore plus sourire, c'était qu'il pensait comprendre ma relation avec Summer.

— Tu crois que c'est ça ? Un manque de courage ?

— Je ne vois pas ce que ça peut être d'autre : vous êtes tous les deux disponibles et il y a ce truc inexplicable entre vous. Je ne comprends pas ce qui te retient de lui proposer un dîner.

— Et moi je ne comprends pas pourquoi je te devrais des explications sur ma relation avec Summer. D'ailleurs, comment va Charlotte ?

— Elle va bien. Elle est géniale, tu sais.

— Et tu n'es pas avec elle, en ce moment ?

Son silence fut sa seule réponse. Puis je compris. J'éclatai de rire et contournai le bureau en boitant. Je m'appuyai contre le rebord et secouai la tête en voyant la mine déconfite de mon frère.

— C'est elle qui t'envoie ?

— Elle s'inquiète, expliqua-t-il après un soupir. Elle s'inquiète pour vous deux. Summer est plongée dans le travail, et toi tu refuses toutes nos invitations. J'ai l'impression que vous vous évitez.

— On travaille, c'est tout.

— Tu sors avec quelqu'un d'autre ?

Un nouveau rire menaça de me secouer. Depuis mon accident, dix ans auparavant, je pouvais compter sur les doigts d'une seule main les femmes qui s'étaient aventurées dans ma vie. J'aurais pu tout leur donner : mon corps meurtri, mon argent, le pouvoir, tout sauf mon cœur. Car Summer était arrivée bien avant elles. Puisque j'avais compris qu'être ensemble serait compliqué et au bon vouloir de Summer, j'avais récemment décidé de faire de mon mieux pour faire sans elle — le mieux consistant à me noyer dans le travail.

Je n'y arrivais pas.

Summer était partout ; dans cette maison, dans

chacun de mes souvenirs de jeunesse, dans chaque recoin de ma chambre.

— Non, je ne sors avec personne. Qui voudrait sortir avec un type comme moi ?

Je désignai la longue balafre qui serpentait sur ma joue, puis frappai mon genou en titane du bout de ma canne. J'étais cassé de l'extérieur et fêlé à l'intérieur. Aucune chance qu'une femme prenne le risque de tomber amoureuse de moi. De toute façon, mon cœur n'était pas disponible.

— C'est pour ça que tu venais me voir ? demandai-je.

— Pour ça, et tu m'as parlé de papiers à signer pour la Fondation.

— Et ta voiture ?

— Et ma voiture, oui. Je vais prendre la Porsche, au garage, pour rentrer. Je viendrai la récupérer plus tard. Tu pourras faire le nécessaire ?

Il se leva de son fauteuil, pendant que je retournais derrière le bureau. Je sortis un dossier rouge et le lui tendis. Jérémiah le feuilleta rapidement, puis saisit le stylo que je lui proposais.

— Troisième page. Et il faut parapher.

— Et je signe quoi, au juste ? demanda-t-il en consultant les documents.

— Évolution des statuts. J'ai besoin de ton accord pour éviter le passage en conseil d'administration.

Mon frère fronça les sourcils et s'intéressa plus vivement au contenu du document. Jérémiah avait l'habitude que je gère la Fondation et que je prenne les décisions. La plupart du temps, il s'y conformait, sans poser de questions.

— Je veux juste gagner du temps et éviter une nouvelle réunion, expliquai-je.

Jérémiah signa le document et me le rendit. Je le remerciai d'un signe de tête. Je posai la chemise cartonnée sur une pile d'autres dossiers et refermai brutalement mon ordinateur portable.

— Tu sais, je pourrais aussi signer pour la rénovation de ton bureau, lança-t-il en désignant la pièce. Tout à fait à ton image : sinistre, sombre et froid.

— Je ne suis ni sinistre, ni sombre, ni froid. Et ce bureau a juste vocation à être fonctionnel.

— Charlotte pourrait s'en occuper.

— Je sais. Disons que ce n'est pas ma priorité actuelle.

— Au point de refuser toutes nos invitations ?

— Je ne refuse pas toutes vos invitations.

À l'instant où les mots sortirent de ma bouche, je vis le visage de mon frère s'illuminer. Je serrai les poings, comprenant que j'étais tombé dans le superbe piège qu'il m'avait tendu. Si Charlotte lui avait demandé de venir me voir, elle n'était certainement pas à l'origine du guet-apens : Charlotte était une fille bien, mon frère était pénible, fourbe et têtu.

— Donc on te verra demain. Charlotte va ouvrir sa boutique, elle a besoin d'aide pour nettoyer et aménager le lieu.

— Jérémiah, je...

— Ce n'était pas une question.

Je lui adressai un regard sombre. Je n'étais pas d'humeur à côtoyer d'autres personnes. J'étais fatigué, tourmenté par la Fondation et, surtout, je me sentais incapable d'affronter Summer. Elle détestait être mise au pied du mur, et en débarquant là-bas, sans prévenir, je risquais de la contrarier pour de bon. Or, si j'étais prêt à renoncer à son amour, il était inconcevable que je perde aussi son amitié. Je ne voulais surtout pas empirer la situation déjà tendue entre nous.

— J'ai du travail, Jérémiah.

— Curieusement, c'est aussi l'excuse de Summer. Soit il ne se passe rien avec elle, et vous n'avez aucune raison de vous éviter, soit il se passe quelque chose et vous devez parler.

— Ce n'est pas si simple, répondis-je, cinglant.

— La faute à qui ?

Jérémiah enfila son caban et me lança un dernier regard contrarié. Je m'en voulais de la tournure de notre conversation. Cependant, ce qui se passait entre Summer et moi était encore trop flou pour être expliqué. Nous nous évitions, c'était un fait. Depuis notre baiser furtif, nous avions pris nos distances, moi parce que je savais que la presser n'aboutirait qu'à la faire fuir plus loin, elle parce qu'elle s'en voulait probablement de ne pas m'avoir repoussé plus vite. La seule chose dont j'étais certain, c'était qu'elle me manquait et que je regrettais notre complicité d'avant.

De ce point de vue, Jérémiah avait raison. C'était ma faute.

— À demain ! lança mon frère sans masquer l'ombre d'une menace dans sa voix.

— À demain, soupirai-je.

Avant de quitter mon bureau, il me lança les clés de sa voiture. D'un mouvement de canne, je les déviai, et elles finirent sur le tapis persan élimé qui occupait la partie gauche de mon bureau.

Mon frère arqua un sourcil, surpris par mon réflexe heureux.

— Une chance pour toi que je ne pilote plus.

— La route de la plage est toujours dégagée, fit-il.

— Mon genou est toujours mort.

— Ce n'est pas ton genou qui t'empêche de conduire. On se voit demain !

Il quitta finalement mon bureau, me laissant seul dans cette pièce lugubre. Les murs de pierre ne conservaient aucune chaleur et je ne pouvais même pas y accrocher des cadres photo. Les armoires grises en métal étaient tout aussi tristes. La seule chose colorée dans cette pièce, c'étaient les piles de dossiers qui cernaient mon ordinateur portable. Jérémiah avait raison sur ce point : cet endroit était mortifère.

Dans un soupir, je pris mon ordinateur, récupérai quelques dossiers et rejoignis ma chambre. J'avais opté pour une décoration minimaliste : un lit doté d'une parure en coton ardoise, un tapis épais noir qui recouvrait le parquet abîmé, une bibliothèque garnie de classiques et d'un équipement hi-fi dernier cri. Deux lampes sur pied éclairaient l'ensemble. Cela me suffisait. Mon dressing n'était composé que de quelques tenues. Je ne sortais plus depuis longtemps et, quand je le faisais, il me suffisait de revêtir le smoking réglementaire des soirées de la Fondation.

Je posai mon ordinateur et mes dossiers sur le lit. J'abandonnai ma canne contre le mur et boitai jusqu'à la salle de bains attenante. À cause de la fatigue accumulée ces derniers mois, mon genou me faisait souffrir le martyre. En temps normal, j'arrivais à contenir la douleur. Quelques étirements et une dose de vieux cognac parvenaient à me faire oublier mon état. Ce soir, c'était différent.

La visite de mon frère avait réveillé de vieux souvenirs dissimulés sous mes cicatrices.

Summer, évidemment.

La course automobile, sans aucun doute.

Tout ce que nous avions vécu ensemble, plus jeunes, sans jamais nous soucier de notre avenir.

La façon dont je m'étais replié dans cette demeure, dans la Fondation, dans ma vie.

Pour tout cela, le cognac était sans effet.

Je passai une main sur mon visage et fis couler le jet de la douche. Assis sur un banc, je retirai mes vêtements. Malgré mes exercices de musculation quotidiens, ma jambe droite restait moins forte et moins puissante que la gauche. Les muscles de mon mollet étaient atrophiés et je faisais tout mon possible pour compenser ma perte de mobilité. Sur mon genou, une longue cicatrice blanchâtre ceignait mon articulation. Ces 68 points de suture qui couraient de ma rotule, remontaient sur ma cuisse, pour redescendre ensuite à mi-mollet, avaient signifié la fin de mon insouciante jeunesse. D'après les médecins, j'aurais dû me réjouir de m'en tirer à si bon compte.

Aucun d'entre eux ne savait à quel point j'avais maudit l'instant où j'avais rouvert les paupières. Depuis, la douleur était devenue une fidèle et cruelle compagne, me rappelant sans cesse ce que j'avais perdu.

Sous la douche, je laissai l'eau chaude me faire oublier mes états d'âme. J'appuyai une main contre le carrelage noir, savourant la puissance du jet sur mon dos barré de cicatrices. Je me surpris à gémir de lassitude et augmentai encore la température de l'eau. Mes muscles se détendirent peu à peu, pendant que des nuages de vapeur envahissaient la large cabine de douche.

Je sortis dix minutes plus tard et enroulai une serviette-éponge autour de ma taille. J'allumai la chaîne hi-fi, lançai un peu de musique — un classique de Billy Joel — et retournai à la salle de bains. Devant le miroir, j'ignorai la longue balafre qui ornait ma joue droite. Souvent, j'oubliais cette fichue cicatrice ; parfois, je parvenais à faire abstraction de mon genou. Mais toujours c'était le regard des personnes que je rencontrais qui se chargeait de me rappeler mes blessures. En un instant, leur attitude changeait ; trop de bienveillance, trop de gentillesse, trop de prudence. Je détestais ça. Je détestais la façon dont leur comportement variait. Je n'avais pas besoin d'autant de prévenance et de compassion. Au contraire, j'aspirais à une forme de normalité.

Après un brossage de dents en règle, je retrouvai ma chambre. Je récupérai mon ordinateur portable et mes dossiers. Je tirai les draps de mon lit, me débarrassai de ma serviette et m'installai sous la couette. Calant l'oreiller contre la tête de lit, je me plongeai dans l'étude de mes documents, tentant d'oublier ma conversation avec mon frère.

Mais le souvenir du baiser échangé avec Summer me hantait. Il me semblait encore deviner la douceur de ses lèvres contre les miennes. Pour la première fois en treize ans, elle avait abaissé les barrières qui la maintenaient à distance du monde. Pour la première fois en treize ans, elle avait accepté d'aller plus loin que notre relation habituelle. Je réalisais seulement maintenant que la distance ne résoudrait pas cet aspect de notre histoire. À force d'éviter le sujet, nous finirions par nous éloigner de plus en plus.

Malgré toutes mes tentatives, je ne parvins pas à me concentrer suffisamment pour reprendre le travail. Je maudis Jérémiah et sa capacité à me pourrir la vie, même à distance. Ne pouvait-il pas se mêler de ses affaires ? Pourquoi tout le monde avait-il quelque chose à redire sur ma relation avec Summer ? Nous avions déjà des difficultés à comprendre ce qui nous arrivait, comment les autres auraient-ils pu savoir ce que nous étions censés faire ?

Agacé et légèrement en colère, je repoussai mon ordinateur et sortis du lit. J'enfilai un boxer, un jean et un T-shirt et quittai ma chambre en claquant la porte aussi fort que possible.

Ensemble. Maintenant. Pour toujours.

Ce n'est qu'en arrivant dans le garage que je retrouvai une once de calme. L'odeur du caoutchouc des pneus et de l'huile avait un effet apaisant sur moi. La voiture de Jérémiah était garée sur la gauche. Je soulevai le capot avec énergie et entrepris de vérifier les fameux culbuteurs. Faire de la mécanique m'évitait de penser au reste de ma vie. Cela canalisait ma concentration et me permettait de compenser le manque de course automobile. En plongeant mes mains dans les entrailles des moteurs, j'avais encore l'impression de ne pas avoir tout à fait quitté le milieu. Pendant longtemps, j'avais préparé et réparé les voitures de Jérémiah. Maintenant, bien sûr, il avait toute une équipe à disposition, mais je restais persuadé que j'étais le seul capable d'effectuer un réglage parfait pour lui.

Les réparations m'occupèrent une partie de la nuit. Quand je retournai à ma chambre, les mains couvertes de graisse et l'esprit soulagé, il était près de 3 heures du matin. Je repris une douche rapide et me réfugiai dans mon lit. Cette fois, le sommeil vint aussitôt.

À mon réveil, j'étais toujours dans les limbes de ma conversation avec mon frère. Il était parvenu à me faire douter de ma relation avec Summer — enfin, de ma non-relation. Je ne savais plus vraiment où nous en étions. Amis ? Vagues connaissances ? Complices du passé ? Peut-être autre chose, si nous arrivions à dépasser ce gouffre qui était entre nous. Et, pour le dépasser, nous devions nous parler et tirer au clair notre relation. Nous expliquer, sans détour, sur ce que nous attendions l'un de l'autre et en tirer les conséquences. Je n'avais jamais aimé rouler sur un circuit inconnu. Il en était de même pour mes relations : j'appréciais d'en connaître les méandres et les contours.

Après avoir avalé un rapide café, je grimpai dans ma Mustang. Les mains serrées autour du volant, j'envisageai les multiples scénarios de ma rencontre avec Summer. Il y aurait évidemment deux premières minutes embarrassantes, celles où on ne saurait pas quoi se dire. Puis, l'habitude et notre histoire commune aidant, nous finirions par retrouver nos automatismes : je lancerais un « tu paries ? » et elle trouverait le moyen de surenchérir, je la complimenterais sur sa nouvelle coupe de cheveux et elle m'assènerait un « goujat », parce que j'aurais mis deux semaines à le remarquer. Notre amitié reprendrait aussi simplement que ça.

Du moins, je l'espérais.

La circulation chaotique et la météo hivernale me firent perdre plus d'une heure sur le trajet. Pour me faire pardonner et pour briser la glace, je décidai de me garer à un pâté de maisons de la boutique de Charlotte et d'acheter des cafés et des bagels pour tout le monde. Je laissai ma canne dans la voiture ; heureusement, le café était vide et la serveuse prit ma commande rapidement. Elle déposa mes bagels dans une boîte et prit consciencieusement ma commande de boissons.

Ensemble. Maintenant. Pour toujours.

Quelques minutes après, je ressortis les bras chargés et heurtai de plein fouet… Summer. Dans mes multiples scénarios, j'avais oublié une chose essentielle : la seconde de stupéfaction qui précédait les deux minutes d'embarras. Même coiffée approximativement, même dans une tenue couverte de poussière, elle était rayonnante.

Nous nous dévisageâmes, sous le choc. Sous son épais manteau en laine, Summer avait enfilé un jean usé et un sweat de l'université de New York. Sa longue chevelure brune était retenue par une pince à l'arrière de sa tête. Elle avait le visage fatigué, mais ses yeux bleu azur étaient toujours aussi fascinants.

— Désolée, je… Je ne regardais pas.

— C'est moi, j'aurais dû faire plus attention. Je… Tu… Comment vas-tu ? demandai-je finalement.

— Bien. On m'a envoyée au ravitaillement. Jérémiah et David portent les meubles et, apparemment, je ne sers pas à grand-chose dans ce domaine.

— Je suis en retard et je me suis dit que j'allais redorer mon blason avec du café.

Je soulevai le plateau garni de gobelets en guise de preuve. Summer se dandinait d'un pied sur l'autre, visiblement mal à l'aise. Elle ouvrit la bouche, prête à dire quelque chose, mais aucun son ne sortit.

— Tu as bonne mine, dis-je, en espérant relancer la conversation.

— Tu es un très mauvais menteur, tu sais. J'ai une tête épouvantable : je me suis levée aux aurores pour bosser sur une présentation que je dois terminer pour lundi.

Elle m'adressa un sourire qui, en un instant, effaça les dernières semaines de silence. Je compris alors que j'étais incapable d'en vouloir à Summer. Elle pouvait faire ce qu'elle désirait de moi ; elle pouvait quitter ma vie, y revenir ou me piétiner et me détruire tout entier, je serais toujours prêt à tout oublier juste pour avoir la chance de voir son beau sourire et de me perdre dans ses yeux.

— On y va ? fit-elle. Je vais t'aider.

Elle prit le carton de bagels et, en silence, nous marchâmes côte à côte de longues minutes. Malgré nos quelques échanges, le malaise était toujours là. Elle referma son manteau sur elle et enfonça la tête dans les épaules pour se protéger du froid.

— Jérémiah m'a dit que tu travaillais beaucoup, toi aussi.

— La Fondation m'occupe énormément. On cherche à relancer les actions médiatiques.

— Et ça marche ?

— Est-ce que tu as entendu parler de nous dernièrement ?

Elle secoua la tête, aussi dépitée que moi. Je poussai un soupir. Consulter les rapports était une chose, constater les dégâts par moi-même en était une autre. Si je voulais que la Fondation perdure, je devais impérativement revoir ma stratégie.

— Je cherche d'autres solutions, quelque chose de plus innovant. Et toi, ton nouveau poste ?

Ensemble. Maintenant. Pour toujours.

— Beaucoup de travail. Et mon patron a tenté de me draguer hier soir, dit-elle en levant les yeux au ciel.

— Qu'a-t-il fait au juste ?

— Ça t'intéresse ?

— J'élimine les scénarios au fur et à mesure.

— Tu as pensé à des scénarios ? s'étonna-t-elle dans un rire.

En un instant, nous avions repris nos marques. Dès que nous flirtions avec la frontière infime entre amitié et séduction, notre complicité resurgissait. À croire que nous aimions bien trop ça pour nous éloigner l'un de l'autre pour de bon.

— Des tas. Des scénarios qui finissent bien. Alors, raconte, c'était quoi, cette tentative de drague ?

— Eh bien, ça a commencé par une soirée de travail à rallonge agrémentée d'un dîner impromptu commandé à l'italien du coin.

Je grimaçai. Connaissant Summer et sa capacité à élever des murs autour d'elle en un temps record, le pauvre homme avait dû vivre un terrible moment de solitude. J'aurais pu avoir de la compassion pour lui, mais j'étais plutôt soulagé de constater que lui aussi avait lamentablement échoué.

— Et il a fini par une fausse tentative de chantage au licenciement.

— Ce plan était totalement exclu de mes scénarios, avouai-je. Je n'ai conservé que la possibilité d'un dîner à l'italien.

Summer m'adressa un coup de coude dans les côtes et secoua la tête. Puis elle enroula son bras autour du mien et ce simple contact suffit à me rassurer sur notre relation : elle agissait comme si rien ne s'était produit. Pourtant, ce retour à la case départ avait un goût amer de déception. Rien n'avait changé, et je redevenais Théo, l'ami bienveillant et toujours présent.

— J'ai… J'ai eu beaucoup de travail, murmura Summer.

Un vent glacial s'insinua entre nos deux corps. Cette balade avec Summer résumait notre relation : nous étions ensemble, sans être ensemble. Pendant des années, au lycée, cette proximité m'avait suffi. Je m'en étais contenté, ravi d'avoir un lien avec Summer que personne d'autre ne pouvait avoir.

Maintenant, je voulais plus.

Je voulais cette femme plus que tout.

— Ça m'a manqué, dit-elle après une pause. D'être avec toi, de te parler.

Je serrai les dents à m'en faire mal. Je savais déjà où cette conversation nous mènerait : Summer voulait préserver notre amitié à tout prix. Et, ça, c'était plus douloureux que n'importe quelle blessure.

Au loin, je devinais la boutique de Charlotte. La silhouette musclée de David se chargeait visiblement de porter une pile de chaises. Désormais, cette balade imprévue me paraissait interminable.

Je sentis le regard pesant de Summer sur moi et elle s'arrêta.

— Tu vois, c'est pour ça que je regrette cette soirée, s'agaça-t-elle. Parce que je sais que ça a tout changé entre nous.

Ensemble. Maintenant. Pour toujours.

— Tu trouves ? Tu trouves vraiment que les choses ont changé entre toi et moi depuis ce baiser ?

Je la provoquais volontairement. Même si j'appréciais le retour à une forme de normalité dans nos relations, je refusais qu'elle élude si facilement cette fameuse soirée. J'aurais apprécié qu'elle prenne les devants. Elle retira son bras enroulé autour du mien et tenta de fuir mon regard. Curieusement, cette scène me fit penser aux premiers jours de notre rencontre. Je retrouvais la Summer revêche et en colère, qui cherchait à tout prix à éviter les autres. Quelques passants se décalèrent pour nous contourner. Je ravalai ma colère : le silence de Summer n'était qu'une tentative de détournement. Elle ne voulait pas aborder le sujet, quand moi je brûlais d'avoir des explications. Je tentai d'orienter la conversation là où je voulais qu'elle nous mène.

— Est-ce que tu regrettes ce baiser, Summer ?

— Tu es parti. Tu as quitté l'appartement avant même que je puisse réagir.

— Pose-moi la question, Summer.

— Quelle question ?

— Demande-moi si, moi, je regrette ce baiser.

À nouveau, elle détourna les yeux. Elle jetait des regards partout autour d'elle, comme si elle cherchait un moyen d'échapper à cette conversation. Summer avait toujours détesté de se donner en spectacle, sûrement parce qu'elle avait l'habitude, depuis l'enfance, de se cacher, de ne présenter au monde qu'une image lisse et parfaitement normale. Je ne pouvais pas lui en vouloir. Mais je la connaissais assez pour voir au-delà de ce masque qu'elle affichait. Je savais à son discret froncement de sourcils et à ses poings résolument fermés qu'elle bouillonnait.

— On peut parler de ça plus tard, non ?

— Plus tard ? Ça fait presque quatre mois, Summer. Et c'est toi qui as amené le sujet ! Que veux-tu savoir, au juste ? Si nous sommes toujours amis ? Si j'ai rencontré quelqu'un ?

Elle blêmit instantanément et se pinça les lèvres à s'en faire mal. J'esquissai un bref sourire. J'étais ravi de mon effet... Même si je ne lui souhaitais pas de ressentir ce que je ressentais actuellement : un mélange d'amertume et de colère qui me donnait envie de frapper mon poing contre un mur en briques.

— Je veux juste...

Elle prit une profonde inspiration et riva ses yeux au sol. Je remarquai ses épaules tendues et je luttai contre l'envie de la prendre dans mes bras pour la réconforter. Nous devions avoir cette explication. Et je savais pertinemment que, si je touchais Summer, mes dernières bribes de volonté s'évaporeraient.

Finalement, elle demanda :

— Est-ce que tu regrettes ce baiser ?

— Aucunement, assurai-je d'une voix plus douce.

— Et tu imagines vraiment des scénarios ?

L'ombre d'un sourire flotta sur ses lèvres. Ses yeux bleus trouvèrent les miens et j'y vis nettement la tempête intérieure qu'elle tentait de calmer. Summer avait toujours été tourmentée, mais cette fois c'était différent.

Elle luttait contre elle, contre nous, aussi fort qu'elle le pouvait.

— Parfois, admis-je.

— Depuis ce baiser ?

Pendant une seconde, j'envisageai de mentir. Je me ravisai : si je voulais que notre relation avance, je devais cesser de la protéger.

— Depuis toujours, je crois. Depuis toi, en tout cas.

Elle tressaillit et ses yeux s'assombrirent, prenant une teinte bleu nuit. Ses mains se refermèrent sur la boîte de bagels.

— Théo, je... Je ne suis pas une fille pour toi. Je ne regrette pas ce baiser, mais je crois que je me sentais seule et un peu nostalgique, ce soir-là.

— Un concours de circonstances, donc ?

— Peut-être. Je ne sais pas. J'y ai beaucoup repensé et...

Ma colère s'évanouit dans l'instant. Elle y avait repensé. Cela suffisait à me faire plaisir et à ce que je me sente moins seul dans mes tourments. À l'instant où elle passa sa langue sur ses lèvres, son regard sombre retrouva le mien. Entre elle et moi, l'air se chargea d'électricité. Cette tension était nouvelle entre nous et me surprit.

— Et... Et je... Je veux préserver ce... que nous sommes, finit-elle dans un bégaiement inédit.

— On fera ce que tu veux, Summer. Tout ce que tu veux, ajoutai-je en m'approchant d'elle. Mais je ne veux plus mentir. Tu me plais. Tu me plais depuis des années et je ne vais pas renoncer à toi parce que tu souhaites préserver notre amitié.

— Et je n'ai pas mon mot à dire ?

— Tu as toujours et tu auras toujours ton mot à dire. Je te fais juste part des nouvelles règles entre toi et moi. J'ai confiance en toi, tu t'adapteras.

Sans attendre son avis, je repris notre marche en direction de la boutique de Charlotte.

Ça y est, je l'avais fait. J'avais tout dit à Summer. Presque tout, en fait. Mais, au moins, elle savait ce que je ressentais pour elle et elle savait que je ne la laisserais plus contrôler notre relation comme bon lui semblait. Quelques secondes après, j'entendis ses pas précipités derrière moi.

— Au fait, David va avoir besoin de toi.

— Voiture en panne ?

— Gagné. Tu es imbattable comme ça tous les jours ?

— Je me surpasse quand tu es là. J'espère qu'on va se voir plus souvent.

— Je travaille beaucoup. Rappelle-moi quand la Fondation aura une soirée de prévue, le champagne y est toujours divin.

— Tu viendras uniquement pour le champagne ? Je me sens un peu vexé, là !

Elle enroula à nouveau son bras autour du mien. Voilà. Nous y étions. Nous étions redevenus Summer et Théo. Comme avant. Amis, mais pas plus. Je gardais ses secrets, elle gardait mon cœur. Je n'arrivais toujours pas à distinguer qui était l'otage de qui.

— Je viendrai pour danser, dit-elle dans un rire. Mais... On devrait se faire ce dîner.

Je lui lançai un regard en biais. Je savais déjà ce qu'elle était en train de faire. C'était la grande force de Summer : son côté caméléon. Pour elle, rien n'était insurmontable. Pour elle, l'essentiel était de garder le contrôle de la situation, toujours.

— Tu as peur que je lance cette invitation avant toi, alors tu me devances, c'est ça ?

— Je m'adapte, dit-elle en souriant largement.

— Mauvaise joueuse.

— Mauvais perdant. Chez moi, ce soir ?

J'aurais pu tuer pour le sourire lumineux qu'elle m'adressa. J'aurais pu tuer tous les hommes qui avaient eu l'honneur de voir ce même sourire.

J'étais sur le point d'accepter son invitation quand elle poursuivit sa phrase.

— Charlotte va sûrement rester avec Jérémiah, David reprend le service à la brigade. Je commanderai une pizza...

— Je suis déjà pris, Summer, prétendis-je.

La déception se peignit furtivement sur son visage, très vite remplacée par un large sourire factice. Je m'inquiétais de plus en plus pour elle, me demandant comment elle pouvait supporter de camoufler autant ses émotions. Mais sa réaction vint nourrir l'espoir qu'un jour ou l'autre elle finisse par accepter que ce qui nous unissait dépassât la simple amitié. En attendant, combler sa solitude ne me convenait pas. Il fallait que j'arrête d'être à son entière disposition. Il fallait que je reprenne le contrôle.

— Bien. Quand es-tu disponible, alors ?

— Pas avant le printemps. J'ai des soirées à préparer et un conseil d'administration à dompter. Je présume que tu es bien occupée, toi aussi.

— Oui, évidemment. Et un verre ? Tu as bien le temps pour un verre ?

Ma volonté s'effilocha. Summer se resserra un peu plus contre moi et, malgré les épaisseurs de tissu entre nous deux et le froid hivernal, mon corps se réchauffa. Nous n'étions plus qu'à quelques mètres de la boutique. J'aperçus la chevelure flamboyante de Gemma, en pleine conversation avec David.

— D'accord pour un verre, alors, soupirai-je.

— Génial.

Elle se détacha de moi et courut à la rescousse de Charlotte, qui tentait de soulever un bureau toute seule. Summer posa la boîte de bagels sur le rebord de la fenêtre à l'instant où Jérémiah sortait de la boutique. Je marchais aussi vite que possible, en boitant, et mon frère vint à ma rencontre.

— Toujours en vie ? demanda-t-il dans un rire.

— Presque, oui.

Il m'offrit une accolade, avant d'être rejoint par David, Charlotte et Gemma. Ils étaient tous couverts de poussière et se ruèrent sur les cafés que j'avais rapportés. David grimaça en buvant une gorgée du sien.

— Summer ? Celui-ci est pour toi !

David m'adressa un regard de reproche, tendant le gobelet à sa sœur. Elle le prit en riant, avant de le lever dans ma direction.

— Tu vas te tuer l'estomac avec ces doubles expressos, lança David en saisissant un nouveau café.

— Merci, Théo, chantonna sa sœur.

De toutes les choses que je savais sur Summer, son amour inconditionnel des expressos était l'une des premières que j'avais apprises d'elle. Plus jeune, quand elle dormait au Domaine, lui ramener un café était d'ailleurs devenu une habitude. Ses yeux accrochés aux miens, elle avala sa boisson d'un trait. Je sentis à nouveau cette tension entre nous, entre adrénaline et attirance. C'était nouveau. Il y avait encore quelques semaines, Summer fuyait le moindre contact appuyé. Maintenant, elle soutenait mon regard avec la même intensité que moi. J'avais la sensation que mon corps vibrait, prêt à prendre d'assaut le sien.

— Merci d'être venu. Et merci pour le café !

La voix de Charlotte me tira de mes pensées. Elle se hissa sur la pointe des pieds pour déposer un baiser sur ma joue. Après avoir bu nos cafés et vidé la boîte de bagels, nous reprîmes les travaux dans la boutique. Avec l'aide de David et mon frère, nous déplaçâmes une commode de style Bauhaus en piteux état. Une dernière livraison de meubles arriva en fin de matinée. Malgré ma jambe handicapée, je parvins à aider Summer pour installer une table abîmée et des chaises dépareillées. Nous vidâmes un carton de décoration et je m'arrêtai sur une ancienne lampe sur pied en laiton.

— Laisse-moi lui rendre son lustre d'antan, et je te l'offre, me dit Charlotte en me la retirant des mains.

— Je te l'achèterai. Tu as une boutique à faire tourner. Et tu m'as déjà offert une lampe !

Dehors, les rires de Summer et de Gemma nous parvinrent. Nous dirigeâmes nos regards vers elles, mais c'est surtout Summer que j'observai.

— Vous avez pu vous parler ? demanda Charlotte.

— Un peu, oui.

— Tu sais, ce que tu m'as dit pour la seconde chance, c'est aussi valable pour toi. Enfin, pour vous.

— Je n'ai déjà pas eu de première chance.

— Bien sûr que si, elle t'a laissé entrer dans sa vie. Ce n'est pas une chance qu'elle offre à tout le monde. Elle te fait confiance.

— Un peu trop, peut-être. J'ai tenté de m'éloigner, mais je n'y arrive pas. Je m'inquiète pour elle. Regarde-la, elle a maigri et elle a l'air épuisée. Autant être honnête, je ne suis pas certain d'apprécier le fait que son patron la drague, ajoutai-je.

— Tu es plus proche d'elle que n'importe qui, même moi. Ce qui se passe entre vous est…

— … Indescriptible, finis-je pour elle avec lassitude.

— Superbe, me corrigea-t-elle. Tu es là et elle sait qu'elle peut compter sur toi. Je ne cesse de lui dire qu'elle travaille trop mais peut-être que si, toi, tu lui en parlais elle serait plus réceptive.

J'avais envie de ricaner. Jérémiah n'avait aucune

idée de ce qui se passait entre Summer et moi et Charlotte idéalisait notre relation. Je savais que mon influence sur Summer était limitée. Elle était bien trop indépendante pour se laisser dicter ses choix. Au mieux, elle m'écouterait, m'opposerait un ou deux arguments, avant de me faire savoir qu'elle était maîtresse de son destin.

— Elle m'a invitée à dîner, avouai-je à Charlotte.

— Fais en sorte qu'elle commande quelque chose !

— J'ai refusé. Je... Elle se sentait juste seule. Je ne veux pas être celui qui comblera sa solitude, je veux être l'homme sans qui elle n'envisage pas son avenir. Malheureusement pour moi, elle n'a pas fait de liste qui pourrait m'aider. Tous ses vœux sont... comme elle, un véritable secret.

Charlotte posa sa main sur mon bras et m'adressa un sourire chaleureux. Je comprenais ce que Jérémiah avait vu en elle. Charlotte était d'une sérénité à toute épreuve. Elle devait certainement apaiser la fureur qui l'habitait. Quand nous étions au lycée, elle avait aussi aidé Summer. Elle l'avait hébergée, elle l'avait soutenue. J'en avais été soulagé. Cela me rassurait que Summer puisse compter sur quelqu'un.

— Je suis sûre que tu trouveras une faille chez elle. Tu sais, comme quand tu faisais les courses contre ton frère. Il était plus rapide que toi, mais aussi plus imprévisible. Et c'est parce qu'il était bien trop impulsif que tu as réussi à gagner contre lui.

— Oui, ou parce que sa voiture avait un souci technique, pondérai-je.

— Eh bien, considère Summer comme tu envisageais les courses. Trouve la faille en elle.

— Tu as remarqué que j'étais quand même moins vaillant qu'il y a dix ans ? plaisantai-je.

D'un geste de la main, je désignai mon visage, puis mon genou. Si je n'avais pas réussi à séduire avant l'accident, je ne voyais pas comment je le pourrais aujourd'hui.

Face à elle, j'avais tenu bon, j'avais imposé mon point de vue. Mais au fond je savais que c'était du vent : les fameuses nouvelles règles ne s'appliqueraient sûrement jamais à notre relation. Summer m'échappait depuis toujours. Il n'y avait aucune raison que ça change.

— Au contraire, je te trouve encore plus déterminé. Et, si tu crois que Summer va s'arrêter à des détails physiques, tu te trompes lourdement.

— Alors, d'après toi, je commence par quoi ?

— Par le début.

— Le début ? Genre : je me pointe devant elle et je me présente ? dis-je en riant ouvertement.

— Par exemple. Tu veux mon avis ? Vous avez déjà une relation ensemble. Bizarre et tarabiscotée, mais vous l'avez. Peut-être qu'il faut créer autre chose. Quelque chose de différent, de nouveau, où vous regardez vers l'avenir, plutôt que de ressasser le passé.

Je détachai mes yeux de Summer, occupée à rassembler sa chevelure brune dans un nouveau chignon improvisé, pour dévisager Charlotte, stupéfait.

— Qui êtes-vous et qu'avez-vous fait de la Charlotte hésitante et innocente que je connais ?

— Je suis fiancée à ton frère. Et j'ai cette boutique, maintenant. Les choses changent, expliqua-t-elle en haussant les épaules.

— Je n'aime pas quand tu deviens plus sage que moi.

— Parce que j'ai raison.

— Et j'aime encore moins quand tu as raison.

— Je vais nettoyer cette lampe et je te l'offrirai. C'est non négociable, me prévint-elle.

J'eus un bref sourire. Jérémiah déteignait sur elle, autant qu'elle déteignait sur lui. Elle lui offrait une dose de calme, quand lui renforçait sa confiance en elle. Mon frère surgit derrière elle et posa ses mains sur sa taille pour l'attirer contre son torse.

— Et maintenant ? Tu veux qu'on s'attaque aux peintures ?

Il enfouit son visage dans son cou et je me sentis brutalement de trop. Ensemble, Jérémiah et Charlotte incarnaient un couple détonnant, que j'enviais de plus en plus. Je dirigeai à nouveau mon regard vers Summer. Elle avait enfilé des mitaines et consultait son téléphone portable. Ses proches étant tous ici, ça ne pouvait être que pour le travail.

— Dis-moi ce que je peux faire pour t'aider, dis-je finalement à Charlotte.

— Tu t'entraînes pour ton bureau ? se moqua Jérémiah.

— Qu'est-ce qu'il a, son bureau ? demanda Charlotte.

— Il aurait bien besoin d'un coup de neuf ! Cet endroit ressemble à une chambre mortuaire.

— Il exagère, grondai-je. Où sont tes pots de peinture ?

Dix minutes plus tard, je me retrouvai armé d'un rouleau de peinture blanche, prêt à donner un coup de neuf à la future boutique de Charlotte.

Nous passâmes une grande partie de l'après-midi à nettoyer et à peindre. Nous nous autorisâmes une pause pour le déjeuner, pendant laquelle j'échangeai à peine trois mots avec Summer. Pourtant, je sentais son regard pénétrant sur moi. Quand je parvins finalement à lui parler, David me demanda de le suivre pour vérifier sa voiture.

Celle-ci — la seule qu'il ait jamais eue — était garée au coin de la rue. D'un geste rapide et par habitude, je soulevai le capot, tandis qu'il mettait le contact pour faire ronfler le moteur. Pour une fois, je ne repérai ni bruit suspect ni aucune fuite. Toujours le nez sous le capot, je l'interrogeai.

— Tu as perçu un problème particulier ? Un bruit ? Une fuite ?

— Je voudrais juste m'assurer que tout va bien.

— Si tu prévois de faire de la route, il faudrait plutôt que tu passes au domaine. Je pense qu'elle a besoin d'une vidange complète.

Je refermai bruyamment le capot et m'accroupis, en grimaçant, à hauteur du pneu avant.

— Et j'aimerais vérifier les plaquettes de frein. Ça fait un bail que tu les as changées !

— Il faudrait peut-être que je change la voiture, en fait, fit David dans un rire.

— Peut-être. Mais, honnêtement, elle tient bien le choc. Ça me ferait bizarre que tu t'en débarrasses.

— Elle est presque autant à toi qu'à moi !

Je me redressai, pendant qu'il coupait le moteur. Il sortit de l'habitacle et nous regardâmes cette voiture, comme une relique dans un musée. Cette voiture avait été le point de départ de notre amitié et de ma relation avec Summer. Elle et moi avions fréquenté le même lycée, arpenté les mêmes couloirs, mais c'était grâce à cette voiture que nous avions échangé quelques mots.

— J'aurais besoin que tu me rendes un service, lâcha finalement David.

Je comprenais maintenant le prétexte foireux de la voiture. Comme sa sœur, David avait pris pour habitude de ne jamais rien demander ; de cette façon, il n'était jamais redevable de quoi que ce soit.

— Tout ce que tu veux, l'encourageai-je.

— J'aimerais que tu me prêtes une de tes voitures.

Je pivotai vers lui et scrutai son visage. Les bras croisés sur son torse, il semblait perdu dans la contemplation de sa voiture. À moins qu'il ne fasse son possible pour éviter de croiser mon regard.

— Comment elle s'appelle ? demandai-je finalement.

— Ce n'est pas pour tout de suite, répondit-il précipitamment.

— Elle n'est pas au courant ?

— Pas tout à fait. Je suis encore en… pourparlers avec Gemma.

— Gemma ? Je ne savais pas que…

David m'adressa un regard sombre, la mine renfrognée. Apparemment, j'avais touché un point sensible pour lui. Je levai les mains, me défendant d'une éventuelle accusation.

— Elle est chouette. Vraiment. Et, si tu veux mon avis, ça pourrait vraiment marcher entre vous.

— Il faut juste qu'elle soit d'accord, en fait. Je compte l'emmener en week-end et faire un tour sur la côte au printemps, quand les températures seront plus douces.

— Très bonne idée.

— Peut-être que c'est aussi ce que tu devrais faire avec ma sœur, lança David dans un rire.

— Imposer quelque chose à ta sœur est le meilleur moyen de la faire fuir pour de bon. Et puis nous n'en sommes pas là. Pour le moment, on… on parle.

— Ça fait treize ans que vous parlez, me fit-il remarquer, acide.

— En effet. Je lui laisse du temps. Pour en revenir à la voiture, tu pourras prendre celle que tu veux. J'en profiterai pour refaire une beauté à celle-ci.

Je passai ma main sur le toit de la voiture de David. La peinture métallisée rouge vif était ternie depuis longtemps. Des rayures émaillaient la portière côté conducteur et les poignées avaient besoin d'un sérieux lustrage.

— J'en ai pour deux jours au plus. Et tu peux garder l'autre voiture autant que nécessaire.

— Super, merci. Tu me diras combien je te dois pour tout ça.

— Rien. Nous sommes amis, David. Et je n'ai franchement pas besoin de ton argent pour vivre ! Ça me dérouillera un peu, je n'ai pas fait de carrosserie depuis un moment.

Il tendit sa main vers moi et me la serra avec chaleur. Entre David et moi, il y avait cette voiture, sa sœur et tout son passé. David ne s'était jamais ouvert à moi sur ce qu'il avait vécu avec son père. J'avais constaté les dégâts et j'avais agi en conséquence. À l'inverse de sa sœur, il ne m'avait jamais parlé de son enfance traumatisante.

— Merci, murmura-t-il. Pour tout.

— Je t'en prie. Si on allait finir ces travaux, maintenant ?

Je passai une grande partie de l'après-midi à poncer les huisseries. Summer me rejoignit en fin de journée, posant ses mains gelées sur mes yeux. Je réprimai un frisson, pendant qu'elle s'asseyait près de moi. Elle me tendit un gobelet fumant de café.

— À nous, fit-elle en levant sa boisson vers moi.

— À nous.

— Je me disais… J'ai encore pas mal de travail et je ne sais pas si je vais finalement pouvoir assurer ce verre.

— Oh. Eh bien, une prochaine fois, alors.

— Enfin, sauf si tu acceptes de venir le prendre

à l'appartement ? Je dois avoir un sachet de chips dans un coin.

— C'est comme ça que tu te nourris ? Du café et des chips ?

Mon ton paternaliste me fit grimacer. Summer me fixa, interloquée. Elle but une gorgée de son café, puis remonta ses jambes contre elle. Je m'en voulus dans l'instant de l'avoir attaquée gratuitement. J'avais proposé que les règles changent pour espérer une histoire entre nous, pas pour l'éloigner encore plus de moi. J'avais déjà refusé sa proposition de dîner, je devais éviter d'en faire trop.

— Désolé, c'était une remarque absolument déplacée.

— J'ai cru que tu allais m'inviter à dîner, sourit-elle.

— Je ne suis pas disponible ce soir.

— Même pour moi ?

Elle camoufla son visage dans son gobelet, mais je vis clairement un éclat de malice briller dans ses yeux. J'étouffai un rire, puis bus une gorgée de ma boisson.

— On ne m'avait jamais invité à dîner comme ça, avouai-je. Je n'ai pas pour habitude de céder aux caprices.

Elle manqua de recracher son café. C'était ce que j'appréciais le plus dans ma relation avec Summer : je savais parfaitement comment la surprendre.

— Bien joué, souffla-t-elle. Mais je croyais que tu n'étais pas libre...

— Pour toi, je peux toujours me libérer.

— Bien. J'espère que tu aimes la pizza, alors !

— Je dîne avec toi, pas avec la pizza.

— Tu n'es pas très difficile.

— Au contraire, je trouve que je suis plutôt très sélectif.

À la fin de la journée, Charlotte nous libéra enfin de nos corvées. Nous nous promîmes de dîner rapidement tous ensemble, avant de nous séparer. Summer et moi rejoignîmes son appartement.

— Jérémiah a sûrement laissé des vêtements, si tu veux prendre une douche.

— Avec joie. Commence, je vais nous commander un truc à manger en attendant.

Pendant que Summer était sous la douche, j'appelai le restaurant italien en bas de la rue. N'osant pas m'asseoir sur le canapé, de peur de le salir, j'arpentai l'appartement. De petits nuages de vapeur s'échappaient de la porte de la salle de bains, délicieusement parfumés aux fruits rouges. Sur la table basse du salon s'accumulaient des magazines de petites annonces immobilières. Certains de ses dossiers professionnels l'attendaient aussi. J'en ouvris plusieurs, avant de m'intéresser au plus épais. Je le feuilletai de longues minutes, étudiant ses graphiques et ses prévisions.

— Espionnage industriel ? se moqua-t-elle en sortant de la salle de bains.

Je refermai le dossier précipitamment, comme pris en faute. Habillée d'un jogging épais, Summer se frottait énergiquement les cheveux dans une serviette-éponge. Elle avait les joues rougies par la chaleur et, lorsqu'elle passa à côté de moi, je sentis nettement le parfum de son gel douche.

— J'ai commandé la pizza, éludai-je.

— Parfait. Je vais nous sortir deux bières.

Pieds nus, elle gagna le petit coin-cuisine, pendant que je retirais mon sweat et mon T-shirt. Quand elle se tourna vers moi, son regard se troubla et elle dirigea vite les yeux vers le canapé. Cet évitement inhabituel me réjouit et je savourai son trouble. Mes exercices de musculation m'avaient forgé un corps athlétique et musclé. Mon torse était la seule partie de mon corps épargnée par les cicatrices et j'en étais fier.

— Je présume qu'il y a des serviettes dans la salle de bains.

— Euh… Oui.

Sa petite hésitation m'encouragea. Ce n'était pas la première fois que Summer me voyait torse nu. C'était cependant la première fois qu'elle réagissait ainsi et qu'elle laissait transparaître son trouble.

— Summer ?

Elle me fit face et prit une profonde inspiration. Malgré toute sa volonté, ses yeux se promenèrent sur mon torse pendant de longues secondes.

— Ça m'avait manqué aussi, avouai-je.

Elle hocha la tête, peinant à déglutir. Elle m'adressa un sourire mal assuré et je réduisis l'espace entre nous. Summer recula, son dos heurtant le mur de la cuisine. Elle tenta de masquer ses émotions, mais à la façon dont son regard furetait partout je compris qu'elle cherchait une échappatoire.

J'approchai encore, ne laissant que quelques centimètres entre nos deux corps. À cette distance, je percevais sa respiration hachée et son souffle court. J'aurais aimé qu'il s'agisse d'excitation, mais je connaissais parfaitement Summer. Son regard fuyant, son corps tendu, cette nervosité me rappelait ma dernière soirée ici : elle paniquait.

— J'ai très envie de t'embrasser, Summer. Tellement envie que ça me fait mal. Le problème, c'est que si je t'embrasse je ne vais jamais voir cette douche et je vais devoir te retirer tes vêtements.

Elle poussa un soupir et plaqua ses mains contre le mur derrière elle. Elle était si tentante, avec sa chevelure humide, ses lèvres roses et son visage doux. Je me débattais entre l'envie de la protéger et le besoin de sentir sa peau frotter contre la mienne. La fragilité de Summer m'avait séduit depuis longtemps mais son caractère impétueux et déterminé réveillait mes bas instincts.

Elle s'humecta les lèvres et la tentation se fit plus grande. La tension que j'avais sentie dans l'après-midi réapparut, plus forte et plus violente. J'étouffais de désir pour cette femme. Si mon corps l'avait permis, je l'aurais plaquée contre ce mur et j'aurais laissé nos deux corps se consumer de plaisir.

— Je le ferai, Summer. Je t'embrasserai un jour. Ce jour-là, tu oublieras tout ce qui te retient d'être avec moi et il n'y aura pas de retour en arrière possible.

Son regard prit cette teinte bleu nuit que j'adorais. J'avais compris le trouble de Summer quand elle m'avait vu à moitié nu. Mais, là, c'était différent. Son corps était tendu comme un arc, et son souffle, erratique. L'affolement avait laissé place à du désir brûlant. Mon serment l'avait touchée.

— Et pourquoi pas maintenant ? murmura-t-elle dans une supplique.

— Parce que tu veux juste ce baiser. Moi, je veux beaucoup plus. Un baiser ne me suffira pas, Summer.

Elle posa ses mains sur mon torse et me tira un sourire. Je retrouvais la Summer déterminée et indépendante que je connaissais. En refusant de l'embrasser, j'avais défié la femme que j'aimais, je lui avais refusé ce qu'elle voulait. Et j'étais un homme. Deux bonnes raisons pour elle de vouloir reprendre le dessus.

Ses doigts froids glissèrent sur ma peau, jusqu'à atteindre la boucle de la ceinture de mon jean. Mon cœur s'emballa aussitôt et j'ignorai la douce chaleur qui me gagnait. Elle me jeta un nouveau regard, entre défi et interrogation. Ma seule chance de m'en sortir et de remporter cette manche, c'était qu'elle abandonne. Je tremblai sur ma jambe droite, fatigué de lui résister. La journée avait été éprouvante et mon corps était en train de lâcher prise. Notre affrontement ne pouvait pas durer plus longtemps.

— Je vais prendre une douche, dis-je en m'écartant d'elle.

Elle me retint par la ceinture pendant une courte seconde, avant de me libérer. En silence, je déposai un baiser chaste sur son front, tandis que mon cœur reprenait un rythme normal.

Ensemble. Maintenant. Pour toujours.

— Mauvais joueur, murmura-t-elle.

— Mauvaise perdante.

Je lui adressai un dernier regard avant de franchir la porte de la salle de bains. Son sourire habituel était revenu. Elle sortit deux bouteilles de bière, puis secoua la tête.

— Avoue au moins que tu regrettes d'avoir résisté, rit-elle.

— Tu n'as pas idée !

Sous la douche, je parvins à chasser les images licencieuses de Summer, nue, sous moi. C'était un fantasme récurrent mais, ce soir, il avait failli se réaliser. Même si j'étais frustré, je devais admettre qu'avoir suscité une réaction inédite chez Summer me réjouissait. C'était un premier pas.

Le souvenir de notre premier affrontement me revint en mémoire. Ce soir-là, j'avais gagné. C'était l'une de mes plus grandes fiertés. J'essuyais les dernières gouttes d'eau qui dévalaient mon torse quand une idée folle germa. Je m'arrêtai net, stupéfait.

Ce n'était plus une idée, c'était un véritable plan.

Douze ans plus tôt

Le moins qu'on puisse dire, c'était que mon retour à Norview avait surpris. Normalement, mon retour de l'université était prévu quelques semaines plus tard. Un long dérapage dans l'allée du domaine, un buisson sacrifié et une porte d'entrée claquée aussi fort que possible. Autant marquer le coup.

Ensuite, mon grand-père avait déboulé. Mes parents étaient absents, comme souvent. Théodore Montgomery Sr. arborait un calme olympien, une allure impeccable et ce petit air sec qui l'empêchait de sourire. C'est à peine s'il leva un sourcil en contemplant ma tenue débraillée : un jean déchiré et un T-shirt couvert de graisse.

— Une explication ? fit-il.

— À mon retard ? Je suis tombé en panne sur l'autoroute, mais je suis parvenu à…

— À ta présence ici ! Si mes souvenirs sont bons, tes examens sont prévus demain.

— Je ne vois pas où est le problème : je ne passerai aucun examen.

— Et je peux savoir pourquoi ?

— Parce que je n'en ai absolument rien à foutre. Je veux piloter et, pour ça, nul besoin d'études.

— Je ne crois pas que ce soit toi qui décides.

— En effet. C'est aussi ce que je me suis dit quand une écurie m'a contacté mais j'ai fait des essais et ils sont prêts à me proposer un volant. En tant que remplaçant pour commencer.

— C'est évidemment hors de question.

Il avait tranché sans émotion aucune. À croire que cet homme était hermétique à tout. Je savais qu'il était en colère, je le lisais dans ses yeux. Mais il ne haussait jamais le ton, ne menaçait pas plus. Il se contentait de donner son opinion, dans le vague espoir que, comme tout son entourage, je me plie à son avis.

— Je ne suis pas venu pour te demander ton avis.

— Dans ce cas, tu n'as rien à faire ici.

— Tu prendrais le risque d'un scandale ?

Il tressaillit et sa respiration devint sifflante. J'avais très vite compris comment manipuler cet homme. L'ombre d'un potentiel scandale, des quolibets ou de la rumeur — même infondée — l'effrayait. L'intégrité du nom « Montgomery » comptait plus que tout. Cette demeure en pierre se chargeait de conserver nos querelles à l'abri des regards ; rien ne fuitait. Il me tourna le dos et remonta l'imposant escalier central, sans ajouter un mot.

Je filai à la cuisine, à la recherche d'un morceau à grignoter. Puis je vérifiai l'heure et décidai de me mettre en quête d'un nouveau carburateur. J'avais opéré une réparation de fortune pour pouvoir rentrer au domaine mais je devais maintenant changer la pièce.

Rejoindre le centre-ville ne me prit que quelques minutes. Mon garage habituel disposait d'un atelier important et de pièces détachées neuves. Au pire, même en la commandant, j'aurais ma pièce de rechange sous deux jours.

Il faisait presque nuit quand j'entrai dans la boutique. Je fourrai mes mains dans les poches de mon jean et patientai derrière l'homme qui était au comptoir.

— Mais puisque je vous assure que je pourrai vous payer le mois prochain ! râla ce dernier.

Sentant certainement ma présence, il jeta un coup d'œil nerveux derrière lui, puis, les mains appuyées sur le comptoir, il reprit son âpre négociation :

— Au début du mois prochain. J'ai vraiment besoin de cette pièce.

— C'est 250 dollars. Est-ce que vous savez au moins la monter ?

Le garagiste était une vieille connaissance de la famille ; en me voyant, il m'adressa un signe de la tête et décida d'en finir avec son client précédent. Repoussant la pièce à l'autre bout du comptoir, il reprit :

— Écoutez, je vous laisse réfléchir. Je m'occupe de M. Montgomery et ensuite nous reprendrons.

Le jeune homme étouffa un juron dans sa barbe, pendant qu'il me laissait la place au comptoir. Du coin de l'œil, j'observai son profil. J'avais déjà compris qu'il était contrarié, mais en le voyant je compris que cela allait bien plus loin : ce type était sacrément en colère. Les poings serrés sur le comptoir, il fixait avec détermination la boîte posée devant lui.

— Tu es au lycée de Norview, non ? demandai-je.

Ses yeux bleu sombre me toisèrent. Même à distance de lui, je sentais son agressivité emplir l'espace entre nous. Je levai les mains devant moi, en signe d'apaisement. Je remarquai une cicatrice sur sa lèvre inférieure et l'ombre d'un hématome autour de son œil.

— C'était juste une question. Ton visage me dit quelque chose.

— Je suis en dernière année, répondit-il entre ses dents. Et toi ?

— J'ai quitté Norview depuis plus de deux ans. Et je viens de plaquer la fac.

Il sembla s'apaiser, mais dès que le garagiste revint de la réserve sa colère resurgit. Il se renferma sur lui-même et rabattit la capuche de son sweat sur lui. Le garagiste me demanda de quelle pièce j'avais besoin et s'éclipsa à nouveau.

Pour relancer la conversation, je lâchai :

— Ce n'est pas bien compliqué à changer.

— Je m'inquiéterai pour ça quand j'aurai trouvé le moyen de payer ce truc, expliqua-t-il après un blanc.

— Ça ne rapporte pas assez, les combats clandestins ?

Il tourna son visage furieux vers moi, me fusillant des yeux. Avec une telle colère en lui, ça ne m'étonnait pas qu'il se batte. Avec un peu de chance et au vu de sa carrure épaisse et large, il gagnait.

— La prochaine fois, dis à tes potes de ne pas frapper le visage, ajoutai-je.

— Je n'y manquerai pas.

Sa voix était glaciale et me fit presque frémir. Sa colère s'était estompée, au profit d'une profonde tristesse. Le garagiste réapparut avec mon nouveau carburateur et le jeune homme tourna à nouveau le visage vers le comptoir.

— Merci et bonne soirée.

Il abandonna son alternateur et quitta l'atelier, refermant la porte avec fracas, pendant que je réglais mon achat. En sortant, je le retrouvai assis sur la barrière qui bordait la route. Il me jeta à nouveau ce regard furieux, comme s'il était prêt à me mettre une droite.

En silence, je lui lançai son alternateur, qu'il rattrapa adroitement.

— Je n'ai pas de quoi te rembourser !

— Rien à foutre. Et, si tu as besoin d'aide pour l'installer, je suis disponible une bonne partie de la nuit.

Je lui tendis la main, espérant ne pas en prendre une en retour. Il se leva, retira sa capuche et m'adressa un sourire un peu tordu. Il ficha sa main dans la mienne et son regard s'éclaira de gratitude.

— David, se présenta-t-il.

— Théo.

David et moi étions devenus amis très vite. Il n'était pas bavard, mais je ne l'étais pas non plus. Il avait ses secrets, j'avais les miens. Au bout de quelques nuits de mécanique, je l'avais convié à une de mes courses.

Un nouveau secret, partagé, cette fois.

J'avais de nouveau repéré des traces de coups, qu'il masquait avec ses pulls. En revanche, son visage restait net. Ce n'était qu'en le voyant avec sa sœur, en découvrant les mêmes taches bleues et la même colère, le même désespoir dans leur regard, que j'avais compris les violences qu'ils subissaient.

David, fidèle à son habitude, n'avait rien dit. Mais je lui avais assuré qu'ils pouvaient compter sur moi, lui comme sa sœur.

Dollar par dollar, il parvint à rembourser l'alternateur que je lui avais offert.

— Je n'ai pas besoin de cet argent, dis-je en le lui rendant.

Ensemble. Maintenant. Pour toujours.

— Je sais. Mais je préfère être clean avant de partir.

— Tu pars ?

— Quelques jours pour New York. Recrutement des pompiers. C'est ma seule façon de me tirer d'ici rapidement.

Il se tordit les mains de nervosité, avant de me lancer un regard. La révolte et la colère que j'y vis m'effrayèrent presque. David me donnait parfois la sensation d'être une bombe à retardement, menaçant d'exploser à tout moment.

— Tu te souviens de ma sœur ?

— Summer. Oui, bien sûr.

Le souvenir de son visage contrarié et pourtant magnifique m'avait profondément marqué. Elle avait les mêmes yeux que son frère. Si ce dernier était en colère, elle se montrait plutôt en révolte, défiant du regard quiconque menaçait de trop s'approcher d'elle.

— J'aimerais que tu gardes un œil sur elle. Le temps que je fasse l'aller-retour.

— Sans problème. Elle peut dormir ici, si elle veut.

— Summer n'est pas du genre à coopérer. Tu me promets que tu veilleras sur elle ?

— David, je t'assure, je passerai mes nuits là-bas, s'il le faut. Va faire tes entretiens à New York. Tu as de l'argent ?

Il secoua la tête, serrant sa bière entre ses mains. Son inquiétude première n'était pas l'argent mais la protection de sa sœur.

— Je n'aime pas la laisser seule. Papa est particulièrement difficile en ce moment.

Il se massa le poignet, camouflant un hématome sur son bras en tirant sur sa manche. Je sortis mon portefeuille et lui tendis une liasse de billets. Après une seconde d'hésitation et avec un regard reconnaissant, il la glissa dans sa poche.

— Tu me le rendras quand tu pourras. Et je vais te prêter une voiture, ajoutai-je.

— Je pensais y aller en bus.

— Ne sois pas ridicule, j'ai deux voitures qui iront parfaitement. Tu n'auras qu'à choisir. Tu pars quand ?

— Demain. Est-ce que tu pourras passer le soir là-bas ? demanda-t-il avec une pointe de panique dans la voix.

— Je le ferai, ne t'en fais pas.

Il acquiesça et poussa un long soupir. David était déchiré entre l'envie de partir et le besoin de rester ici. Mais c'était une chance qu'il ne pouvait pas laisser passer.

— Concentre-toi sur tes tests. Ton intérêt, c'est de les réussir. Je t'assure que je veillerai sur elle.

J'avais encore le souvenir du regard perdu de sa sœur dans cette voiture. Imaginer que son père levait la main sur elle me rendait fou. Malgré son air revêche, quelque chose chez elle m'avait profondément ému. La protéger était une évidence pour moi.

Je raccompagnai David jusqu'au garage, le laissant choisir une voiture. Il me remercia longuement, m'étreignant avec force, avant de quitter le domaine. Depuis que j'avais compris l'origine de ses bleus et coupures, nous nous étions rapprochés. Je n'avais pas posé de question ; il ne m'avait pas fourni de réponse. Je lui avais tout de même proposé les services d'un avocat mais il avait refusé, choisissant d'affronter son père, au quotidien.

Le lendemain soir, comme promis, je patrouillai dans le quartier des Hendricks. La zone pavillonnaire était très calme. Les maisons de la réserve militaire se ressemblaient toutes, pavoisées du drapeau américain. Celle de David et Summer aurait mérité, quant à elle, un coup de peinture et un meilleur entretien des pelouses. Chez eux, tout était à l'abandon.

À 22 heures, je me garai près de la maison et surveillai les lumières aux étages. Malheureusement, je n'eus pas à attendre longtemps. Au bout de dix minutes, je perçus de l'agitation et du bruit. J'entendis une porte claquer, puis des coups lourds, puissants et insistants. Je démarrai la voiture, les mains crispées sur le volant.

D'après son frère, Summer avait pris pour habitude de se sauver par la fenêtre et de glisser le long de la gouttière. Elle sautait ensuite sur la haie, avant de se cacher derrière la maison. Elle passait ainsi deux heures dehors, quelle que soit la météo, attendant que son père ivre s'endorme. Ce soir, j'étais prêt à la récupérer et à l'héberger.

Je fixais la fenêtre de sa chambre, attendant qu'elle surgisse. Quelqu'un tira le rideau et je devinai la silhouette de Summer. Mes mains se crispèrent sur le volant et mes yeux furetèrent partout. Dans l'obscurité, je craignais vraiment de la louper. Soudain, la fenêtre à guillotine s'ouvrit et Summer passa sa tête à l'extérieur. Lentement, elle glissa le long de la gouttière, comme une ombre, avant de disparaître dans un buisson.

Je sortis de la voiture et, après avoir vérifié que personne n'était là, traversai la route.

— Qu'est-ce que tu fiches ici ? fit la voix de Summer.

Quelqu'un alluma la lampe sous le porche et Summer me tira par le bras pour que je me baisse. La lumière s'étala sur l'avant de la maison, menaçant de nous découvrir. Elle posa son index sur ses lèvres et, d'un signe de tête, m'encouragea à la suivre. En silence, nous rampâmes jusqu'à l'autre bout du jardin. À chaque bruit, Summer se figeait et scrutait les alentours. Je n'avais jamais vu quelqu'un avoir aussi peur.

— Reste ici, lui intimai-je en désignant une cachette derrière les poubelles.

— Rentre chez toi, grogna-t-elle. Ça ne te regarde pas !

— David m'a demandé de veiller sur toi, et je le fais. Je vais chercher la voiture et je vais te ramener au domaine.

— Pour quoi faire ?

— Pour dormir ! Je te reconduirai ici demain matin si tu veux.

Un bruit de verre brisé nous fit bondir. Summer me jeta un regard, analysant ses possibilités. Venir avec moi était certainement l'option la plus sûre.

— Bien. D'accord. Mais je ne t'attends pas ici, je te suis.

Ensemble. Maintenant. Pour toujours.

Renonçant à la contredire, je pris sa main et, accroupis, nous marchâmes jusqu'à la voiture. La mine inquiète, les yeux vides, tristes et rivés sur sa maison, Summer s'installa sur le siège passager. Sans ajouter un mot, je démarrai et nous conduisis au domaine.

Elle avait à nouveau ce regard. Celui qui traduisait un maelström d'émotions : la peur, la haine, le désespoir. Elle était épuisée de cette vie.

Ce soir-là, je me promis de la protéger à tout prix.

Summer

D'un geste sec, je rayai le chiffre erroné de la projection budgétaire pour le prochain trimestre. J'avais passé les premiers jours de janvier sur ce dossier. Noël avait fait bondir les chiffres de ventes de cosmétiques, je devais donc maintenant travailler sur la campagne de la Saint-Valentin.

Mon téléphone vibra et je découvris un message de Charlotte. L'ouverture de sa boutique était imminente et elle profitait de ses derniers jours de liberté avec Jérémiah. Il allait bientôt reprendre les entraînements, tandis qu'elle effectuerait ses premières restaurations de meubles tout en finalisant leur mariage imminent.

Honnêtement, j'enviais ses projets plus que les miens. Je passais de réunions en dossiers, de budgets en projections de vente, de campagnes de publicité en revues qualité. J'aimais mon métier, mais, depuis mon dernier dîner à l'appartement avec Théo, je comprenais que ma vie ne se résumait plus qu'à ça. Plus jeune, j'avais rêvé de ce type de carrière : une réussite que je ne devais qu'à moi-même, mon indépendance, de l'argent et aucun compte à rendre. Une vie parfaite, en tout point. Mais aujourd'hui la solitude me pesait de plus en plus.

Je passai une main sur mon visage et m'enfonçai dans mon fauteuil. Mes yeux accrochèrent la carte à jouer encadrée sur mon bureau. Je n'avais pas eu de nouvelles de Théo depuis notre dîner italien. J'étais incapable de me souvenir des sujets dont nous avions discuté ou de notre pizza partagée. En revanche, mes paumes se souvenaient parfaitement de la douceur de la peau de Théo et de la façon dont ses muscles se tendaient à mon contact. J'avais été impressionnée par sa carrure, par le dessin parfait de ses épaules et par le tracé rigoureux de ses abdominaux. Malgré son accident et ses cicatrices, il avait su mettre son corps en valeur. Et puis il y avait eu ses mots, sa promesse, la détermination dans sa voix, la lueur de désir violent dans son regard. Pendant un court instant, j'avais attendu ce baiser. Je m'y serais volontiers perdue, s'il ne s'était pas brutalement écarté.

Notre baiser, en juillet dernier, m'avait ébranlée, et je ne doutais pas que celui-ci m'aurait sûrement bouleversée. Si le premier était inattendu, le second avait été, lui, hautement espéré. La nuit qui avait suivi avait été courte ; entre les fantômes du passé et la promesse de Théo, j'avais été incapable de trouver le sommeil. Je ne m'inquiétais pas outre mesure pour Théo : comme au lycée, une horde de filles devait lui courir après. Il avait tout pour plaire : l'argent, la prévenance, des soirées mondaines… Je m'étonnais même qu'il ne soit pas déjà en couple. Évidemment, qu'il ait une femme dans sa vie aurait changé beaucoup de choses. Il m'aurait fallu trouver ma place. De toute évidence, une place loin de lui. Cette simple idée me tira un frisson d'effroi. La situation aurait été cruelle et pénible.

Quoi qu'il en dise, nous n'étions pas faits pour être ensemble. J'étais bien trop indépendante et je trimballais mon passé encombrant avec moi. Théo avait pris de son temps pour jouer les chevaliers servants et je lui en étais vraiment reconnaissante mais, au fond, je savais qu'il était trop bien pour une fille comme moi. J'étais incapable de m'investir complètement dans une relation amoureuse, d'accepter de m'abandonner. Et puis il était le genre d'homme qui voulait fonder une famille et j'étais loin d'avoir cette envie. Je n'avais aucunement l'instinct maternel et n'aurais jamais su comment m'y prendre.

C'était clair, nous n'avions rien à faire ensemble. Il avait besoin d'une fille équilibrée, d'une fille de la bonne société qu'il fréquentait, qui aurait pu lui ouvrir de nouvelles portes pour la Fondation — autant allier l'utile à l'agréable.

Revenant à la réalité, je consultai le message de Charlotte. Ma meilleure amie me rappelait la séance d'essayage de robes de mariée prévue ce soir. Je lui avais promis de faire un effort : moins de travail, plus de temps ensemble. Après avoir jeté un œil à mon dossier, puis à l'heure, je décidas de la fin de ma journée de travail. En cas d'urgence, je pouvais lire mes mails à distance.

J'enroulais mon épaisse écharpe autour de mon cou quand la voix de mon patron résonna dans mon bureau :

— Soirée en perspective ?

— En effet. J'ai un dîner.

Inutile de lui en dire plus. Je lui laissais le soin d'imaginer ce dont il avait envie. J'avais tenu mes engagements en acceptant de prendre un café avec lui, je ne lui devais pas plus.

— Avez-vous terminé le bouclage budgétaire ?

— Quasiment. Il sera prêt demain, comme prévu.

— Parfait. Vous êtes très élégante, j'envie la personne qui va partager votre dîner.

De toute évidence, Logan avait revu ses méthodes de drague. Après l'approche frontale, il optait maintenant pour la subtilité. Je préférais, mais je n'avais pas changé d'avis : je ne mélangeais jamais le plaisir et le travail. Et, même s'il ne me laissait pas indifférente, ce n'était qu'une attraction physique et éphémère. Rien qui vaille le coup de risquer mon job.

— Merci, Logan. À ce sujet, avez-vous remarqué que Lisa n'a cessé de vous dévorer des yeux lors de la réunion de cet après-midi ?

Ce n'était qu'un demi-mensonge : même si je n'appréciais pas que mes collègues s'épanchent auprès de moi, je ne pouvais pas m'empêcher d'observer les situations. J'espérais qu'ainsi Logan trouve une nouvelle proie et cesse de revenir à la charge.

Il me fixa avec perplexité, pendant que je vérifiais le contenu de mon sac. J'y glissai mon téléphone portable et mes gants. D'une main, je réajustai ma coiffure.

— Donc c'est plutôt un rendez-vous qu'un dîner ?

— L'un n'empêche pas l'autre, m'amusai-je.

— Pourquoi êtes-vous si cruelle avec moi, Summer ?

— Parce que, si je suis gentille maintenant avec vous, je vous ferai du mal ensuite. Croyez-moi, Logan, je ne suis pas une femme pour vous. Et le fait que nous travaillions ensemble ne ferait que compliquer notre potentielle relation.

— Je suis à deux doigts d'exiger ce bouclage budgétaire pour ce soir.

Je le dévisageai pendant plusieurs secondes. Je n'arrivais pas à déterminer si cette soudaine exigence relevait réellement du domaine professionnel ou du privé. Encore une bonne raison de ne jamais mélanger ces deux sphères : ça brouillait les repères habituels.

— Autour d'un italien ? demandai-je en haussant un sourcil.

— Cela peut s'arranger.

Dans un sourire victorieux, il dégaina de sa poche de pantalon le menu du restaurant d'en bas de la rue. Son visage s'illumina quand il me vit défaire mon écharpe. Dans un soupir, je fis mine d'abdiquer.

— Vous me laissez une minute ?

J'appuyai sur une touche de mon téléphone de bureau et attendis que mon interlocutrice se manifeste.

— Encore en train de bosser ? fit Lisa dans un rire à travers le haut-parleur.

— Presque. Logan vient justement de me proposer de partager un dîner pour finir le bouclage budgétaire.

Face à moi, Logan se décomposa, comprenant que son piège se retournait contre lui. Il avança dans mon bureau, à la recherche d'une parade pour s'en sortir.

— Vu que tu connais parfaitement le dossier et que Logan veut ce bouclage pour ce soir, je me disais que tu pouvais prendre le relais et me remplacer, non ?

— Bien sûr ! J'arrive !

Lisa paraissait enchantée au téléphone ; Logan, appuyé contre le mur de mon bureau, me fixait, prêt à en découdre. Je raccrochai et préparai mon dossier pour le remettre à Lisa.

— Vous êtes redoutable.

— N'est-ce pas pour cela que vous m'avez embauchée ?

— En effet, avoua-t-il en acquiesçant légèrement de la tête.

Lisa apparut dans l'encadrement de la porte et je me précipitai pour lui donner mes documents. Elle me remercia chaleureusement et je compris qu'elle m'était plus reconnaissante de mes manœuvres d'entremetteuse que de la confiance que je lui témoignais en lui remettant ce dossier.

— Je vous laisse, bonne soirée ! chantonnai-je en quittant mon bureau.

Je rejoignis l'ascenseur et, une fois en bas de l'immeuble, je sautai dans un taxi pour retrouver Charlotte à la boutique de robes dont elle m'avait donné l'adresse. Ma meilleure amie m'attendait devant l'entrée, emmitouflée dans un manteau épais en laine. Je voyais à peine ses yeux, coincés entre son bonnet et son écharpe.

Une fois à l'intérieur, Charlotte se présenta à une conseillère et nous fûmes installées dans un salon privé. La future mariée disparut aussitôt dans une cabine, avant de revenir vêtue d'une robe splendide.

— Qu'est-ce que tu en penses ? demanda-t-elle.

Elle tourna sur elle-même, me laissant entrevoir le détail des dentelles qui recouvraient sa robe. Le tissu couleur champagne était fluide, léger et tombait impeccablement à ses pieds, formant une petite traîne derrière elle. Le bustier était élégant et chaste, la coupe sirène mettait sa silhouette longiligne en valeur. À l'arrière, je remarquai une rangée de boutons en nacre, véritable incitation au péché. La robe paraissait simple, mais chaque détail prouvait qu'elle était très travaillée. C'était superbe.

Un sourire souleva mes lèvres. Encore quelques mois auparavant, Charlotte n'avait aucune envie de revoir Jérémiah et refusait net l'idée d'une relation entre eux.

Et maintenant le mariage se profilait.

— Tu veux vraiment mon avis ?

— C'est ton job, me rappela-t-elle.

— Tu pourrais venir en sac à patates que Jérémiah t'épouserait quand même. Je ne donne pas cher de cette robe dès que vous serez seul à seule.

Dans un rire, elle s'admira dans le miroir, pendant que je replongeais dans mes souvenirs. Une dizaine d'années plus tôt, j'avais déjà conseillé Charlotte dans son choix de tenues avant sa première soirée avec Jérémiah. Elle était si nerveuse ! Pourtant, leur histoire était d'une flagrante évidence et Jérémiah avait remué ciel et terre pour la reconquérir. Je trouvais ça un peu fou, qu'on puisse s'abandonner autant à quelqu'un. Fou mais enviable. J'aurais aimé avoir une relation aussi épanouissante où on pouvait se faire confiance et s'épauler dans les moments difficiles. Mon père, parmi les nombreux dégâts qu'il avait causés, était parvenu à me faire douter de tout, en particulier des hommes. Je me sentais incapable d'offrir mon cœur abîmé et mon âme brisée à quelqu'un. Le risque d'en sortir encore plus meurtrie était trop grand. Garder le contrôle de ma vie — et de cet aspect de ma vie, précisément — était le meilleur moyen de m'en sortir.

La vendeuse lui installa un voile sur le sommet du crâne et arrangea sa chevelure pour qu'elle cascade dans son dos. Voir Charlotte dans cette robe me donna la désagréable sensation d'avoir vieilli de quinze ans en deux minutes.

— Toujours autant de travail ? m'interrogea-t-elle.

— Toujours, oui. Mais j'ai réussi à me sortir des griffes de mon patron.

En quelques mots, je lui racontai comment j'avais retourné la situation, à l'avantage de Lisa et au mien. Charlotte siffla d'admiration, avant de décréter qu'elle devait essayer une autre robe. Je plongeai la main dans mon sac et dénichai mon téléphone. Pour patienter, je consultai mes messages.

Ensemble. Maintenant. Pour toujours.

Quelques mails du bureau m'attendaient, de la publicité — comme souvent — et deux propositions de chasseurs de têtes. J'en recevais régulièrement et les supprimais aussitôt : je n'avais aucune envie de changer de poste.

Charlotte réapparut et remonta sur la petite estrade face à moi. À nouveau, elle tourna sur elle-même, éblouissante. L'adolescente hésitante et gauche était devenue une femme épanouie et radieuse. J'étais heureuse pour mon amie : elle goûtait véritablement au bonheur. Sans Charlotte, je n'aurais peut-être pas réussi à survivre à ma dernière année de lycée. Bien sûr, il y avait eu Jérémiah et Théo — le premier à m'avoir aidée —, mais Charlotte et sa mère m'avaient hébergée, nourrie et habillée pendant des mois. Ce qui nous liait était bien plus fort que n'importe quelle amitié.

— J'ai l'impression de me voir, commenta finalement Charlotte en m'observant.

— Quoi ?

— Quand je bossais au café et que j'étudiais pour le barreau. J'étais comme toi, absolument débordée et, surtout, complètement perdue.

Elle lissa la robe qu'elle portait et je lui adressai un sourire tremblant. Ce n'était sûrement pas le moment de pleurer. Mais quand je repensais au chemin que nous avions parcouru, aux drames que nous avions affrontés, j'avais la sensation que nous sortions enfin la tête de l'eau, que l'horizon se dégageait. Que c'était notre tour d'être heureuses.

— Tout va bien, Summer ?

— Je… Pardon, j'avais une petite bouffée nostalgique.

Le visage de ma meilleure amie s'affaissa et je m'en voulus immédiatement. Je ne voulais pas la rendre triste. Au contraire, c'était un moment que nous devions absolument célébrer.

— Ma mère me manque, avoua-t-elle finalement.

— Je crois qu'elle aurait approuvé ce mariage, tu sais.

Charlotte éclata de rire et chassa les larmes qui perlaient au coin de ses yeux. Elle opina et se tourna pour admirer le dos de sa robe.

— Elle était la première fan de Jérémiah, se souvint-elle. Elle était persuadée qu'il était un homme pour moi. Tout ça est vraiment bizarre, non ? On sort du lycée et on se retrouve là !

— On sort du lycée, on galère dix ans pour se trouver, corrigeai-je, et ensuite, parce qu'on a une meilleure amie géniale…

— … Qui complote dans notre dos.

— … On retrouve l'amour de sa vie ! Je commence à me demander si je ne me suis pas trompée de carrière, en fait. J'aurais dû devenir entremetteuse. Ou gérante d'une agence matrimoniale !

Charlotte haussa un sourcil, dubitative. J'entamai un décompte objectif de la situation :

— Eh bien, toi et Jérémiah, bien sûr. Ce soir, je crois que j'ai réussi un coup de maître avec Lisa et

Logan. Et évidemment je travaille sur le sujet David et Gemma.

— Et toi ?

— Quoi, moi ?

Elle empoigna sa robe pour la soulever et vint s'asseoir sur le canapé près de moi. Sa robe s'étala dans un adorable bruissement de tissu. La conseillère nous fixa, décontenancée ; elle n'avait visiblement pas prévu que l'essayage de cette robe finirait en aller simple vers le passé.

— Tu ne m'as pas raconté ton dîner avec Théo.

— Nous avons mangé une pizza. On a parlé de la Fondation, de votre mariage.

— Et de vous ?

Je lui adressai un regard sombre. Depuis que j'avais raconté à Charlotte ce baiser furtif avec Théo, elle revenait en boucle sur le sujet. Théo et moi n'avions rien à faire ensemble, il fallait qu'elle se rentre ça dans la tête.

— Je n'arrive pas à comprendre, Summer. Théo est dingue de toi, il ne voit que toi et tu l'ignores. Je vais donc te donner le meilleur conseil qui soit : laisse-lui une chance.

— Ce baiser était une erreur. De toute façon, je n'ai pas le temps pour une histoire. Je ne sais même pas si je suis capable de tomber amoureuse d'un homme.

— Une erreur ?

Elle parut surprise. Charlotte avait certainement oublié que j'étais une très bonne menteuse. Je savais dissimuler mes émotions à la perfection. Des années de mensonges et de faux-semblants m'avaient donné cette compétence inouïe. Je savais cacher la vérité parfaitement, jusqu'au moindre détail.

— Je suis un peu étonnée, reprit Charlotte. J'ai discuté avec Théo et... Enfin, il m'a laissé entendre qu'il attendait plus qu'une simple amitié entre vous.

— Il t'a parlé ?

— Tu n'es pas la seule à avoir un lien particulier avec Théo, tu sais, dit-elle avec un sourire.

— Alors, quoi ? Tu joues les envoyées diplomatiques en espérant me convaincre ?

— Surtout pas ! Je pense que vous devez faire votre chemin tout seuls. Mais vous êtes mes deux plus proches amis et je n'aime pas vous voir malheureux.

— Je ne suis pas malheureuse !

Charlotte pencha sa tête sur le côté, mettant nettement en doute mon honnêteté. Mon talent pour le mensonge avait visiblement trouvé sa limite.

— Il n'abandonnera pas, me prévint-elle.

Je le savais. Théo était aussi persévérant que moi. C'était une qualité que j'appréciais chez un homme : savoir ce qu'on veut et tout faire pour l'avoir. Je réprimai un frisson, songeant à sa promesse à l'appartement. Sa voix assurée vibrait encore contre ma peau. Prise au piège entre son corps et lui, je n'étais pas parvenue à l'affronter réellement. Au contraire, j'avais laissé le désir prendre le dessus et je l'avais touché. Théo m'attirait, je ne pouvais pas le nier. Mais notre histoire, notre amitié et mon incapacité à faire confiance m'empêchaient d'envisager autre chose.

Ensemble. Maintenant. Pour toujours.

— Et il est patient, me rappela Charlotte.

— Je sais.

C'était d'ailleurs ce qui le rendait dangereux. J'avais tout de même été à deux doigts de l'embrasser. S'il avait cédé, nous aurions même sûrement fait l'amour. Et peut-être que, six mois plus tard, nous serions parvenus à faire comme si rien ne s'était passé. Mais il m'avait résisté, et je n'avais pas encore déterminé si je devais en être déçue ou soulagée.

Charlotte haussa les épaules et remonta sur son estrade. Je me concentrai sur sa robe, étincelante et parfaite. Blanc cassé, elle épousait parfaitement sa ligne. Le bas de la robe était composé de tulle et d'organza qui offrait du volume à la traîne. Le décolleté en V, bordé de dentelle, laissait apparaître la naissance de sa poitrine. Maintenue par de fines bretelles, la robe laissait son dos dégagé. Suggestif, sans être vulgaire. Mon amie rassembla sa chevelure sur le haut de sa tête, avant de la laisser retomber. Elle était superbe. C'était cette robe qu'il lui fallait.

— Mesdames, est-ce que je peux vous offrir quelque chose ? demanda la conseillère.

— Champagne ! dis-je.

À nouveau prise au dépourvu, elle se recula et bégaya un mot d'excuse. Son regard perdu navigua de Charlotte à moi, comme si elle attendait un contrordre acceptable.

— Allez en acheter, je veux fêter ce mariage avec ma meilleure amie, continuai-je.

Elle détala aussitôt et je retournai mon attention

vers Charlotte. Après tout, j'étais là pour elle, pas pour étaler mes états d'âme. Je rangeai mon téléphone et rentrai dans mon rôle de demoiselle d'honneur.

— Cessons de parler de moi ! Tu es magnifique, commentai-je.

Elle tournoya sur elle-même, un sourire radieux aux lèvres. J'eus une nouvelle pensée furtive pour sa mère. À l'évidence, elle aurait approuvé le destin de sa fille.

Gemma nous rejoignit pour le dîner et je rentrai chez moi vers minuit, un peu éméchée. Je sortis mon portable et consultai à nouveau mes mails.

Installée sous la couette, je rejouais ma conversation avec Charlotte. Théo me manquait. J'étais parvenue à passer de nombreuses années sans lui, à me noyer dans le travail pour éviter de gamberger… Mais maintenant qu'il était de nouveau dans ma vie je ressentais le besoin inédit d'être près de lui. Je me mordillai le pouce, à la recherche d'un prétexte pour ce contact tardif, puis envoyai :

Alors, c'est ça, les nouvelles règles : faire en sorte que Charlotte rallie ton camp ?

Mon téléphone vibra dans l'instant.

Charlotte a toujours été dans mon camp. Tu cherches un acolyte pour dîner ? Laisse-moi deux heures et j'arrive.

J'éclatai de rire et m'enfonçai un peu plus dans mon oreiller. Je remontai la couette sur moi.

Déjà dîné. Et tout sera fermé dans deux heures. Je suis au lit.

Ton patron a encore échoué ? Pauvre homme. Que dirais-tu d'un petit déjeuner ? Je pourrais t'amener ton café au lit. Tu as toujours aimé ça.

J'arquai un sourcil et abandonnai les messages pour l'appeler.

— Je n'ai plus seize ans ! dis-je dans un rire.

— Je l'ai remarqué, murmura-t-il dans un souffle. Ton patron aussi. Pitié, dis-moi qu'il ne roupille pas près de toi dans ton lit !

— Non ! Bien sûr que non ! Pour qui me prends-tu ?

— Pour une femme drôle, intelligente et sexy. Et surtout très sollicitée. C'est mon drame personnel.

— C'est toi qui as refusé de m'embrasser, l'autre soir !

Ma véhémence me surprit. À l'autre bout de la ligne, il y eut un silence pesant. Puis j'entendis un bruissement de tissus. Théo devait sûrement être couché, lui aussi.

— Théo ?

— Si j'ignore le code de la route, je peux être chez toi en moins d'une heure trente. J'arrangerai alors cette légère frustration.

— Moins d'une heure trente ? C'est toi qui es frustré, Théo. Pourtant, tu dois être sollicité, toi aussi.

Ma question était loin d'être neutre. J'avais besoin de savoir s'il était aussi attaché à moi qu'il le prétendait.

— Je suis seul dans mon lit, Summer, soupira-t-il.

Si tu préfères, je te commande une voiture et tu me rejoins ici.

J'eus un faible sourire. Cette soirée ne cessait de me ramener une décennie en arrière. J'avais passé de nombreuses nuits chez Théo, ma main fichée dans la sienne. Il me laissait son lit, pendant qu'il dormait à même le sol. Il n'y avait qu'ainsi que je parvenais à trouver un sommeil qui restait cependant agité. Je fermai les paupières, espérant refouler la vague de mauvais souvenirs qui surgissaient.

Je comprenais maintenant pourquoi j'avais mis tant de distance entre nous ces dernières semaines. Parler avec lui, c'était réveiller tous mes vieux démons : ma mère dépendante aux médicaments, mon père violent et ma triste vie adolescente.

— Je travaille demain.

— C'est ta seule objection ? s'étonna-t-il.

— Disons que ça compte. Tout le monde n'a pas la chance d'avoir sa propre Fondation, son indépendance et les horaires de son choix.

— Donc, la seule raison qui te pousse à refuser que je vienne ou que tu me retrouves ici, c'est ton travail ? C'est une information que je prends en compte !

— Pour engager un tueur à gages qui s'occupera de mon patron ? demandai-je dans un rire.

— Par exemple. Ou pour t'inviter à dîner. Je pourrais t'attendre en bas de ton immeuble.

— Tu sais où je travaille ?

— Je suis plein de ressources quand il s'agit de toi.

À nouveau, je fermai les yeux. Théo parlait un

ton plus bas, de cette voix rauque et vibrante qui m'avait troublée la semaine précédente. Mon cœur s'emballa aussitôt et une onde de désir dévala mon échine. Il fallait que je cesse de discuter de ma vie sentimentale avec Charlotte : cela provoquait des pensées déviantes.

— Et ensuite ? murmurai-je.

— Ensuite quoi ?

— Qu'est-ce qu'on ferait ? Je veux dire — je m'éclaircis la gorge pour chasser la boule d'anxiété qui s'était formée — on dîne et ensuite ?

— Summer, c'est toi qui as toutes les cartes en main. C'est toi qui as notre histoire en main. Depuis toujours. Je peux t'attendre chaque soir devant ton immeuble, si tu ne veux pas monter dans cette voiture, j'accepterai ton choix. Maintenant, dis-moi plutôt ce que tu imaginais.

— Je ne peux pas t'offrir ce que tu veux, Théo. Je... Notre amitié compte pour moi. Elle compte plus que tout. Je ne veux pas détruire ça, et encore moins te détruire, toi.

— Alors, dans ce cas, pourquoi m'appelles-tu au milieu de la nuit ?

Je me mordis les lèvres. L'alcool s'estompait et je payais maintenant mon petit geste spontané. J'aimais la rigueur, les chiffres, la précision et j'avais tiré un trait sur l'improvisation pour garder le contrôle de ma vie. Sauf qu'avec Théo cette part de moi — la part légère et insouciante — se réveillait et prenait le pas sur tout le reste. Cela m'effrayait.

— Summer ?

— Oui ?

— Pourquoi m'appelles-tu au milieu de la nuit ?

— Parce que je ne cesse de remuer le passé depuis ce soir. J'ai aidé Charlotte à choisir sa robe, nous avons parlé de sa mère, de Jérémiah et de toi. Je présume que je me suis laissé emporter par un élan nostalgique et...

— Ce n'est pas un test, Summer. Je ne te demande pas de me donner la bonne réponse, je veux juste savoir ce qui te pousse, du fond de ton lit, à m'appeler. Je ne veux pas une explication rationnelle, je veux que...

— Tu me manques.

Pendant un instant, je me demandai s'il m'avait bien entendue. Je l'avais coupé dans son élan, et les mots, chuchotés, s'étaient bousculés dans ma bouche, me coupant le souffle. Maintenant, je me sentais mieux, comme si j'étais libérée d'un poids.

Je devinais la respiration de Théo, mais j'étais incapable de relancer la conversation. J'avais mis toutes mes forces dans cet aveu et j'étais épuisée.

— Tu me manques aussi, dit-il finalement.

— Je... Je suis fatiguée. Je crois que je vais aller me cacher sous la couette et dormir pendant deux ans.

— À bientôt, Summer.

Il raccrocha, me laissant hébétée et seule au fond de mon lit. Je fixai mon téléphone de longues minutes, espérant un nouvel appel. Malgré moi, je me surpris même à me relever pour guetter par la fenêtre une éventuelle voiture stationnant en bas de chez moi, prête à me ramener au domaine Montgomery.

Mon sommeil fut si agité qu'à mon réveil, vers 6 heures, j'avais la sensation d'avoir passé une nuit blanche.

Pour évacuer mes doutes, je me décidai pour un footing matinal. Courir me permettait d'alléger mes pensées et, très souvent, m'aidait à avoir une bonne idée pour le travail. Cette fois, malgré les cinq kilomètres supplémentaires, cela n'eut aucun effet sur mes pensées chaotiques. Je tournais en boucle, entre Théo, ma discussion avec Charlotte et ma solitude grandissante.

Je gagnai le bureau aux premières lueurs de l'aube et consultai mes mails. Je repérai un nouveau message d'un des chasseurs de têtes de la veille. Je l'ouvris, constatant que son agence me proposait un rendez-vous, dès ce midi, pour discuter d'un poste d'envergure. Apparemment, j'avais le profil adéquat. Ma réponse fut sans détour : je n'avais nullement envie de les rencontrer. Mon poste me convenait, je les invitais à me recontacter d'ici deux ans. Me connaissant, j'apprécierais sûrement une dose de nouveauté dans ma vie professionnelle.

La journée passa sans encombre. Comme convenu, Lisa avait finalisé le bouclage du budget et Logan l'avait approuvé. En fin de journée, ma collègue surgit dans mon bureau.

— Tu es demandée à l'accueil, un type plutôt grand et musclé.

— Ça doit être mon frère. Ça lui arrive de passer entre deux services à la caserne.

Je jetai un coup d'œil à ma montre. Il était près de 19 heures, une heure honorable pour un vendredi. La perspective d'aller boire une bière avec David était tentante. Je rassemblai mes affaires rapidement et éteignis mon ordinateur portable. Je suivis le couloir d'un pas alerte, prête à accueillir mon frère avec chaleur. Pourtant, à ma grande surprise, je me retrouvai nez à nez avec un parfait inconnu, habillé d'un costume sombre, à peine éclairé par une cravate rouge vif.

— Summer Hendricks ?

Je refoulai le frisson de haine qui me parcourut : je détestais mon nom de famille. Entendre quelqu'un le prononcer me faisait systématiquement serrer les poings. Ce n'était pas une bonne nouvelle pour mon vis-à-vis.

Sans attendre ma réponse, il fit un pas dans ma direction et me tendit la main pour me saluer. Je hochai la tête et lui serrai la main.

— Et vous êtes ? demandai-je sèchement.

— Mark Dutton, du cabinet Foster.

Son nom ne me disait rien. Le cabinet, en revanche, me rappelait vaguement quelque chose. Pendant un court instant, je pensai à mon père. Ce type avait tout l'air d'un avocat et, connaissant mon géniteur, il devait chercher un moyen de négocier une pension alimentaire. Aux dernières nouvelles, il vivait dans un motel misérable en Californie. J'ajustai ma veste et appuyai sur le bouton de l'ascenseur, prête à évacuer le sujet aussi rapidement que possible. Si mon père voulait de l'argent, il faudrait qu'il vienne lui-même le mendier.

Évidemment, même dans ce cas, il n'aurait rien de ma part. À l'instant où j'avais quitté la maison familiale, j'avais tiré un trait sur lui. À mes yeux, il n'existait plus.

— Vous avez dû recevoir deux messages de ma part, fit Dutton, visiblement embarrassé par ma réaction.

— Probablement. Dites à mon père que...

— Votre père ? s'étonna-t-il. Non. Je représente le cabinet Foster, nous sommes spécialisés en recrutement et en placement.

L'ascenseur s'ouvrit dans un *ding* et une vague de soulagement me submergea. Un chasseur de têtes. Je retrouvai immédiatement le sourire et montai dans la cabine. Dutton me suivit. C'était la première fois qu'on venait à mon bureau pour me faire une proposition. J'en étais flattée... Bien qu'agacée que ce type ne comprenne toujours pas que je n'étais aucunement intéressée.

— Je me souviens, maintenant. Un poste à responsabilité, et avec une indépendance renforcée. Il me semble vous avoir écrit ce matin même pour vous faire savoir que je n'étais pas intéressée.

— Votre profil est pourtant parfait. Il s'agit d'une création de poste, dans une structure en pleine expansion. Votre salaire actuel sera au moins doublé. Je pense pouvoir négocier plus, si vous le souhaitez.

— Plus ? Diable ! Je ne suis pourtant pas la seule directrice marketing de New York...

— Nous avons examiné de nombreux profils et notre client a retenu le vôtre parmi dix autres.

Au troisième étage, l'ascenseur s'arrêta pour laisser entrer deux hommes. Perdus dans leur conversation, ils ne remarquèrent même pas que le chasseur de têtes continuait sur sa lancée. J'en avais assez. Je voulais rentrer chez moi et dormir pour de bon.

— Comme je vous l'ai déjà dit, je viens justement d'intégrer un nouveau poste et je ne suis pas intéressée.

— Y a-t-il quelque chose qui vous ferait changer d'avis ? Je suis certain que notre client pourra se plier à certaines de vos exigences.

Je haussai un sourcil et ravalai un rire. Le culot de ce Dutton était sans limite : il se pointait à mon bureau, tentait de me convaincre, et maintenant il se targuait de pouvoir négocier avec son commanditaire.

— Quel est le nom de votre client ?

— C'est confidentiel.

— Donc je devrais accepter sans même savoir pour qui je vais travailler ?

— On peut trouver un arrangement. Mais il me faut votre accord de principe avant de convenir d'un éventuel entretien avec lui.

Je levai les yeux au ciel, exaspérée. Je ne parviendrais à rien avec ce type. L'ascenseur arriva finalement au rez-de-chaussée et je me faufilai au plus vite vers la sortie pour tenter d'échapper à Dutton. Pourtant, il profita de l'instant où je cherchais mon parapluie dans mon sac pour reprendre son argumentation.

— Si vous voulez vraiment le rencontrer, je pense qu'on peut trouver…

— Écoutez, je suis très flattée, mais je ne suis pas en recherche de poste. Et quand c'est le cas je le fais à découvert, vers des entreprises qui n'ont pas peur de donner leur nom.

Dépitée, je réalisai que j'avais laissé mon parapluie dans mon bureau. Avec Dutton qui me poursuivait, je ne me voyais pas remonter à mon étage et lui offrir encore de mon temps pour qu'il me refasse l'article. Il me faudrait affronter la pluie.

Je poussai la lourde porte tambour et me retrouvai sur le trottoir. Ce que je n'avais pas prévu, c'était que Dutton me suivrait encore. Après quelques mètres sur le macadam, il reprit sa plaidoirie.

— Mademoiselle Hendriks, je suis certain que, si vous étudiez notre offre, vous serez séduite et vous sauterez sur l'occasion. Franchement, c'est une opportunité rare.

Excédée, je pivotai vers lui. La pluie était déjà en train de tremper mon pantalon noir. Ma chemise bleu ciel, surmontée d'un gilet cintré, était à peine protégée par mon manteau ouvert. Je détestais qu'on me dicte mes choix. Que ça vienne d'un parfait inconnu ne faisait qu'accentuer ma colère.

— Monsieur Dutton, je suis fatiguée et je n'ai aucune envie de discuter d'un nouveau poste. Si votre client veut me parler, qu'il m'appelle et qu'il prenne un rendez-vous avec moi.

— Avec plaisir, fit une voix derrière moi.

Hagarde et gênée par la pluie, je passai une main sur mon visage et me retournai. Face à moi, abrité par un parapluie, Théo m'offrait son plus irrésistible sourire. Sans rien dire, il ouvrit la portière de la berline de luxe garée près de lui.

— Après toi, m'encouragea-t-il d'une voix chaleureuse.

Je jetai un regard à l'imposante voiture noire, puis à Théo.

— C'est toi ? demandai-je d'une voix blanche.

— Monte, tu vas finir trempée.

Dans un soupir, je consentis à m'installer sur la banquette arrière. Le cuir fut immédiatement maculé de gouttes d'eau. Je rassemblai ma chevelure dans un chignon improvisé et tentai de capter mon reflet dans la vitre. Je devais être affreuse. Théo s'assit près de moi et me tendit un mouchoir.

— Tu es parfaite, me complimenta-t-il.

— Tu es cinglé. C'est quoi, ce cirque ?

— Je vais t'expliquer.

De sa canne, il tapa sur l'appui-tête devant lui et la voiture démarra. L'humidité me saisit et je frissonnai. Théo retira sa veste et me la tendit. Je la lui arrachai des mains, en colère contre lui. Il se contenta de me sourire et, d'un geste de la main, repoussa une mèche humide collée contre ma joue.

— Couvre-toi. Je ne voudrais pas que tu attrapes froid.

— Qu'est-ce que c'est que cette histoire ? Tu as embauché un chasseur de têtes ?

— En effet. C'est pour la Fondation. J'ai une offre à te faire.

— C'est hors de question !

— Tu ne connais pas le contenu du poste !

— Je ne veux pas travailler pour toi ni pour la Fondation. Notre relation est déjà...

— Déjà quoi ? Amicale ? Ambiguë ? Fragile ?

— Compliquée, soupirai-je. Et mon poste me convient très bien.

Je tirai sur mon pantalon, essayant d'évacuer l'humidité. Mes escarpins étaient certainement ruinés et je devais empester le chien mouillé. Je me sentais en plus humiliée d'avoir été piégée et en colère contre Théo. Ruminant ma rage, je restai muette, le nez collé à la vitre.

Contre toute attente, il prit ma main froide et la porta à ses lèvres. Il déposa un baiser tendre dans le creux de ma paume et noua nos doigts. Je me tournai vers lui et trouvai ses yeux vert émeraude. Il n'avait pas eu ce genre de geste envers moi depuis des années.

— Ça faisait longtemps que je ne t'avais pas vue dans une telle colère.

— Je n'aime pas qu'on me force la main.

— Je sais. Toutes mes excuses pour ce procédé malhonnête. Je pensais vraiment que tu accepterais de rencontrer le chasseur de têtes.

— Et en plus il m'a appelée par mon nom. Tu sais que je déteste mon nom.

— Je sais. Pardon.

Il embrassa une deuxième fois ma main, avec une tendresse qui me troubla. Je frissonnai à nouveau, malgré le chauffage. Un à un, mes muscles se détendaient.

— Tu m'as manqué, murmura-t-il contre ma peau. Je me suis retenu pour ne pas débarquer chez toi cette nuit.

— Où va-t-on ? demandai-je pour changer de sujet.

— J'aimerais te montrer quelque chose. Ensuite, je t'expliquerai pourquoi tu es là avec moi.

— Je pensais que tu allais m'inviter à dîner, dis-je.

Théo avait toujours su me rassurer. Avec David, c'était le seul homme qui acceptait que je sois maîtresse de mes décisions et qui savait que mon passé m'interdisait de faire autrement. J'avais besoin de mon indépendance, autant que de respirer. Théo savait comment s'y prendre avec moi, jamais il n'aurait commis l'erreur de m'appeler par mon nom de famille. Il savait ce que ça me faisait.

Il me jeta un regard sombre, lourd de désir et de sous-entendus. Le col de sa chemise blanche était entrouvert, me permettant d'apercevoir le creux de son cou. J'avais une furieuse envie de monter sur ses genoux et de respirer son parfum. Il m'aurait enveloppée de ses bras musclés et je n'aurais plus ressenti la douleur du manque dans le creux de mon ventre.

Je pris une profonde inspiration et chassai ces images indécentes.

— J'en ai terriblement envie, moi aussi, dit-il à voix basse.

— Je ne vois pas de quoi tu parles.

— Peut-être que tu parviens à gérer cette tension entre nous, mais moi j'ai la sensation de suffoquer. Je suis à deux doigts d'oublier mon plan de départ pour te ramener au domaine, te déshabiller et te faire couler un bain chaud.

— Je...

— Ensuite, je te donnerai un de mes anciens maillots de basket. Un de ceux marqués « Montgomery », et quand je te verrai le porter j'aurai l'impression que tu es à moi.

— Tu l'as déjà fait, lui rappelai-je, le souffle coupé par son aveu.

— Oui. Aurai-je un jour la chance de renouveler cette expérience ?

— Au vu des circonstances de l'époque, j'aimerais autant que non.

Il m'adressa un sourire chaleureux et serra un peu plus fort mes doigts. Délicatement, il posa nos mains jointes sur sa cuisse et je sentis mon corps se détendre. Je savais maintenant ce que ça faisait de suffoquer d'envie. J'avais la gorge serrée et le souffle court, tandis qu'une douce chaleur gagnait mes joues. Ça ne ressemblait pas au désir que j'avais ressenti avec William. Avec lui, c'était une attirance physique et un besoin simple à satisfaire.

Avec Théo, mes sensations étaient décuplées, comme si toutes les parties de mon corps ne réagissaient qu'en sa présence.

— Alors on va travailler sur d'autres circonstances. Je te le promets, ajouta-t-il un ton plus bas.

— Pardon pour tout à l'heure, comme il a utilisé mon nom de famille, j'ai cru que ce mec représentait mon père…

— Je comprends mieux cet éclat de fureur dans ton regard. J'aurais dû le prévenir. Cela étant, comme je l'ai dit, je pensais vraiment que tu te conformerais à mon plan de départ.

Il risqua un sourire complice, qui me fit pouffer de rire, comme une adolescente.

— Évidemment, tu ne l'as pas fait, reprit-il. J'aurais pu le prévoir. Dans la mesure où ton job te plaît, j'aurais dû me douter que tu n'allais pas recevoir le chasseur de têtes avec tous les honneurs. Tu aimes quand tu es aux commandes. Je vais donc devoir t'apprendre à perdre le contrôle.

— Pourquoi ferais-je ça ?

— Pour t'amuser un peu. Tout n'a pas toujours besoin d'être réglé au millimètre près.

— Je garde un souvenir amer de la dernière fois que tu as perdu le contrôle, dis-je, en songeant à l'accident qui avait failli lui coûter la vie.

Théo esquissa un sourire et il fit remonter nos mains le long de sa cuisse, jusqu'à l'aine. Je me tendis et la bulle de désir que nous avions réussi à faire disparaître resurgit entre nous.

Ensemble. Maintenant. Pour toujours.

— La dernière fois que j'ai perdu le contrôle, j'embrassais la fille de mes rêves dans son appartement. C'est un excellent souvenir.

Machinalement, je passai mon pouce contre ma bouche. Après notre dîner, ce soir-là, j'avais proposé à Théo de prendre un dernier verre. Le dernier verre s'était transformé en danse hésitante puis en un baiser.

Mon regard se braqua sur ses lèvres et, dans cette voiture, la question resurgit. Si je l'embrassais maintenant, serait-ce un baiser tendre ? Ou au contraire torride au point de nous faire oublier tout le reste ? Passerait-il ses mains dans mes cheveux ? M'autoriserait-il à ouvrir sa chemise ?

— Summer ?

— Oui...

— Nous sommes arrivés. Je vais t'ouvrir.

Il libéra ma main. Je profitai de cette courte seconde de solitude pour reprendre mes esprits. Qu'est-ce qui me prenait ? La portière s'ouvrit et Théo déploya un parapluie au-dessus de ma tête. Il enroula son bras autour de ma taille et me conduisit, au pas de course, dans un immeuble en briques rouges.

Dans le hall, il referma son parapluie et le laissa au concierge. Il appela l'ascenseur et, dès qu'il s'ouvrit, nous nous engouffrâmes à l'intérieur.

— Tu peux me dire où nous sommes ?

— D'ici deux minutes, je t'explique tout.

La cabine était étroite et je laissai ma main frôler celle de Théo. Il ne sembla pas le remarquer, car les portes se rouvrirent au treizième étage sans qu'il m'adresse un mot.

— Je t'en prie. La porte en face.

Sa main droite trouva le bas de mon dos et il m'accompagna jusqu'à la porte en question. Théo me tendit une clé et m'invita silencieusement à l'insérer dans la serrure. Je m'exécutai et franchis le seuil pour me retrouver dans un loft à l'ambiance industrielle. D'imposantes colonnes blanches soutenaient le plafond ; le parquet semblait neuf et fraîchement ciré. Dans un coin, je repérai deux bureaux installés en L. Derrière eux, une lampe sur pied avait été posée et éclairait l'espace.

— Qu'est-ce que…

— Tu es dans les nouveaux bureaux de la Fondation.

— Quoi ?

— J'ai fait voter de nouveaux statuts pour pouvoir choisir d'installer mes bureaux ici. Cela me permettra d'être au cœur de New York et d'être près des gens que j'aime.

Il avança dans l'immense loft quasi vide et alluma les lumières. Je découvris un coin-salon, avec deux fauteuils club et un canapé chesterfield.

— Charlotte m'a déniché ce canapé et va s'occuper de décorer la partie cuisine. Ça nous permettra d'organiser des dîners.

— Nous ?

Je refermai la porte derrière moi et entrai dans le loft. Cet endroit était si grand et si vide qu'il m'effrayait. Soudain, les mots du chasseur de têtes me revinrent : « création de poste ». J'avançai jusqu'à l'une des baies vitrées et admirai la vue de la ville. D'ici, avec les lumières scintillantes des décorations de fin d'année, c'était superbe.

Théo se plaça derrière moi, son souffle chaud caressant ma nuque.

— Nous, répéta-t-il. J'aimerais que tu viennes bosser avec moi, pour la Fondation.

Je me dégageai de son corps et restai à distance. J'avais besoin de réfléchir au calme à la situation. Je retirai la veste de Théo — que je portais toujours — et enlevai mes escarpins. Le parquet était frais, mais ça m'était égal. Je cherchais un moyen de rester dans la réalité.

— Je... Théo, c'est très flatteur d'avoir pensé à moi, mais j'ai déjà un poste.

— Je sais. Je sais aussi que tu es une bosseuse hors pair, que tu as de l'imagination et de l'instinct. Je veux relancer la Fondation, la rendre visible dans les médias.

— Engage des consultants dont c'est le métier !

— Déjà fait. Ça m'a coûté cher pour des résultats très décevants. On se connaît parfaitement, Summer, je suis certain qu'on peut faire une excellente équipe.

— C'est du délire, Théo. Je ne peux pas faire ça !

— Tu ne peux pas ou tu ne veux pas ?

Mon envie de l'embrasser avait totalement disparu. J'avais plutôt envie de prendre la fuite, même pieds nus, pour trouver le réconfort de mon appartement. Je devais ressembler à un animal effaré et pris au piège devant un chasseur. Être mise au pied du mur n'était pas vraiment ma tasse de thé. Je passai une main sur mon visage, tentant de rassembler un minimum de pensées cohérentes.

— Les deux. Nous sommes amis, et si on bosse ensemble ça changera tout. Et, comme je te le dis, j'ai un job qui me convient totalement.

— J'aimerais que tu me proposes un projet d'envergure.

— Quoi ? Mais je t'ai dit que...

— Quelque chose qui chamboule les règles, continua-t-il en avançant vers moi, l'air conquérant. Il boitait à peine et arborait ce sourire radieux que je n'avais pas revu depuis des années. Son sourire de pilote. Ce sourire qui faisait comprendre à ses concurrents qu'ils n'avaient aucune chance de franchir la ligne d'arrivée avant lui. Pour ce sourire, des tas de filles s'étaient traînées à ses pieds.

— Théo, je suis flattée, vraiment. Mais je ne peux pas travailler pour toi. Ça changerait trop de choses entre nous. Je ne me vois pas parler boulot avec toi et ensuite aller boire un verre avec les autres. Je ne mélange pas. Jamais. Ni avec toi ni avec les autres. C'est la règle.

— Summer, je ne veux pas travailler avec quelqu'un d'autre. Tu me connais par cœur, tu connais les objectifs de la Fondation. J'ai demandé à ce cabinet de me trouver le meilleur candidat et tu étais dans les trois derniers CV sélectionnés.

— C'est non. Et si je refuse c'est aussi pour nous.

— Nous ?

— Je te l'ai dit : je cloisonne. Si on bosse ensemble, il te faudra oublier le reste.

Il s'arrêta net et je savourai cette petite victoire. J'avais enfin réussi à le ramener à la raison.

— Alors, je dois choisir entre la Summer que je connais depuis des années et celle que je veux recruter ?

— C'est ça. Et, dans la mesure où je ne veux pas travailler pour toi, le choix est vite vu. Si ça ne t'ennuie pas, je vais demander à ton chauffeur de me ramener chez moi où, à défaut de bain, je prendrai au moins une douche.

Déterminée à en finir, je récupérai mes escarpins d'un geste rageur et me dirigeai vers la porte. J'en voulais presque à Théo. Nous étions en train de nous rapprocher, et il venait de tout gâcher en m'imposant cette offre. Rien que la mise en scène — voiture, secret et plans sur la comète — me mettait hors de moi. Les coups d'éclat, c'était un domaine réservé à son frère. Je ne comprenais même pas qu'il ait pu imaginer que cela fonctionnerait sur moi.

— Summer ?

Ma main se figea sur la poignée de la porte du loft. J'y étais presque.

— Quoi ? râlai-je.

— Tu ne peux pas prendre la fuite tout le temps.

— Je ne prends pas la fuite tout le temps !

— Si, c'est ce que tu fais. On s'est embrassés, soupira-t-il.

— Et tu es parti.

— Et on ne s'est pas vus pendant des mois. Je ne le ferai plus, Summer. Je ne peux plus… Je ne peux plus t'attendre en permanence. Je ne peux plus lutter contre toi. Je l'ai fait dès notre première rencontre. Quand j'ai eu cette idée de te proposer un poste, la semaine dernière, c'était une évidence.

Je me tournai vers lui, interdite. Son air victorieux avait disparu. Il paraissait maintenant abattu. Je refermai la porte, ravalant mes larmes. Parmi toutes les choses que je détestais, me disputer avec Théo était tout en haut de ma liste. J'avais déjà le cœur en lambeaux d'imaginer être à nouveau séparée de lui.

— Te concernant, tout est une évidence pour moi, continua-t-il. Je pense qu'on peut travailler ensemble.

— Non, Théo, murmurai-je.

— Crois-moi si tu veux, mais je savais que tu dirais non. Charlotte avait des doutes, elle aussi.

— Tu as demandé l'avis de Charlotte ?

— Et celui de Gemma aussi, sourit-il. Elle m'a demandé si je n'avais pas un deuxième frère caché quelque part.

Cela me tira un rire nerveux. Gemma avait déjà posé cette question lorsque Charlotte hésitait à revoir Jérémiah. Les circonstances étaient différentes, mais l'enjeu était le même que pour mon amie : en me proposant ce job, Théo me demandait de prendre un risque, d'affronter une de mes plus grandes craintes. De perdre le contrôle.

Ensemble. Maintenant. Pour toujours.

— Est-ce que tu te souviens de ta première nuit au domaine ? enchaîna-t-il.

— Oui.

Je cherchai dans mes souvenirs. Je n'aimais pas particulièrement replonger dans ceux-là. La majorité était liée à un plan de sauvetage de la part de Théo. Me sauver des coups de mon père était devenu une vocation pour lui.

— Tu étais déterminée à ne pas dormir dans ma chambre, persuadée que tu n'avais pas besoin de mon aide.

— Ce soir, je n'ai vraiment pas besoin de ton aide.

— C'est vrai. C'est moi qui ai besoin de la tienne. Et je ne veux pas choisir entre la Summer que je connais et celle avec qui je veux travailler. Je veux pouvoir travailler avec quelqu'un de confiance et qui est impliqué.

— Et... Et pour nous ?

Théo savait comment j'agissais : mélanger les relations de travail et les relations privées était impossible pour moi. Si on devait travailler ensemble, il devait aussi comprendre que cela sonnait le glas d'une histoire possible entre lui et moi. Cela me contrariait. J'étais parvenue à imaginer une relation plus intime avec lui... et cette histoire de job venait gâcher mes plans. Peut-être que c'était un signe...

Ses lèvres se retroussèrent dans un sourire ravi. Il avança jusqu'aux bureaux, ouvrit un tiroir et posa un dossier près d'un ordinateur portable. Puis il ouvrit un second tiroir et déposa un jeu de cartes par-dessus le premier dossier.

Un frisson me parcourut, me propulsant des années en arrière. Je lui lançai un regard et secouai la tête. Je n'avais plus l'âge de jouer ma vie, mes décisions et mon avenir aux cartes.

Même si — et, par fierté, j'étais décidée à ne jamais le lui avouer — perdre ce soir-là m'avait probablement sauvé la vie.

Un silence pesant emplit tout le loft, à peine troublé par le craquement du parquet sous mes pieds.

— J'aime bien quand tu dis « nous », murmura-t-il. Même si ta définition n'est pas tout à fait la même que la mienne, admit-il dans un sourire.

Il mélangea le jeu de cartes, puis tira une chaise pour s'y asseoir. Je le fixai, fascinée par ses doigts habiles qui mêlaient les cartes avec dextérité. Du regard, j'embrassai le loft autour de moi. L'espace était grand, offrant de multiples possibilités. Charlotte avait déposé sa touche avec ses meubles chinés. Le coin-bureau était, quant à lui, ultramoderne. L'immense fenêtre, derrière, devait donner une lumière agréable en journée.

Ça ne m'étonnait pas que Théo ait choisi cet endroit. C'était tout à fait lui, ce mélange de matières brutes et de lumière.

— Tu as perdu ce soir-là, commenta-t-il.

— Tu veux jouer cette histoire aux cartes ?

— En effet. J'ai tenté d'être rationnel avec toi, je t'ai exposé mes arguments. Mais, si mes souvenirs sont bons, tu acceptes souvent de t'en remettre au hasard. Ça a bien marché la dernière fois.

Je pesai le pour et le contre. J'avais une bonne idée de l'enjeu. Il suffisait d'observer le visage de Théo pour comprendre. Il voulait jouer le poste et ma présence ici.

— Soit je gagne et je peux partir, commençai-je.

— Soit je gagne et tu restes. Je préfère cette version, ajouta-t-il en relevant les yeux vers moi.

— Et tu crois que je vais accepter de jouer mon avenir sur une partie de poker ?

— Si ce n'était pas le cas, tu serais déjà en route vers chez toi.

Un éclat de défi perça dans sa voix. Je dus admettre, malgré moi, qu'il avait raison. J'avais eu la main sur la poignée, j'étais prête à repartir. Pourtant, j'étais encore là, à fixer ce jeu de cartes et tous les risques qu'il comprenait.

— Bien, fis-je. Allons-y.

Un rire échappa à Théo, et je m'assis face à lui. Je retirai mon gilet et remontai les manches de mon chemisier. J'étais prête à en découdre.

— Qu'est-ce qui te fait rire ? demandai-je finalement.

— Toi. Ça doit être terrible d'être aussi déchirée entre le besoin de garder le contrôle et l'envie de relever le défi.

— J'ai viré mon thérapeute pour une remarque moins acerbe que ça !

Il eut un nouveau rire et je l'accompagnai. En quelques secondes, l'atmosphère s'était considérablement allégée. Comme si, finalement, mettre ce boulot en jeu et laisser le hasard décider avait désamorcé notre affrontement.

— Et ce n'est pas tant par amour du défi que pour me débarrasser de cette vaste blague !

— Et si jamais je gagne ? demanda-t-il.

— Distribue les cartes, Théo.

Avec une petite révérence de la tête, il s'exécuta, déposant deux cartes devant moi, puis deux cartes devant lui.

— Prête ?

— Plus que jamais.

D'une main assurée, je découvris mes cartes. J'ignorai volontairement le petit frisson d'excitation qui parcourait mon corps. Je jetai un œil à Théo, parfaitement stoïque. En découvrant sa main, il leva subrepticement un sourcil, avant de se reprendre. Lire en lui n'avait jamais été simple, mais je connaissais certaines de ses mimiques.

Je passai une main sur mon front, considérant mon jeu. Deux huit. Pas si mal. Cela m'assurait au moins une paire, même si c'était la main la plus faible.

— Tu veux un verre ? demanda Théo.

Je secouai la tête. L'ambiance était déjà irrespirable. Mon cœur tambourinait dans ma poitrine, m'empêchant presque de me concentrer.

— Tu te souviens des règles ?

Je lui lançai un regard mauvais, auquel il répondit par un rire. Méthodiquement, il étala ensuite trois cartes face découverte entre nous deux : deux as et un roi.

Ensemble. Maintenant. Pour toujours.

J'observai les trois cartes sur la table, me réjouissant intérieurement. Une paire d'as n'attendait plus que moi. Deux paires. Mes chances augmentaient. Je ravalai le sourire victorieux qui menaçait de me trahir.

— Nouvelle carte, annonça-t-il en déposant un six de pique.

Il tritura ses cartes, les faisant passer l'une sur l'autre avec frénésie. Son regard vert prit une couleur plus sombre et il laissa échapper un soupir.

— Mauvaise main ? fis-je, avec une pointe de sarcasme.

— J'ai connu mieux. En particulier avec toi.

La tension de notre défi changea de nature ; une douce chaleur m'envahit et une pointe de désir brut et sauvage me saisit. J'avais soudain envie de virer toutes ces cartes par terre et de grimper sur la table pour le rejoindre. Cette mascarade de collaboration entre nous aurait alors été réglée.

— Dernière carte, murmura-t-il.

En découvrant la dernière carte, il grimaça et lança ses cartes sur la table. De mon côté, j'étais confiante. Hormis cette paire d'as, la série de cinq cartes n'offrait pas de combinaisons intéressantes.

— On aurait pu pimenter le jeu, proposai-je.

— Pimenter ? Tu veux qu'on ajoute quelque chose à l'enjeu ?

— Pourquoi pas ? Disons que si je gagne je ne suis pas contre l'idée de me faire offrir un spa sur la côte.

— Bien. Et si je gagne ?

— Tu ne me paieras pas pendant les deux premières semaines.

Théo évalua la situation et cala son menton dans le creux de sa main gauche. Pendant un bref instant, j'eus un doute. Pour moi, tout ça n'était qu'un jeu. Mais il m'avait prévenue : les règles entre nous avaient changé. Je m'inquiétais : si je perdais, j'allais bosser ici avec Théo, me privant d'une potentielle relation ; si je gagnais, Théo risquait à nouveau de s'éloigner. J'espérais ne pas avoir présumé de ma chance. Il prit son téléphone et releva les yeux vers moi :

— Tu as une préférence, pour le spa ?

— Tu admets ta défaite ?

— Je n'ai pas un très bon jeu.

Ravie, j'exposai ma main avec fierté. Du coin de l'œil, j'observai le visage de Théo. La cicatrice qui barrait sa joue s'étira quand il se racla la gorge.

— Deux paires, commentai-je joyeusement. Une paire de huit et une paire d'as. Pour le spa, réserve un week-end entier, je trouverai le temps !

Je trépignais presque d'excitation. Théo passa une main sur sa nuque, avant de se lever péniblement. Il contourna la table et, parvenu près de moi, déposa sa main près de la mienne.

— Deux paires aussi, murmura-t-il à mon oreille. Une paire de rois et une paire d'as. Je crois que je gagne… Encore une fois.

Je me décomposai sur ma chaise, comparant nos deux jeux. Paniquée, je vérifiai les cartes devant moi.

Ensemble. Maintenant. Pour toujours.

Aucun doute possible, je venais de perdre la seule partie de poker que je ne devais pas perdre.

— Bienvenue à la Fondation Montgomery, ton bureau est à droite.

Il s'écarta de moi, me laissant reprendre mes esprits. Mes arguments du début de soirée n'avaient trouvé aucun écho auprès de lui. Et j'avais perdu cette partie. Je me sentais prise au piège, sans contrôle sur ma vie.

— Théo, je ne peux pas...

— Si, tu peux, me coupa-t-il en me tendant le dossier qu'il avait sorti avant de commencer notre partie. C'est ton contrat. J'ai laissé un blanc pour ton salaire, tu mettras le chiffre qui te convient. Je te propose un job, Summer. Un job pour lequel tu es compétente et douée. Je ne te demande pas de sauter dans le vide sans parachute.

C'était exactement la sensation que j'avais : j'allais sauter dans le vide, sans parachute.

— Je te raccompagne chez toi.

— Et mon préavis ?

Ma voix était chevrotante. Je m'en voulus immédiatement d'être aussi touchée. J'avais accepté de jouer, j'avais perdu, je devais assumer. Théo m'avait en effet proposé un poste intéressant.

— Je te laisse une semaine pour régler les affaires courantes. Tu pourras ensuite commencer ici dans dix jours.

Il ouvrit la porte du loft, alors que j'étais encore en train d'accuser le coup, assise sur ma chaise. Une heure plus tôt, j'étais dans mon bureau, maîtresse de ma situation et de mon avenir. Maintenant, j'étais ici et toutes mes certitudes venaient de voler en éclats. Après avoir renfilé mes chaussures, je suivis Théo. Il prit le temps de glisser sa veste sur moi, avant de nous faire gagner la voiture.

En silence, nous fîmes la route jusque chez moi. Ce n'est qu'en bas de mon immeuble que je sortis de ma stupeur. Théo m'ouvrit la portière et tendit la main pour que je descende.

— Je t'appelle dans la semaine, promit-il.

— D'accord.

Dans un dernier geste tendre et en réprimant difficilement un sourire victorieux, il prit ma main et déposa un baiser au creux de ma paume. Son regard brûlant me tétanisa et je compris finalement que le piège était plus vicieux que je ne l'avais imaginé. Pour moi, travailler avec Théo signifiait que notre histoire était mort-née. Notre rapprochement professionnel devait donc sonner le glas d'une relation plus intime. Mais, à son regard, je compris qu'il n'avait aucunement l'intention de me faciliter les choses. Pire, il allait profiter de notre proximité pour me convaincre de céder.

— Bonne nuit, murmura-t-il contre ma peau.

— Bonne nuit, soufflai-je.

Dix minutes plus tard, j'étais toujours sur le trottoir, incapable de bouger. Une nouvelle averse me décida à rentrer chez moi. J'avais besoin d'une douche. Et de parler avec Charlotte.

Ensemble. Maintenant. Pour toujours.

Douze ans plus tôt

Les paysages défilaient devant mes yeux rougis et douloureux. Je ne faisais même plus attention à ce que je regardais. Honnêtement, je commençais même à détester l'horizon triste et sombre. Pour combler le silence, David avait mis un peu de musique. Ça ne parvenait pas à chasser mes pensées lugubres. Cette nuit encore, nous étions en fuite. David avait réussi à faire réparer sa voiture. Il m'avait parlé d'un copain, branché mécanique, qui lui avait offert la pièce et l'avait ensuite changée. J'en avais été surprise. Mon frère n'était pas du genre à se laisser approcher, encore moins le genre à se faire des copains. Grâce à cette voiture brinquebalante, nous avions pu prendre la fuite. La veille, papa et sa bouteille de bourbon avaient encore fait des dégâts. La lèvre inférieure de David était méchamment amochée, quant à moi, j'avais l'arcade sourcilière fendue et mon poignet me faisait souffrir. Quand j'avais réussi à me dégager de la poigne de mon père alors qu'il vociférait, David avait soudain surgi dans le salon, pris ses clés, puis m'avait saisi la main et entraînée à l'extérieur, sans me demander mon avis.

Nous avions roulé sur plusieurs kilomètres, aussi loin que possible de la maison. Après les coups, c'était toujours le silence qui dominait ; nous encaissions ce qui nous arrivait, notre vie triste et violente et notre solitude. La police ne venait plus, maman dormait — *comatait* aurait été plus juste —, nos voisins et nos amis ne posaient pas de questions. Depuis des années, j'évitais d'inviter mes camarades, je détestais les vacances ; j'étais toujours la première en cours et la dernière à en sortir. Mon seul objectif était de passer le moins de temps possible chez moi, où les coups pleuvaient à la moindre contrariété.

Après avoir dormi deux heures dans un parking désert, nous étions désormais sur le chemin du retour. Nous errions souvent ainsi, roulant sans but en espérant que papa serait endormi à notre retour. J'avais appris à dormir peu et n'importe où.

— Je vais passer par la plage, ça sera plus agréable.

Je hochai la tête, incapable de retenir mes larmes. Il me restait deux ans à tenir ici. Deux longues années. D'ici quelques semaines, David partirait. Seul, sans ressources, sans famille, il allait tenter sa chance ailleurs, dans une ville où personne ne ferait attention à lui, où personne ne le regarderait comme s'il était une bête curieuse. Il allait m'abandonner. Le visage collé à la vitre, je lui en voulais.

Ce n'est que quand la voiture freina brutalement que je sortis de mes pensées.

— Qu'est-ce qui se passe ?

— C'est Théo.

Il désigna la foule dense devant notre voiture. Éclairé par une paire de phares derrière lui, un grand brun musclé se détachait et riait aux éclats. Autour de lui gravitait un nombre impressionnant de filles. Je n'avais rien de commun avec elles. Je portais des vêtements d'occasion, je n'étais pas allé chez le coiffeur depuis des années et, surtout, je n'éprouvais aucun intérêt pour les garçons. Au contraire, je m'en méfiais. Je n'accordais ma confiance à personne.

— Viens.

— Je préfère rester ici. Quitte à y passer la nuit, grommelai-je.

— Comme tu veux.

David descendit de la voiture et rejoignit le fameux Théo. Ils discutèrent de longues minutes. Avec lui, mon frère était étonnamment ouvert. Ils approchèrent de la voiture et le grand brun me lança un regard avant de soulever le capot de notre vieillerie. Je descendis la vitre, qui grinça de protestation.

— À mon avis, ce n'est pas bien grave. Tu perds beaucoup d'huile ? demanda Théo.

— Pas beaucoup. Mais je me demandais si tu pouvais… jeter un œil.

Après une pause, David ajouta à voix basse :

— Je n'ai pas beaucoup d'argent.

C'était un pieux mensonge. Nous n'avions rien. David avait gagné un peu d'argent en faisant des petits travaux pour nos voisins mais notre père avait trouvé sa cachette et fait main basse sur ses économies. Cela rendait son départ d'ici encore plus risqué.

— Les combats ne rapportent plus ? rigola Théo.

Je me raidis et tendis encore plus l'oreille. Des combats ? Mais pour qui nous prenait-il ? Il rabaissa le capot violemment et ses yeux trouvèrent les miens. À travers la vitre, grâce à l'éclairage des phares, il distingua nettement mon visage. Son sourire s'effaça dans l'instant et il se tourna vers David.

— C'est ma sœur, Summer.

Je hochai la tête, en guise de salutation. Il avait visiblement découvert notre secret de famille. Je baissai les yeux sur mes mains, posées sur mes cuisses. Une larme roula sur ma joue. J'avais tellement honte.

— Amène-moi ta voiture demain.

— Chez toi ? s'étonna mon frère.

— Oui. J'ai un plan pour toi.

Théo m'adressa un nouveau regard, agrémenté d'un sourire irrésistible. Je comprenais son succès avec les filles. Il avait quelques années de plus et un physique plus qu'agréable. Son regard vert me scruta de longues secondes, me faisant frémir de la tête aux pieds.

— Je t'aiderai, reprit-il pour mon frère. Je vous aiderai.

Ce fut ma première rencontre avec Théo. Et ma dernière nuit d'errance.

Quelques semaines plus tard, je me retrouvai dans sa voiture. En l'absence de David, mon père s'était déchaîné sur les murs de la maison et sur moi. J'avais pris la fuite. Maintenant, j'étais avec lui, mes mains coincées sous les cuisses, les yeux rivés sur la route. Théo avait mis la radio en sourdine et gardait les mains fermement accrochées à son volant. Contrairement à ce que j'avais imaginé, il ne chercha pas à me faire la conversation ni à me rassurer. Tant mieux, je n'en avais pas besoin. Je n'avais pas peur, j'avais honte.

Ensemble. Maintenant. Pour toujours.

Nous arrivâmes devant une imposante grille en fer forgé. Théo tapa un code, les portes s'ouvrirent et, lentement, nous remontâmes l'allée gravillonnée. La bâtisse était impressionnante : grande, sombre, transpirant l'argent.

— Je vais t'ouvrir, m'indiqua Théo alors que nous rentrions dans le garage.

Je frissonnai et acquiesçai. Mon bon Samaritain fit le tour de la voiture et m'invita à sortir. Autour de moi, je repérai une demi-douzaine de voitures de luxe, désossées pour la plupart, des piles de pneus et une caisse à outils ouverte. Je le suivis, tandis que nous traversions un couloir sombre qui déboucha dans une buanderie aussi grande que mon salon. Il ouvrit une porte, éclaira la pièce et me désigna un tabouret autour de l'îlot de la cuisine.

— Tu as faim ?

Je secouai la tête. Ce qu'il savait était suffisamment terrible, inutile de lui avouer que je n'avais pas dîné et que je le regrettais. Il ouvrit le réfrigérateur, se prépara un sandwich et s'assit face à moi.

— C'est David qui t'a dit ? demandai-je un peu sèchement.

— Je l'ai compris tout seul. Il m'a demandé de veiller sur toi pendant qu'il était à New York.

— Je peux me débrouiller seule.

— Je n'en doute pas. Je t'offre juste mon aide. Dans ces cas-là, il est bon de savoir qu'on a un allié. Comment te sens-tu ?

— Humiliée.

Il reposa son sandwich et alla se servir un verre d'eau. Sans me demander mon avis, il en remplit un second, qu'il posa devant moi. D'une main tremblante, j'en bus une gorgée. Théo scrutait mon visage, comme s'il cherchait une trace de coup.

— C'est dans le dos. Ça ne se voit pas.

Je bus une nouvelle gorgée, les larmes au bord des yeux. Je détestais ma vie, je haïssais mon père, j'étais en colère contre ma mère. David finirait par partir… et je ne pourrais même pas lui en vouloir. Et ce soir j'étais en tête à tête avec un parfait inconnu dans une maison si grande qu'elle aurait pu contenir la moitié de ma rue.

— Tu vas dormir ici cette nuit.

— J'aimerais plutôt que tu me ramènes chez moi.

— Avec ton père ? Hors de question. J'ai juré à David que je prendrais soin de toi.

— Et alors quoi ? Tu n'es pas le genre de type à déroger à ta parole, c'est ça ?

— C'est ça. Je vais te laisser ma chambre, je te ramènerai chez toi demain matin.

Il termina son sandwich et se leva de son tabouret. Il quitta la cuisine, me laissant seule, à me tordre les mains. Quand il revint, ce fut pour me donner un maillot de basket et un bas de survêtement élimé.

— Pour dormir. Tu me suis ?

Les yeux rivés sur la table, j'hésitai. Mes options n'étaient pas nombreuses : errer seule une partie de la nuit, retrouver ma chambre en espérant bloquer la porte ou rester ici avec un inconnu. Je pesai rapidement le pour et le contre : au moins, ici, j'étais au chaud. Il était ami avec David, ce qui était un gage de confiance, j'imaginais. Avec réticence, je m'exécutai et grimpai l'escalier qui menait à sa chambre. C'est à peine si j'osai poser mon pied sur le parquet, tant tout me paraissait fragile et hors de prix. La chambre de Théo était grande et dans un désordre indescriptible. Des notices de voiture s'étalaient au sol, des livres étaient empilés sur les étagères, des vêtements faisaient office de descente de lit. Sur un pan de mur, une liste interminable de modèles de voitures s'affichait sur plusieurs feuilles blanches. Un lit double s'alignait contre la fenêtre, et d'un geste de la main il m'indiqua où était la salle de bains.

— Merci, chuchotai-je.

D'un geste agacé, je chassai la larme qui roulait sur ma joue. J'étais à bout de forces, éreintée de subir mon père et d'encaisser les coups. Théo se rapprocha, le front plissé d'inquiétude ; je remarquai qu'il me surplombait d'une bonne tête. Sans prévenir, il me prit dans ses bras et me serra contre lui. Je pouvais compter sur les doigts d'une seule main les marques d'affection que j'avais reçues dans ma vie. Ma mère se contentait de vagues sourires, mon père ne connaissait que les coups. Cette étreinte me fit un bien fou, comme s'il cherchait à me débarrasser du poids que je traînais depuis des années. Dans sa chambre, entre ses bras — et même si Théo était un parfait inconnu ou presque —, je me sentais protégée, abritée de l'extérieur. Contre son torse, mes sanglots redoublèrent, amers et lourds. Il me berça contre lui, passa sa main dans mes cheveux et m'offrit ce que je n'avais que très rarement eu : la possibilité de me laisser totalement aller.

Je pleurai de longues minutes, de chagrin, de honte et de soulagement. J'expurgeai tout ce que je retenais depuis des années. Les poings serrés, je gardais néanmoins ma colère, me promettant de la diriger exclusivement contre mon père.

— Passe une bonne nuit. Ici, tu es en sécurité.

Après une douche brûlante, mes larmes avaient fini par se tarir. J'avais revêtu les vêtements trop grands de Théo et j'étais parvenue à m'endormir assez vite. Quelques heures plus tard, je retrouvai mon logeur dans la cuisine, couvert de graisse, en train de nettoyer avec application des pièces de mécanique.

Il m'adressa un sourire lumineux et me complimenta sur ma tenue.

— Un peu grande, toutefois, expliquai-je en lui montrant que j'avais replié plusieurs fois le bas du survêtement sur ma taille pour qu'il tienne. Merci, en tout cas.

— Je t'en prie. Je veux que tu saches que tu peux compter sur moi.

Je retins un ricanement. Hormis David, j'avais appris à ne compter sur personne. Je ne savais même pas comment je pouvais accorder ma confiance.

— Ça ira, éludai-je.

— C'est ton père qui est fautif, pas toi.

— Certes, mais c'est moi qui me retrouve à fuir

en pleine nuit. C'est moi qui rase les murs, c'est moi qui cache la vérité.

— Tu es une fille bien, Summer. Tu y arriveras. Tu te sortiras de tout ça et tu auras la vie dont tu rêves.

— Je n'ai même pas d'argent pour m'offrir un soda !

— Viens aux courses, tu gagneras de l'argent facilement. Pour le reste, je veux que tu me promettes de m'appeler en cas de problème.

— Je ne veux pas de ton aide.

Je refusais de laisser quelqu'un entrer dans ma vie. Je n'avais rien à offrir, ni à donner hormis un paquet d'horreurs. J'avais très vite appris à ne faire confiance à personne, encore moins à ceux qui voulaient soi-disant me protéger.

— Ce n'était pas une proposition. Je veux que tu m'appelles quand ton père perd les pédales et te frappe. Je ne veux pas que tu subisses ça, je ne veux pas que tu aies honte ni que tu aies peur. Je serai là, quoi qu'il arrive, d'accord ?

— D'accord ? Non ! Je n'ai pas besoin de toi. Ni de personne, de toute façon.

— Viens t'asseoir.

Son ton sec me surprit, mais je m'exécutai, grimpant à contrecœur sur le tabouret. Théo poussa sa tasse de café vers moi, puis posa un jeu de cartes entre nous. Je haussai un sourcil, pendant qu'il coupait le jeu.

— David m'avait prévenu que tu étais du genre… têtu. Dans la mesure où je n'ai pas très envie d'argumenter des heures et que j'aimerais aller me recoucher, je te propose qu'on joue cette décision aux cartes.

— Je ne sais pas jouer.

— Pas la peine. On va tirer une carte et la plus forte gagnera. Donc, si je gagne, tu acceptes mon aide. Si tu gagnes, je te laisse tranquille. Ça te va ?

Cette histoire sentait le coup fourré. Mais je devais admettre que j'étais dans le même état d'esprit que Théo : l'idée de débattre de la question pendant des heures me fatiguait déjà, d'autant qu'il avait l'air déterminé à me convaincre. Le jeu avait le mérite de couper court à la discussion.

— Bien, soupirai-je. Allons-y.

— À toi l'honneur. Tu prends une carte et on compare ensuite.

Cela dura deux secondes : une seconde pour ma carte, une autre pour Théo. Je volai une gorgée de son café amer et nous tournâmes nos cartes au même moment. Le cœur battant et résignée, je réalisai que Théo avait gagné.

Son roi de pique supplantait mon dix de trèfle.

— Bienvenue chez toi, murmura Théo.

Son regard chaleureux et doux était rassurant. Pour une raison que je n'expliquais pas, j'étais presque heureuse d'avoir perdu : je me sentais déjà chez moi.

Théo

J'avais réussi.

J'étais parvenu à mes fins — de manière peu académique, mais peu importe —, j'avais convaincu Summer de travailler ici, avec moi. Dans le silence du loft, nouveau siège social de la Fondation, je prenais les dernières dispositions pour l'accueillir ici. Summer m'avait renvoyé son contrat en début de semaine et m'avait confirmé qu'elle avait posé sa démission.

J'avais encore des doutes sur son état d'esprit : elle n'avait jamais aimé qu'on lui impose quoi que ce soit. Les contraintes et les obligations qu'on lui dictait la rendaient dingue. Elle chérissait sa liberté et son libre arbitre plus que tout, et en lui forçant la main j'avais pris un risque. J'espérais que le fait que nous ayons joué son destin aux cartes atténuerait sa colère à mon encontre. Quoique, à la réflexion, sa dernière défaite au poker — il y a une douzaine d'années, lors de sa première nuit au domaine — avait été suivie de plusieurs semaines de froide brouille. Mais, finalement, son amertume s'était estompée au fur et à mesure que notre amitié fleurissait.

Je m'inquiétais tout de même d'avoir remué le passé.

J'avais vu clairement la colère briller dans son regard à l'évocation du nom de son père. Je n'avais pas pensé à briefer le cabinet à ce sujet. La relation de Summer avec son père était compliquée : évidemment, elle ne lui adressait plus la parole, mais le mal était déjà fait et la violence n'avait pas été que physique. Il y avait eu les insultes, la dépréciation. Pierre par pierre, son père avait fait tout ce qu'il fallait pour détruire sa fille. J'avais fait ce qu'il fallait pour que ce type n'ait plus aucun contact avec elle. Et j'aurais fait n'importe quoi pour que cela perdure ainsi. L'idée même que ce type lui parle m'était insupportable. J'aurais tout donné pour la protéger. De lui… Et des autres.

Je repoussai le dossier de demandes de subvention. Nous croulions sous les sollicitations de toutes sortes. Si la Fondation bénéficiait de fonds propres déjà conséquents, mon rôle était aussi d'attirer de généreux contributeurs pour favoriser l'essor de nos bonnes œuvres. C'est pour ça que je comptais sur Summer : faire de la publicité autour de la Fondation permettrait d'obtenir de nouveaux dons.

— Tu as vraiment fait ça ?

— Bonjour, Jérémiah, comment vas-tu ? Souhaites-tu que nous discutions du projet de rénovation de…

— À vrai dire, j'aimerais que tu m'expliques pourquoi ma future femme est partie à l'aube ce matin pour aller petit-déjeuner avec Summer…

— Peut-être parce qu'elle avait faim ?

Je relevai les yeux vers mon frère. Il était médusé.

Ensemble. Maintenant. Pour toujours.

Il pencha légèrement la tête, comme pour vérifier que j'étais bien dans mon état normal.

— J'ai donc signé pour ça ?

— Pour ça quoi ?

— Pour voir Charlotte partir en catastrophe à 6 heures du matin à l'appel de sa meilleure amie. Rassure-moi, je ne suis pas complice malgré moi de cette histoire ?

— Tu as signé pour l'évolution des statuts, pas pour le déménagement. Charlotte est juste...

— ... un dommage collatéral ?

— Une alliée, corrigeai-je, pendant que Jérémiah parcourait le loft en sifflotant gaiement.

Je me redressai péniblement, grimaçant à la douleur de mon genou. Depuis trois jours, mes ligaments me faisaient souffrir. Je boitais davantage et m'asseoir était une nécessité. Je rejoignis Jérémiah dans le chesterfield. C'était comme revenir en enfance, quand nous trouvions le moyen de forcer la serrure du bureau de mon grand-père, pour nous vautrer dans son canapé en cuir. Je me souvins du jour où l'un des pieds en bois avait lâché, et où Jérémiah s'était accusé à ma place. Après l'accident aussi, mon petit frère avait endossé la faute.

Assis tous les deux, la tête en arrière, nous fixâmes le plafond.

— Elle panique, dit finalement mon frère.

— Pour le mariage ?

— Je parlais de Summer. Elle panique. Quand

Charlotte m'a expliqué qu'elle allait travailler pour toi, j'ai trouvé ça… gonflé, de ta part.

— Gonflé ? Elle est compétente et sera tout à fait en mesure de…

— Théo, nous savons tous qu'elle est compétente. Mais il s'agit de Summer.

Je me redressai et pivotai vers lui. Jérémiah avait protégé Summer autant que moi. Nous formions une équipe et il prenait le relais si j'étais absent. L'amitié entre Charlotte et Summer n'avait fait que renforcer son esprit protecteur.

— Tu me fais la leçon ? m'étonnai-je dans un rire.

— Parce que je suis le petit frère, je n'aurais pas le droit ?

— Parce que tu me surpasses en termes de culot, tu n'as pas le droit. Dois-je te rappeler la façon dont tu as renoué avec Charlotte ?

— Charlotte ne trimballait pas les mêmes casseroles que Summer, me fit-il remarquer durement.

J'arquai un sourcil et secouai la tête. Je n'étais pas certain de vouloir parler de Summer avec mon frère. Je me posais suffisamment de questions, je n'avais pas franchement besoin qu'il vienne en rajouter.

Soudainement de mauvaise humeur, je quittai le canapé.

— Elle était bouleversée, lança Jérémiah.

— Je ne veux pas parler de ça avec toi, Jérémiah. Je n'ai jamais remis en cause ta relation avec Charlotte ni cette idée de liste.

— Ça n'a rien à voir. Elle est fragile, Théo. Et toi

tu joues son boulot, qui est le pilier de sa vie, sur une partie de cartes ? Mais bon sang, tu es complètement inconscient ?

Mon poing se resserra autour de ma canne. Jérémiah était une vraie tête brûlée. Il fonçait, sans se poser de questions. C'était sûrement pour ça qu'il avait réussi à séduire Charlotte. Malgré leurs dix ans de séparation, il avait trouvé cette liste et il avait décidé qu'elle lui reviendrait. La suite lui avait donné raison.

Moi aussi, je voulais convaincre la femme que j'aimais de me laisser une place dans sa vie. La Fondation m'avait offert l'occasion de me rapprocher d'elle.

— Je l'aime, répondis-je finalement. Autant que tu aimes Charlotte. Appelle ça de l'inconscience si tu veux.

Le cuir du canapé craqua et je devinai que Jérémiah s'y enfonçait davantage. Je pivotai vers lui, essoufflé par mon aveu. Je le savais depuis des années, peut-être même depuis l'instant où j'avais vu son visage meurtri dans la voiture de son frère. Chez Summer, la force et la fragilité se disputaient, la joie et la peine se mêlaient. Elle n'était jamais la même, toujours en mouvement, prête à aider les autres, décidée à conquérir le monde.

C'était ce qui me plaisait chez elle : sa détermination.

— Ce n'est pas vraiment une surprise, répondit mon frère. La bonne nouvelle, c'est qu'elle ressent la même chose pour toi... Sinon, elle n'aurait pas appelé à l'aube.

— Ce n'est pas si simple que ça.

— Je sais. Je te demande juste d'être prudent. Est-ce qu'elle sait ?

Je n'avais pas besoin de lui demander de quoi il parlait. Pendant longtemps, Summer avait partagé son secret avec nous. Les coups, les insultes, l'alcoolisme de son père, la dépendance de sa mère, elle nous avait ouvert son âme, sans verser aucune larme. Je savais tout de son passé, j'en étais le gardien et je m'assurais qu'il ne vienne pas menacer son présent.

— Non, admis-je.

— Il faut que tu lui dises. Si elle l'apprend, elle le prendra très mal.

— Elle n'a pas besoin de savoir.

— Si tu le dis.

Jérémiah se leva du canapé et nous nous dirigeâmes tous les deux vers la porte. J'étais épuisé par ma semaine et fatigué de cette conversation. Mon frère me donna un coup de coude dans les côtes et m'adressa un sourire complice.

— Honnêtement, je suis un peu jaloux, dit-il en riant. C'est une très bonne idée !

— Tu crois ? Je me demande juste si ce n'est pas trop tard.

— Tu sais ce qu'on dit ? Maintenant, tu as une excellente raison d'aller vite.

Je fis la moue, dubitatif. Avec Summer, j'étais passé du point mort à la vitesse de pointe. C'était pour ça qu'elle était bouleversée : j'avais changé notre relation, j'avais perturbé notre équilibre.

— Désolé pour le réveil matinal.

— Je m'en remettrai. Et elle s'en remettra, assura-t-il. Mais ne joue pas les trouillards !

— Sinon quoi ? fis-je en m'esclaffant à mon tour.

— Je vais toujours plus vite que toi !

— Mon genou est mort. Pas mes réflexes. Trouve-moi un circuit, qu'on mette un terme à cette histoire !

Dans un rire, il m'étreignit avec force, me frappant le dos avec le plat de sa main. Il franchit le seuil et j'attendis patiemment qu'il gagne l'ascenseur. Il pivota vers moi, à l'instant où les portes s'ouvrirent.

— Au fait, Charlotte et moi, on va à Norfolk ce week-end. On dormira au domaine. Tu y seras ?

— Peut-être.

La perspective de tenir la chandelle ne me réjouissait pas particulièrement. Charlotte et Jérémiah n'avaient nullement besoin de moi.

— Gemma viendra sûrement. Invite Summer ! lâcha-t-il avant que son visage ne disparaisse.

Je refermai la porte derrière lui et retournai à mes dossiers. L'idée de passer le week-end avec Summer me tira un sourire heureux. Cela me laissait deux jours pour lui apprendre à perdre le contrôle.

Quand j'arrivai au domaine, au milieu de la nuit, je portais encore mon smoking de gala et ma veste puait le cigare cubain. Je détestais ces dîners mondains, un peu ronflants et désespérément ennuyeux. Faute de compagne, j'y allais seul et je regrettais toujours de ne pas avoir une alliée — ne serait-ce qu'une amie — pour me distraire.

La demeure était silencieuse et je repérai un amas de manteaux autour du billard, seules traces visibles de la présence d'autres personnes. Je retirai ma veste, balançai mes chaussures et grimpai les escaliers jusqu'à ma chambre. Charlotte et Jérémiah occupaient la chambre de l'étage supérieur. Gemma, David et Summer avaient dû être éparpillés dans les chambres d'amis. Après une douche rapide, je m'enfonçai sous ma couette. J'étais épuisé par ma semaine et je voulais être en forme pour affronter Summer dès le petit déjeuner.

Quand je rouvris les yeux, une douleur intense me vrillait le genou. Du fond de mon lit, je gémis lourdement et tentai de plier ma jambe. Parfois, sans que je ne sache vraiment pourquoi, mes vieilles blessures se rappelaient cruellement à mon bon souvenir. Les douleurs étaient imprévisibles, violentes et m'empêchaient presque de reprendre mon souffle.

Je repoussai la couette et me levai péniblement. Je passai une main sur mon visage et vérifiai l'heure sur mon portable. À peine 6 heures. Une longue journée s'annonçait. Je décidai de descendre à la cuisine. La plupart du temps, de la glace et un calmant suffisaient à m'apaiser.

Après avoir enfilé un vieux bas de jogging coupé et un T-shirt, je clopinai jusqu'au rez-de-chaussée, ravalant mes gémissements, pendant qu'une nouvelle vague de douleur partait de mon genou pour galoper sur mon nerf sciatique. Dans les pires moments, je devais passer plusieurs heures allongé, d'une humeur de dogue, à attendre que mon corps redevienne coopératif.

À ma grande surprise, je découvris Charlotte, juchée sur l'un des tabourets de la cuisine. Son visage s'éclaira quand elle me vit, avant de se rembrunir quand elle comprit mon état. Je boitai jusqu'au réfrigérateur, vite rejoint par Charlotte.

— Va t'asseoir, je m'en occupe, proposa-t-elle en prenant un torchon.

— J'ai l'habitude.

— Va t'asseoir, répéta-t-elle, avec un brin de menace dans la voix.

Je levai les mains devant moi et m'installai face à elle, de l'autre côté de l'îlot en marbre noir. Charlotte avait fait du café et s'était pressé une orange. Quand elle revint vers moi, elle avait formé une énorme boule de glaçons dans le torchon, avant de le tordre pour maintenir le tout. Avec douceur, elle le posa sur mon genou. Le froid me tira un grognement. Je remplaçai sa main par la mienne et appuyai la glace sur l'inflammation.

— C'est impressionnant, murmura Charlotte.

Elle détacha ses yeux de la longue cicatrice, avant d'accrocher mon regard. Elle avait cette mine inquiète que je connaissais bien.

— Tu as mal souvent ?

— Parfois. Je suis certain qu'avec un café, un jus maison et un calmant ça ira beaucoup mieux, dis-je en souriant.

— Oh. Bien sûr. Pardon, je pensais que tu allais te recoucher.

— Je crois que c'est foutu pour dormir. Je dors peu, de toute façon.

Charlotte me servit une tasse de café et s'affaira à me presser deux oranges. Je passai la poche de glace improvisée à l'intérieur de mon genou. Progressivement, je reprenais le contrôle de mon corps. Le mal irradiait toujours, mais c'était supportable.

— Où sont tes calmants ?

— Poche de ma veste, dis-je en désignant le salon derrière moi.

Charlotte galopa jusqu'à l'endroit, puis revint. Elle déposa la boîte près de mon café. Elle ajouta le verre de jus d'orange, avant de regrimper sur son tabouret.

— J'ai une excuse pour le lever matinal, lui fis-je remarquer avec un geste pour mon genou. Quelle est la tienne ?

— Brocante. Il faut y aller tôt pour trouver de belles pièces.

Je secouai la tête, retenant un sourire.

— Quoi ? fit-elle, rieuse.

— Pour une fille qui ne voulait pas de cette boutique, tu es très motivée.

— Je n'ai jamais dit que je n'en voulais pas. Juste que ce n'était pas le bon moment. Et puis tu connais ton frère, une fois qu'il a une idée en tête...

— Oh. Donc, en fait, tu as juste abandonné face à son... insistance ?

— Insistance ? C'est un euphémisme. Harcèlement serait le terme le plus adapté.

Elle sirota son café, pendant que j'avalais un calmant avec une rasade de jus d'orange. Charlotte m'observait toujours, avec cette lueur de malice que je n'avais pas vue depuis bien longtemps.

— Au lycée, tu disais pourtant que je lui faisais du bien, déclara-t-elle.

— Je persiste. Il est beaucoup plus serein. Il a beaucoup changé, grâce à toi.

Elle arqua un sourcil, loin d'être convaincue. Une goutte d'eau froide ruissela sur mon mollet et le froid se propagea bientôt à mes orteils. Je réajustai la poche sur ma rotule et bus une gorgée de mon café.

— Je t'assure. Et tu as changé aussi. Tu n'es plus la jeune fille timide que j'ai vue débouler ici avec son tablier de peinture.

— Maintenant, tu me vois juste débouler dans ta cuisine à l'aube, dit-elle.

— Pour la bonne cause.

— Je crois, oui.

Sa voix vacilla, comme si elle tentait de masquer son hésitation. Je me levai de mon tabouret, me débarrassai des glaçons dans l'évier et me servis un nouveau café. J'aimais beaucoup parler avec Charlotte. Elle était la seule avec qui je pouvais me permettre d'étaler mes états d'âme. Et en épousant mon frère Charlotte devenait un membre officiel de la famille, comme une petite sœur ; c'était parfait.

— De quoi n'es-tu pas certaine ? Du mariage ?

— Pas du tout. De toute façon, ton frère n'aurait jamais accepté un non, gloussa-t-elle.

— La boutique, alors ?

Elle fit la moue et se réfugia à nouveau dans son mug. Je fixai sa bague de fiançailles, cherchant un moyen de la faire parler. À la façon dont ses doigts serraient sa tasse, je compris que quelque chose la tourmentait.

— Tu es faite pour ça, dis-je brutalement.

Elle cligna des yeux, surprise, puis posa son café lentement sur l'îlot. Je me demandai soudainement si quelqu'un le lui avait déjà dit. Sa mère, sans doute. Jérémiah, parce qu'il l'aimait. Summer, par amitié, peut-être. Si elle avait des doutes sur son métier, elle devait être rassurée.

— Quand Jérémiah t'a proposé de faire des travaux ici, quand tu as travaillé sur la pièce de théâtre au lycée, j'ai vu ce dont tu étais capable. Et j'ai vu ce que tu as fait du meuble que ta mère t'avait offert. Il est superbe.

— Merci, murmura-t-elle en rougissant.

— Tu fais un métier que tu aimes, Charlotte. Et, si tu étais mauvaise, je ne t'aurais pas demandé de t'occuper du loft.

— Et si je me plante ?

Je haussai les épaules et me penchai vers elle.

— Charlotte, tu as passé le barreau, tu as donné une nouvelle chance à mon frère, tu as accepté de l'épouser et tu as démissionné. Tu ne te planteras pas. Tu es… Disons que tu es la seconde fille la plus brillante que je connaisse.

— Coiffée au poteau par Summer, soupira-t-elle, dramatiquement.

— Tu devrais interroger le deuxième Montgomery de la maison, il ne sera sûrement pas de mon avis.

— Parce qu'il m'aime, dit-elle en pouffant de rire.

— Parce qu'il aime me contredire. Cela étant, je dois admettre qu'il avait au moins raison au sujet de cette boutique. Même si je pensais vraiment qu'après ce nouveau coup tu finirais par le quitter.

— Apparemment, non, répondit-elle en jouant avec sa bague. Passé le choc, c'était… assez évident, en fait.

— De l'épouser ?

— Aussi. Je parlais surtout de la boutique et de la rénovation. J'aime le droit, j'aime l'utiliser et jouer avec. Mais faire revivre un meuble, passer mes mains sur les veines du bois ou sur un parquet, c'est sensationnel.

— Sensationnel au point de te lever à l'aube ?

— À ce point, oui. Ça me manquait.

Je bougeai ma jambe, appréciant l'effet apaisant du médicament. La douleur avait disparu, laissant place à des fourmillements désagréables dans toute la jambe. Je tentai de l'étendre, en vain.

— Est-ce que ça te manque ? demanda Charlotte de but en blanc.

Je relevai les yeux vers elle, décontenancé par sa question. En dix ans, la franchise de Charlotte ne s'était pas émoussée. Je devinais aisément pourquoi

Jérémiah était tombé amoureux d'elle : Charlotte était tenace et franche. Elle ne minaudait pas, ne cherchait pas à charmer, elle se fichait qu'on la voie au réveil, sans maquillage et cheveux emmêlés.

— Non. Jérémiah était fait pour la course, je suis plutôt fait pour rester à l'écart.

— Ce n'est pas le souvenir que j'en ai.

— Personne n'osait défier Jérémiah. J'étais un partenaire de jeu, rien de plus.

Je mentais effrontément. En dix ans, j'avais appris à faire comme si ma vie actuelle me satisfaisait. Je ne me sentais pas malheureux, je me sentais amputé. De ma vie, de l'avenir dont j'avais un jour rêvé. Ma blessure au genou avait sonné le glas de ma carrière de pilote. Mais ma colère n'était plus qu'un amer souvenir ; maintenant, je me concentrais sur la Fondation.

Et sur Summer.

— Tu n'as jamais repris un volant ?

— Je conduis, je ne pilote plus. La Fondation occupe mes journées, je n'ai même plus le temps d'y penser.

Charlotte esquissa un sourire et termina son café. Pendant quelques instants, notre bulle nostalgique nous enveloppa de silence. Mes muscles tendus se relâchèrent peu à peu et je descendis de mon tabouret.

— C'est bien, ce que tu fais pour Summer, reprit Charlotte.

Je restai muet, surpris par sa remarque. Charlotte n'était pas du genre à se mêler de ma relation avec Summer.

— Elle a pourtant diligenté un petit déjeuner urgent cette semaine, lui rappelai-je dans un rire.

— En effet. Tu chamboules son fonctionnement. Summer a toujours mis sa vie dans des cases parfaitement hermétiques. Et toi tu mets à mal tout son système de classement en l'embauchant. Elle ne sait plus quoi penser. Tu grilles son anticipation.

— Notre relation sera strictement professionnelle.

— Elle aurait préféré que votre relation soit strictement personnelle, assura Charlotte avec un clin d'œil.

Je retins un sourire ravi. Apparemment, j'étais parvenu à mettre à mal les barricades autour de Summer.

— Du coup, elle ne sait plus ce qu'elle doit privilégier…

— J'ai une petite idée de la réponse. Je l'aiderai.

— Je n'en doute pas. Cela étant, si tu lui fais du mal, je pense être capable de te détruire l'autre genou.

Je lui adressai un sourire confiant. Si Summer se décidait à oublier ses réserves, je prendrais soin d'elle jusqu'à la fin des temps. Je n'attendais qu'un signe de sa part — quelque chose qui me témoigne son intérêt au-delà du désir et de l'attraction — pour mettre mon monde à ses pieds. Charlotte enfila son manteau et vissa son bonnet en laine noire sur son crâne.

— Tu penses vraiment qu'elle va céder ? demandai-je, soucieux.

— Je le sais.

— Parce que…

— Parce que Summer ne panique jamais. Elle

rationalise, elle fait des tableaux, elle analyse. Quand on appelle sa meilleure amie aux aurores, c'est que le sujet est important.

— En effet.

Je m'inquiétai soudainement. Peut-être étais-je allé trop loin. J'avais naïvement cru que Summer finirait par comprendre, qu'elle ferait le bout de chemin menant jusqu'à nous. Qu'elle en parle avec Charlotte, qu'elle s'inquiète de notre histoire n'était pas bon signe. Je voulais qu'elle agisse à l'instinct, pas qu'elle analyse et décortique notre histoire. Elle trouverait alors la moindre faille pour s'éloigner à nouveau.

— Summer m'a appelée deux fois pour un petit déjeuner d'urgence. Les deux fois, à cause de toi, ajouta-t-elle après une pause. Elle tient à toi. Je le sais, je le vois.

— Plus qu'à William ?

Charlotte m'adressa un regard surpris et fourra ses mains dans ses poches. Une lueur d'amusement brillait dans ses yeux, comme si je venais de lui raconter une blague hilarante.

— Tu es jaloux ?

— Tu n'as pas idée.

— Tu n'as aucune raison de l'être. William... William est un sombre idiot. Il voulait la garder dans une cage, elle ne souhaitait qu'en sortir. Bref, tu n'as vraiment aucune raison de t'en faire.

— Je ne suis plus le même.

Le regard de Charlotte glissa de mon genou en miettes à mon visage défiguré. Je n'avais jamais eu ma chance avec Summer avant mon accident. Pourtant, j'étais jeune, insouciant, riche et séduisant. J'étais pilote. Maintenant, avec mes cicatrices et mon métier de gratte-papier, mes maigres chances s'amenuisaient davantage. Summer n'avait aucune raison de me préférer à William — pompier — ou à son patron.

— Elle non plus. Son père n'est plus là pour lui gâcher la vie. Il faut que j'y aille, on se voit plus tard ?

J'acquiesçai et déposai ma tasse dans l'évier. Brutalement, je pivotai et interpellai Charlotte. Le sommeil était définitivement hors d'atteinte. Summer dormait encore et j'avais besoin de prendre l'air. Elle apprécierait certainement que je lui offre un peu de liberté.

— Ça t'ennuie si je t'accompagne ? demandai-je finalement.

— Et ton genou ?

— Ça me fera du bien, au contraire.

— Tu as deux minutes pour enfiler un pantalon.

Après avoir passé la journée avec Charlotte, je retrouvai Summer, David, Jérémiah et Gemma sur la plage. Nous approchions du début de soirée. Luttant contre la fraîcheur de janvier, ils étaient réunis autour d'un feu de camp, des bières à leurs pieds. Quand Summer me vit, son visage s'éclaira. Habillée d'un jean et de son manteau en laine, elle était enroulée dans une couverture polaire. Néanmoins, elle était pâle et claquait des dents. Malgré tout, elle était superbe, avec son teint de porcelaine et son sourire fantastique.

Pour l'avoir fréquemment veillée dans son sommeil, je connaissais parfaitement chacun des traits de son visage. Je reconnus donc ce petit froncement de sourcils, celui qu'elle m'adressait quand quelque chose la tourmentait.

— Mais bon sang qu'est-ce que vous avez fait de votre journée ? demanda-t-elle, en dissimulant mal sa contrariété.

— J'ai accompagné Charlotte à une brocante.

Nous avions eu froid, subi une averse et connu quelques déconvenues de négociation, mais, dans l'ensemble, j'avais passé une belle journée. Pendant quelques heures, auprès de Charlotte, j'avais cessé de gamberger sur mon histoire avec Summer. Je l'avais suffisamment bousculée et j'avais clairement fait comprendre ce que je voulais, désormais, je devais être patient.

— Alors, cette chasse aux meubles ? demanda Jérémiah.

— Fructueuse, dit Charlotte avec joie.

— Je ne sais pas comment elle va pouvoir tout mettre dans sa boutique, ajoutai-je en contournant les flammes.

— Tu as dit que tu achetais le fauteuil ! protesta Charlotte.

— Je le ferai, quand tu auras fait en sorte que le ressort ne soit plus visible.

— Tu t'es découvert une passion pour les vieux trucs ? m'interrogea Jérémiah.

— Ces vieux trucs ont une âme. J'aime bien.

Sans lui demander son avis, je m'assis derrière Summer. Elle appuya son dos contre mon torse, pendant que mes mains trouvaient les siennes. Face à nous, David et Gemma se tenaient à distance l'un de l'autre. Je serrai les mains de Summer plus fortement. Elle était frigorifiée.

— Qui a eu cette idée brillante de te faire mourir de froid ici ? demandai-je dans un murmure.

— Une lubie de Jérémiah. Tu rentres tard.

— Je t'ai manqué ?

— J'ai eu froid, dit-elle en souriant.

— Mauvaise réponse. Toi, tu m'as manqué.

— Tu m'auras bientôt sur le dos du matin au soir, fit-elle, hilare, en se tournant légèrement vers moi.

Je restai bouche bée. En début de semaine, elle paniquait et refusait même l'idée de travailler à la Fondation. Et voilà que maintenant, transie de froid, elle en prenait son parti et en plaisantait. Cette femme était un tourbillon.

— À vrai dire, je t'imagine dans de nombreuses positions, mais pas… sur mon dos.

Elle ouvrit la bouche, mais aucun son n'en sortit. Elle étrécit le regard dans une vague menace de représailles, avant de se réinstaller contre mon torse.

— Et je suis certain que, parmi ces nombreuses positions, il y en a une qui te réchaufferait, ajoutai-je dans un murmure.

Je refermai un peu plus la couverture autour d'elle et l'entourai de mes bras. Le feu crépita, mais la brise marine dispersait le peu de chaleur qu'il produisait. Je trouvais ridicule d'être ici, alors que nous aurions pu être au domaine, avec un feu, et au chaud.

— C'était ici, alors ? demanda Gemma. Les courses, précisa-t-elle, en voyant que nous ne comprenions pas.

— Ici, oui, répondit David. C'était dément.

J'opinai, pendant que les souvenirs me revenaient. Les courses, Summer, l'accident. Cette plage avait été le décor d'autant de bons que de mauvais souvenirs. David me lança un regard inquiet, mais d'un mouvement du menton je l'encourageai à poursuivre. J'avais fait mon deuil de ma vie de pilote. Après des années de thérapie, j'avais accepté que mon corps se charge de me rappeler régulièrement que j'avais eu de la chance ce soir-là.

Contre moi, je sentis Summer se tendre. Nous n'avions jamais reparlé de cette soirée. En perdant cette course, j'avais aussi perdu la fille que j'aimais. En une seconde, toute mon insouciance s'était envolée.

— Nous partions du croisement, expliqua Jérémiah avec enthousiasme, et nous rejoignons le carrefour à l'opposé. Ce n'est pas très long, mais ça suffisait pour déchaîner les foules.

— J'ai passé mon adolescence dans un pensionnat, râla Gemma. Ce qui fait que je vous déteste tous d'avoir vécu ça.

À nouveau, Summer se crispa. J'embrassai le haut de son crâne, espérant calmer la tempête que je devinais. Les démons de Summer étaient bien plus coriaces que les miens. Revenir ici devait lui coûter.

— On restait sur la plage, continua Charlotte. Pour éviter les mouvements de foule. Et Summer passait son temps à parier de l'argent.

— Et tu gagnais ? demanda Gemma.

— Oui, surtout avec Jérémiah. Quasiment imbattable, répondit Charlotte, sans laisser le temps à Summer de réagir.

— Et c'est toujours le cas, fanfaronna ce dernier.

— La première fois que j'ai gagné de l'argent, c'était avec Théo, corrigea Summer. Jérémiah était encore trop jeune pour une course.

Je revis clairement le moment où Summer avait sauté de joie. Déjà, elle était têtue et indépendante. Contre l'avis de son frère, elle avait parié ses ultimes économies. Elle avait gagné une somme conséquente.

Pour un sourire de cette femme, j'aurais été prêt à tout.

— Une excellente raison d'aller vite ? conclut Charlotte en nous regardant.

Le corps de Summer fut secoué d'un rire. Elle dodelina de la tête, comme si elle pesait le pour et le contre de la question de Charlotte. Je masquai mon sourire dans ses cheveux. J'adorais partager ce genre de souvenirs avec elle. Ça n'appartenait qu'à nous.

— Si on veut, répondit-elle, énigmatique. De toute façon, Jérémiah, tu n'aurais jamais gagné sans ses réglages mécaniques. Il savait exactement comment préparer ta voiture. Et il savait aussi la réparer après !

— Et c'est toujours le cas, crânai-je à mon tour.

— Jérémiah est beaucoup plus sanguin, résuma David, en se tournant vers Gemma. Il court à l'instinct. Alors que Théo est un rationnel, il calcule le risque.

Gemma hocha la tête, avant de diriger son attention sur la route qui longeait la plage. Elle tentait certainement d'imaginer ce que ces courses pouvaient donner. Personnellement, j'entendais encore les cris de la foule, son énergie décapante et le crissement des pneus. Chaque sensation des courses était gravée en moi : le contact doux du volant en cuir contre mes paumes, le vrombissement du moteur à travers mon corps, l'odeur de l'huile. Tout.

— Je regrette de ne pas avoir assisté à ça, se lamenta Gemma.

— C'était dangereux ! siffla Charlotte. Nous étions tous inconscients des risques.

— Je suis toujours inconscient, lui fit remarquer Jérémiah.

Nous échangeâmes un regard et, l'instant suivant, je fus catapulté douze ans en arrière. Le regard de mon frère brillait de défi. Les fourmillements dans ma jambe se réveillèrent au même instant. Je secouai la tête, espérant éviter un long et pénible échange d'arguments.

— On devrait le refaire, reprit Jérémiah. La dernière fois, nous n'avons pas fini notre course.

— La dernière fois, vous avez fini dans le décor, lui rappela Summer, avec une voix teintée d'amertume.

Elle referma ses mains sur les miennes, me retenant captif de notre étreinte. Mon frère m'adressa un nouveau regard encourageant. Malgré tous mes efforts et mon corps malmené, une légère tension me gagna. C'était si tentant d'y retourner, de retrouver les sensations de la course, de hurler comme un fêlé dans l'habitacle en sachant que personne ne m'entendrait.

— On y va ? fit Jérémiah.

— Quoi ? Tu veux vraiment faire une course ? demanda Charlotte.

— Maintenant ? ajouta Summer. Il a plu, l'adhérence sera mauvaise. Ça peut être dangereux.

— Mais j'espère bien, rétorqua mon frère.

— Jérémiah, soupirai-je, je ne peux pas...

— Je sais que tu peux. Et ne compte pas sur un traitement de faveur parce que tu es handicapé ! me prévint-il en tendant sa main vers moi.

Summer me regarda, partagée entre inquiétude et stupéfaction. Je la soupçonnais d'avoir senti les battements de mon cœur s'accélérer. Peut-être même avait-elle remarqué que je m'étais redressé, prêt à mettre une raclée à mon frère. Finalement, elle haussa les épaules, abdiquant.

— Tu vas parier ? demandai-je.

— Côté jeu, je ne suis pas vraiment en veine, dernièrement, me rappela-t-elle avec malice.

— Tout dépend du point de vue.

Je détachai mes mains des siennes et me mis debout. Mon genou me fit vaciller, mais je savais que la position assise serait moins douloureuse. Summer se leva à son tour, suivie par les trois autres. Je croisai le regard affolé de Charlotte et regrettai alors de m'être laissé happer par mon frère.

— On peut peut-être faire ça une autre fois ? suggérai-je.

La route était humide et il faisait nuit. J'avais encore certains repères, mais ma voiture était moins maniable. Ma seule chance de gagner était de jouer sur le poids du véhicule de mon frère. À pleine vitesse, il devait perdre en adhérence et en tenue de route.

— Théo, c'était juste quelques souvenirs, tu n'as pas besoin de..., dit Charlotte.

— Si. D'autant plus que j'ai une excellente raison d'aller vite. Attends-moi ici — je me tournai vers mon frère, sourire conquérant aux lèvres —, je lui colle une raclée et on rentre.

— Disons deux tours de chauffe et une course en quatre ?

— Course en trois, corrigeai-je.

Je connaissais parfaitement Jérémiah. Il était endurant. Pour remporter la course, il valait mieux une distance courte.

— Qu'est-ce qui est en jeu ? demanda David.

Je fixai mon frère de longues secondes, à la recherche d'un enjeu suffisamment intéressant pour lui pour qu'il se batte pour remporter la victoire. Je ne voulais pas gagner par défaut, ou faute de combattant. Je voulais qu'il donne tout pour franchir la ligne d'arrivée avant moi.

— Tu te souviens de la dernière soirée de gala ? l'interrogeai-je.

Il grimaça de dégoût, et je repris :

— Si tu gagnes, je t'en dispense à vie.

— À vie ? fit-il, surpris. Pas de dîner pénible, pas de danse avec une dame qui a le triple de mon âge ni de courbettes à ce vieux crétin du conseil d'administration ?

— Non. Tu serais libéré de tout cela.

Il eut une moue ravie, comme s'il découvrait un magnifique cadeau le matin de Noël. Cela me tira un rire. Il était si facile de corrompre mon frère. Il détestait les obligations liées à la Fondation et cherchait toujours un moyen de s'en défaire. Je lui offrais une opportunité en or.

— Et si tu gagnes ? reprit-il.

— Je prends ta Porsche.

Sa mine déconfite répondit à mon sourire carnassier. Jérémiah était excessivement attaché à cette voiture. Pour lui, l'enjeu était donc de taille et suffisant pour titiller son goût du défi. Autour de nous, nos amis, debout, nous regardaient avec curiosité ; en quelques secondes, une tension électrique avait saturé l'air.

Jérémiah tendit brutalement la main vers moi, signe qu'il acceptait. Je serrai sa main dans la mienne puis jetai un coup d'œil à ma montre. Il était près de 22 heures. Je fouillai dans les poches de mon jean, à la recherche de ma clé.

— Prépare-toi à te séparer de ta précieuse voiture, dis-je dans un rire.

— Je me prépare surtout à jeter tous mes smokings !

Il se tourna vers Charlotte, elle aussi debout, et déposa un baiser furtif sur ses lèvres.

— Bonne chance, lui dit-elle, souriante, en se frictionnant les bras.

— Je lui colle une raclée et on rentre, me plagia-t-il.

D'un pas décidé, il remonta sur la plage en direction de la route. Avant que je ne puisse le suivre, Summer m'agrippa la main. Je me tournai vers elle. Elle était plus pâle qu'à mon arrivée et son regard bleu était voilé d'inquiétude.

— Tu n'as pas à faire ça.

— Non. J'en ai juste envie. Je n'ai pas fait de courses depuis des années.

— Justement, plaida-t-elle. Jérémiah est surentraîné et…

— Et c'est juste pour m'amuser. Il n'y a rien à craindre, crois-moi. Je serai prudent.

Elle leva les yeux au ciel et se hissa sur la pointe des pieds. Délicatement, elle déposa un baiser sur ma joue balafrée et ses doigts se resserrèrent sur ma main.

— Ne sois pas trop prudent, je vais miser 50 dollars sur toi, avoua-t-elle dans un sourire.

— Qui a l'audace de croire que je vais perdre ?

— Gemma. Une débutante. C'est facile de la plumer. Maintenant, tu as une excellente raison d'aller vite !

— J'en avais déjà une, répondis-je en lui lançant un regard entendu. Attends-moi ici, d'accord ?

Elle acquiesça et libéra ma main. Je suivis Jérémiah, précédé par David. Les filles restèrent sur la plage, serrées les unes contre les autres. Mon frère était déjà dans sa voiture quand mes pieds foulèrent le macadam. Je m'installai derrière mon volant et rejoignis la ligne de départ imaginaire, quelque part à hauteur des bosquets.

J'attachai ma ceinture et mis le contact. Tout l'habitacle se mit à trembler. Sur ma gauche, Jérémiah faisait de même, prêt à s'élancer pour le premier tour de chauffe. Il m'adressa un regard, s'assurant que j'étais toujours d'accord. J'opinai rapidement et m'élançai sur la route sans état d'âme. Après mon réveil douloureux ce matin, j'étais heureux de finir la journée avec un volant entre les mains.

Je retrouvai les sensations que j'avais tant appréciées plus jeune. La vitesse, bien sûr, la puissance, l'adrénaline, même les coutures du volant en cuir qui frottaient contre mes paumes. J'enfonçai la pédale de l'accélérateur et terminai mon premier tour d'échauffement. L'odeur de la gomme me parvint, me tirant un nouveau sourire. Jérémiah n'avait aucune chance de gagner. J'avais des années de frustration à compenser, de l'énergie à revendre et… Summer.

Une multitude de bonnes raisons pour aller vite.

À l'issue du deuxième tour, je m'arrêtai sur la ligne de départ et je remarquai que les filles avaient rejoint la route. Summer arborait un sourire irrésistible qui affola les battements de mon cœur. Elle n'avait aucune idée de l'effet qu'elle me faisait.

David se glissa entre nos deux voitures et leva les bras. Du coin de l'œil, je vis Jérémiah, mains sur le volant, parfaitement détendu. Je reportai mon attention sur la route, répétant les virages, listant les flaques d'eau persistantes. Cette route, j'en connaissais chaque centimètre. Hormis l'ajout d'une barrière de sécurité, elle n'avait pas changé depuis notre adolescence.

En baissant les bras, David lança le départ. Mes pneus crissèrent sur l'asphalte et la voiture patina pendant quelques secondes, avant de s'élancer sur la route. Jérémiah, doté d'une voiture plus puissante, avait déjà un peu d'avance sur moi. J'arrivai à pleine vitesse sur la courbe, serrant mon frère pour qu'il traverse une grosse flaque. Il freina brutalement, me permettant de le dépasser. Je remontai la route à tombeau ouvert, finissant le premier tour en tête. Je zigzaguai, les yeux rivés sur le rétroviseur. Même à distance, je devinais l'agacement de mon frère.

Je ricanai, tapant des mains contre le volant. Le goût de la victoire ne ressemblait à rien d'autre. J'avais dû m'en sevrer pendant des années, et maintenant que je le retrouvais j'avais la sensation de replonger dans une addiction illégale. Pendant le deuxième tour, je parvins à contenir mon frère. Pourtant, au début du dernier, il profita d'un moment d'inattention de ma part pour se faufiler entre la barrière et moi. Je braquai le volant à droite, évitant ainsi que nos carrosseries frottent.

Je jurai contre lui et accélérai à nouveau. Je tendis l'oreille, écoutant le bruit du moteur. Il ronronnait, certes, mais j'entendais un cliquetis inhabituel. Je grimaçai et rétrogradai. Je manquais de puissance. Nous atteignions la dernière courbe. Si je ne doublais pas Jérémiah maintenant, il allait filer tout droit vers la ligne d'arrivée.

Je songeai furtivement à Summer. Jérémiah avait déjà gagné des centaines de courses, et il en remporterait encore autant après ce petit duel. Je devais franchir cette fichue ligne d'arrivée avant lui. Au moins pour être un héros aux yeux de la femme que j'aimais, au moins pour me sentir mieux. Comme si j'étais normal, ou presque.

Jérémiah se décala légèrement, évitant une zone glissante de mousses humides. J'analysai rapidement la situation : je risquais de déraper et de dévier de la trajectoire de la route… Mais avec un peu de chance cela me permettrait de gratter quelques secondes. Je fonçai vers la zone dangereuse. La voiture glissa et, pendant un court instant, j'eus la sensation de ne plus avoir aucun contrôle. Dès que je retrouvai la route, je dérapai et, d'un coup de volant, rétablis la trajectoire. Mon pied s'écrasa contre l'accélérateur, faisant hurler le moteur.

Définitivement, quelque chose clochait.

Je vérifiai la position de mon frère dans mon rétroviseur. Jérémiah était derrière moi. Il me fit un appel de phares qui me fit éclater de rire. Depuis combien de temps n'avait-il pas vu l'arrière d'une voiture de si près ? Il me restait deux cents mètres à parcourir. J'étais certain de gagner.

J'avalai les derniers mètres en quelques secondes, hurlant de joie dans la voiture. Je me fichais d'avoir battu Jérémiah, c'était gagner cette course, devant

Summer, qui comptait. À peine étais-je sorti de la voiture que Summer me sauta dans les bras. Ignorant la crispation de mon genou — qui manifestait sa désapprobation après cette longue journée —, j'entourai Summer de mes bras et la serrai contre moi.

— Tu as gagné, murmurai-je à son oreille.

— Non, tu as gagné !

Elle embrassa à nouveau ma cicatrice et David me félicita avec chaleur. Jérémiah m'adressa une violente bourrade, avant de m'étreindre.

— Je t'ai laissé gagner, lança-t-il en riant.

— Tu aimes les soirées de la Fondation, en fait.

— Pas vraiment. Mais Summer était là, j'ai l'âme charitable.

Je le dévisageai et lui lançai un regard sombre. Sans ajouter un mot, je tendis la main, très enthousiaste à l'idée de ramener Summer dans la Porsche. Je refusais de croire que Jérémiah m'avait laissé gagner. Il était en train de sauver les restes de sa fierté. D'un geste défait, il fourra les clés dans le creux de ma main.

— Merci, dis-je en souriant largement.

— De rien.

J'aurais juré percevoir un trémolo dans sa voix. Avant de lui donner mes clés, je pris soin d'en détacher le porte-clés. Devant le regard interloqué de mon frère, j'expliquai :

— J'y tiens. C'est sentimental.

J'attachai la carte à jouer miniature au trousseau de la Porsche puis, d'un geste, j'invitai Summer à me suivre. Je lui ouvris la portière et elle s'installa sur le siège passager. Je m'assis derrière le volant et baissai la vitre.

— On se voit au domaine ! hurlai-je en jouant avec la pédale de l'accélérateur.

Jérémiah m'adressa un regard mauvais, prêt à remettre en jeu son bolide. Mais je connaissais mes limites ; je cumulais la fatigue d'une nuit trop courte et celle d'une journée chargée : mon genou allait me faire payer mes excès.

— Et amène la voiture au garage, j'ai entendu un truc bizarre.

— Ta voiture est en panne ? s'inquiéta-t-il.

— Pas encore. J'aimerais l'éviter.

Il hocha la tête et je démarrai sur les chapeaux de roues. Summer poussa un cri de joie et, en quelques minutes, je rejoignis l'impressionnante allée bordée d'arbres qui menait au domaine. Je garai la voiture devant l'entrée de la maison.

À nouveau, je lui ouvris la portière et la laissai entrer. Dans le hall, la course terminée et mon corps libéré de l'adrénaline de la victoire, je retrouvai le silence avec Summer.

— Je vais aller prendre une douche, dit-elle.

— Tu m'en veux toujours ? demandai-je alors qu'elle s'éloignait en direction de sa chambre, grimpant l'escalier.

— C'est maintenant que tu t'en inquiètes ?

— Je m'en inquiète depuis que tu as quitté le loft !

— Non, je ne t'en veux pas. Je pense même qu'on fera une bonne équipe.

— Vraiment ?

— Vraiment. Le projet est fantastique, j'ai déjà quelques idées intéressantes. On en reparlera lundi, si tu veux. J'aimerais faire un point sur les finances de la Fondation, histoire de connaître ma marge de manœuvre.

Un courant d'air glacé me parcourut. Ces dernières semaines, il me semblait que nous avions progressé, que j'étais parvenu à amener Summer où je voulais l'attirer. Je savais que je lui plaisais et qu'elle était sur le point de craquer. Aussi, ce retour en arrière était aussi violent qu'inattendu.

— Je parlais de nous, Summer. Pas de la Fondation, dis-je finalement.

— Nous sommes toujours amis. Je vais juste devoir composer avec notre nouvelle relation professionnelle.

Composer. Comme si je n'étais qu'un élément ajustable dans sa vie. Je ne voulais plus me contenter d'être son ami. À l'origine, c'était même elle qui voulait refuser le poste pour que notre relation s'épanouisse. Je ne la comprenais plus et j'avais la sensation désagréable de me faire manipuler.

— Et si je t'invite à dîner ?

— Tout dépend. S'agit-il d'un dîner de travail ou d'un dîner personnel ?

— C'est un dîner avec moi. Entre toi et moi. Tu ne peux pas faire comme s'il n'y avait rien, Summer. Ça fait dix ans que ça dure, peut-être que je finirai un jour par me lasser de t'attendre.

— Alors pourquoi le fais-tu ? Quand tu étais

plus jeune, des tas de filles se traînaient à tes pieds, tu n'avais que l'embarras du choix. Va dans un bar, dégaine ta carte Platinum et je suis certaine que...

— Je n'en veux qu'une. Je ne veux que toi. Je pensais que tu l'avais compris.

Ma voix vibrait d'une colère sourde. En plus de dix ans, j'avais la sensation que nous n'avions pas évolué. Elle maintenait cette distance entre nous, comme si elle craignait que, comme son père, je lui fasse du mal.

— Je suis amoureux de toi, Summer. Peut-être depuis le jour où tu as dormi ici. Tu as été ma seule bonne raison de rester en vie, ma seule bonne raison de réapprendre à marcher, ma seule bonne raison de vivre dans cette maison. Ce soir, tu as été ma seule bonne raison d'aller vite. Je voulais gagner. Et je te veux, toi.

Sa main sur la rampe se crispa. J'attendis une réaction, mais elle ne cilla pas. Son beau sourire était resté sur le bord de la route, son visage parfait était sans émotion. De rage, je l'abandonnai dans l'escalier et filai jusqu'au garage.

Au moins, là-bas, j'aurais de quoi penser à autre chose.

Après avoir réparé ma voiture, que Jérémiah avait ramenée — réparation provisoire, car une pièce serait nécessaire —, je rejoignis ma chambre. Ma colère était toujours présente, m'animant d'une énergie que je peinais à contenir. Dormir n'était même pas à l'ordre du jour. Au mieux, je prendrais une douche et je finirais par m'effondrer quelques heures plus tard sur l'un des dossiers de la Fondation.

Devant la porte de la chambre de Summer, j'hésitai à frapper. J'avais dit ce que j'avais sur le cœur, mais elle n'avait pas réagi. Ça me rendait dingue. Quelque part, je savais que son père et la façon dont il l'avait traitée plus jeune étaient responsables de son attitude d'aujourd'hui. En restant à distance, elle se protégeait. Elle s'assurait qu'aucun autre homme ne lui fasse du mal.

Sous la douche, mes pensées s'apaisèrent. D'ici quelques heures, nous serions ensemble chaque jour. Je ne pouvais pas commencer notre collaboration par un conflit. Je m'affairai à effacer les traces de graisse et de cambouis sur mes mains, quand Summer apparut dans mon champ de vision.

Je clignai des yeux plusieurs fois, chassant d'un revers de main la vapeur d'eau qui tapissait la paroi en verre.

— Summer ? Qu'est-ce que tu fais ici ?

Sans me répondre, elle fit coulisser la porte de la cabine de douche et entra. Le T-shirt noir laissant apparaître ses longues jambes fuselées fut bientôt trempé et révéla ses formes. Je trouvai son regard rougi et compris qu'elle avait pleuré.

Je m'en voulus immédiatement. Je posai mes mains sur ses joues brûlantes. Du pouce, j'effaçai ses larmes.

— Tu as raison, dit-elle.

— J'avais certainement tort. Je n'aime pas te voir

pleurer. Et j'aime encore moins l'idée d'être à l'origine de tes larmes.

— Tu as raison. Je ne peux pas faire comme s'il n'y avait rien entre nous.

Brutalement, le poids que j'avais sur la poitrine s'envola. Cela faisait des années que j'attendais un aveu de sa part. Même si je l'avais obtenue à l'arraché, cette courte phrase sonnait comme une victoire.

Elle posa ses mains contre mon torse et réduisit l'espace entre nous. Le jet d'eau brûlante nous frappait tous les deux dans un doux vacarme. Je pris une profonde inspiration, me retenant de la bombarder de questions. Avec Summer, il fallait faire preuve de patience.

— Je ressens… Je ne sais pas, tu m'attires et tu me fais peur en même temps.

— Je ne te ferai aucun mal, murmurai-je.

— Je sais. C'est moi qui risque de t'en faire. Mais… Mais malgré ça, depuis quelques jours, depuis que tu m'as dit que tu voulais autre chose qu'un simple baiser, je suis un peu perdue.

— Tu gamberges trop, dis-je dans un sourire.

Elle leva ses yeux brillants vers moi et se pinça les lèvres. La cabine de douche était déjà surchauffée, pourtant, une bulle de chaleur et de désir nous enveloppa, faisant grimper encore la température.

— J'aimerais que tu me montres, souffla-t-elle, que tu m'aides à perdre le contrôle.

— Tu en es sûre ?

Je redoutais à chaque seconde qu'elle détale à

toutes jambes jusqu'à sa chambre. J'avais déjà subi les incessants revirements de Summer. Maintenant qu'elle était sous cette douche, avec moi, je savais que je ne pourrais pas encaisser un nouveau rejet de sa part.

Elle hocha la tête et, pour achever de me convaincre, elle agrippa le bas de son T-shirt trempé et le retira. Le morceau de tissu atterrit à ses pieds. Habillée de sa seule petite culotte noire, elle était sublime.

— Montre-moi, répéta-t-elle.

Sa voix vibrait d'émotion. Je me demandai à quel point c'était douloureux pour elle. Elle se mettait à nu — dans tous les sens du terme — et me confiait son cœur. Je jurai intérieurement de tout faire pour cette femme.

Lentement, elle se hissa sur la pointe des pieds et effleura ma bouche de la sienne. Je risquai un sourire heureux, savourant le plaisir de ce contact furtif. Elle réitéra son geste, appuyant plus fermement ses lèvres contre les miennes. Un soupir d'aise m'échappa, pendant que j'entourais sa taille de mon bras. Je capturai sa lèvre inférieure entre mes dents, la mordillai puis la libérai. Son regard s'assombrit davantage, prenant une teinte d'orage. Sa poitrine gonflée s'écrasa contre mon torse et elle entoura ma nuque de ses bras. Une joie intense me saisit. Sentir Summer s'abandonner contre moi était comme recevoir une récompense attendue bien trop longtemps. Cette simple étreinte aurait pu me suffire. Mais, en l'entendant gémir contre moi, je fus enveloppé d'une bulle de désir qui me fit oublier tout le reste.

Sa bouche retrouva la mienne, la pressant avec douceur et précaution. Dans un gémissement, je retins l'envie puissante de la repousser contre la paroi opposée pour reprendre le contrôle : je brûlais d'envie de la plaquer contre le mur, pour l'avoir à ma merci. Faire perdre le contrôle à Summer était un objectif très excitant. Je remontai ma main le long de son dos, savourant la douceur de sa peau, tandis que ses muscles se contractaient sous mes doigts. Le bout de sa langue flirta avec la mienne. Je retrouvai Summer et son côté joueur. Elle tentait de me provoquer : notre baiser devint plus passionné. J'enroulai ma main autour de sa chevelure humide, approchant davantage son visage du mien. Ses mains chaudes caressèrent mes épaules, puis mes bras. Mon sexe se tendit douloureusement contre son bas-ventre. Summer en profita pour bouger contre moi, attisant mon excitation. J'abandonnai ses lèvres pour l'immobiliser en plaquant mes mains contre sa taille.

— Cesse de gigoter !

— Pourquoi je ferais ça ?

Elle tenta de bouger, un délicieux sourire coquin sur les lèvres.

— Parce que si tu continues je vais jouir avant d'avoir eu le temps de faire tout ce que je veux te faire. J'aimerais autant que ceci — j'appuyai volontairement mon sexe dur contre elle — finisse ici.

Une de mes mains caressa son sexe. Elle arrondit les yeux de surprise, avant d'acquiescer.

Avec tendresse, elle déposa une myriade de baisers sur la cicatrice qui barrait ma joue. Elle posa ensuite sa paume dessus, comme si elle espérait que le stigmate le plus visible de mon accident disparaisse par magie.

Je pris sa main et y déposai un baiser, chassant le voile de tristesse qui menaçait de ternir notre étreinte.

— Est-ce que tu regrettes ? demanda-t-elle.

— Cette course ? Non. Ça m'a fait ouvrir les yeux sur ma vie et sur la place que tu y occupes. C'est toujours moi.

— Presque. C'est toi, en mieux, dit-elle.

Je coupai l'eau et décidai de sortir de cette cabine ; malheureusement, mon genou était trop faible pour que je lui fasse l'amour ici. Je pris la main de Summer dans la mienne et la conduisis vers ma chambre. Mon lit était à l'autre bout de la pièce. Trop loin. Incapable de me retenir plus longtemps, je la plaquai contre le mur près de ma bibliothèque et l'embrassai avec passion. Elle gémit contre mes lèvres et je sentis ses cheveux goutter contre mon torse. Ma bouche glissa le long de sa mâchoire délicate pour rejoindre la courbe de son épaule. Un frisson la parcourut et elle bascula la tête en arrière, totalement abandonnée.

— Je vais te débarrasser de ça, murmurai-je en tirant sur l'élastique de sa culotte.

— D'accord, répondit-elle, le souffle court.

Je m'agenouillai puis embrassai son nombril et, lentement, fis descendre son sous-vêtement le long de ses jambes fines. D'une pression sur la cheville, je l'invitai à lever un pied, puis l'autre. Je jetai la culotte loin derrière moi, m'intéressant au spectacle qui se donnait devant moi. Les mains plaquées contre le mur, Summer attendait patiemment.

— Te faire perdre le contrôle, donc ?

Elle hocha frénétiquement la tête, les yeux clos à s'en faire mal. Nue et offerte à mon désir, elle était éblouissante. Je savais pourtant que je lui demandais beaucoup en lui réclamant de me faire totalement confiance.

Mais qu'elle le fasse, sans poser de questions, en luttant contre ses propres démons, me fit un peu plus tomber amoureux d'elle. J'étais déjà sous le charme de la fille fragile et têtue, j'étais maintenant amoureux de la femme forte et ambitieuse.

Je déposai un baiser à l'intérieur de son mollet et un cri de surprise lui échappa. Lentement, je continuai mon exploration, agrémentant mon parcours de baisers dans le creux de son genou, à l'intérieur de sa cuisse, sur son bas-ventre. J'embrassai le pourtour de son sexe sans jamais m'y arrêter. Plus je me rapprochais de son intimité et plus le corps de Summer se tendait ; je relevai les yeux vers son visage. Elle luttait toujours contre elle-même, les mains plaquées contre le mur, les muscles contractés, la respiration haletante et presque désespérée. Mes paumes glissèrent derrière ses cuisses et remontèrent pour attraper ses fesses rondes et fermes. Je la pinçai doucement, espérant évacuer la tension qui la dominait.

— Aïe ! fit-elle en éclatant de rire.

— Tu peux me toucher, tu sais.

Son sourire fragile trembla et elle acquiesça. À genoux devant elle, mon regard toujours fixé sur son visage pour capter la moindre de ses expressions, j'embrassai sa hanche et me dirigeai lentement vers son entrejambe. Je déposai un baiser sur le haut de son sexe, puis caressai ses lèvres humides de ma bouche. La main de Summer se plaqua sur ma chevelure et elle gémit lourdement. Elle murmura mon prénom, m'encourageant à poursuivre. Mon sexe me faisait mal tant j'étais excité, le désir brûlait mes veines et je m'inquiétai furtivement de ma capacité à garder ce rythme. Elle me rendait fou et j'aurais voulu la prendre là, tout de suite. Mais je savais que ma patience serait récompensée. Ma langue se faufila dans sa fente humide. Je grognai à mon tour en la découvrant brûlante et prête, et j'enfonçai mes doigts dans ses cuisses pour ne pas perdre mon sang-froid. Je dévorai son intimité, donnant des coups de langue gourmands et furieux. J'avais attendu ce moment pendant des années, j'étais maintenant décidé à en profiter le plus possible. Au-dessus de moi, Summer tremblait, se cramponnant à mes cheveux. Elle cambra son bassin pour s'offrir un peu plus à mes caresses, m'indiquant silencieusement ce qu'elle voulait.

— Plus ? l'interrogeai-je.

— Oui.

Elle baissa enfin les yeux vers moi, m'observant tandis que ma bouche goûtait son intimité. Je me concentrai sur mon objectif premier : lui faire perdre le contrôle. J'accélérai le rythme, savourant Summer avec plaisir et force alors que ma langue faisait gonfler son clitoris. Ses doigts s'enfoncèrent dans mon crâne et une flopée de gémissements sensuels emplit la chambre.

— Théo, s'il te plaît…

Je gardai ma bouche sur elle et intensifiai mes caresses, refusant de l'écouter. Il était hors de question que j'arrête alors qu'elle était sur le point de se laisser emporter. Je voulais la sentir craquer, je voulais la voir perdre pied et s'oublier dans son plaisir. Sa respiration devint chaotique et elle se cambra davantage, son corps me suppliant de continuer. Ses mains quittèrent mon crâne et je vis qu'elle se cramponnait au mur. Je jouai avec son clitoris, l'aspirant doucement entre mes lèvres avant de le libérer brutalement. Summer poussa un râle de plaisir et son corps tout entier se tendit, avant d'être secoué de soubresauts. Elle s'effondra sur moi et je me redressai juste à temps pour la soutenir.

— Mission accomplie ? demandai-je quelques secondes après.

— À ton avis ?

Le sourire béat qu'elle m'adressa valait tous les compliments du monde. Les joues rougies de plaisir et les yeux embués par les restes de son orgasme, elle était divine.

— Tu es délicieuse.

— Et toi tu es excité, répondit-elle en baissant les yeux.

— Un sujet que je vais résoudre rapidement !

Sans lui demander son avis, je la basculai sur mon épaule, ses fesses à hauteur de ma bouche, et la portai en clopinant jusqu'au lit. Je jetai Summer sur la couette, appréciant la façon dont son corps pâle tranchait avec le bleu foncé des draps. Je m'allongeai sur elle et embrassai la peau fine de son cou. Je descendis jusqu'à sa poitrine appétissante et gonflée, suçant la pointe de ses seins tendus. Elle commença à onduler contre moi et son sexe frotta contre le mien, me mettant au supplice.

— Tourne-toi, lui intimai-je.

Elle s'exécuta avec un sourire, enfonçant son visage dans mon oreiller. Du plat de la main, je descendis le long de son dos, de ses fesses, jusqu'en haut de ses cuisses. Puis mes doigts se faufilèrent dans son sexe trempé et je la caressai, contemplant les mouvements souples de son corps qui venait naturellement à ma rencontre, dansant au rythme de mes va-et-vient. Je m'allongeai face à elle, mon index et mon majeur toujours en elle, admirant la façon dont son visage traduisait son plaisir. Elle plongea son regard azur dans le mien, ondulant contre mes doigts. Je me sentais invincible et fier de voir son corps répondre au mien, dans un rythme parfait. Je connaissais Summer parfaitement, pourtant, conquérir son corps et son cœur était un voyage inédit et incroyable.

Ensemble. Maintenant. Pour toujours.

— La prochaine fois, je te prendrai contre ce mur, promis-je.

— Tu penses… qu'il y aura une prochaine fois ?

— Je la jouerai aux cartes, s'il le faut. Et je gagnerai.

Elle protesta quand je retirai mes doigts, avant d'écarquiller les yeux lorsque je les portai à ma bouche. Elle fronça les sourcils et je m'inquiétai :

— Qu'y a-t-il ?

— Je cherche un truc très cochon à te dire pour rééquilibrer la situation.

— Tu es nue sur mon lit, je n'ai jamais vu un truc aussi excitant. Tu ne pourras pas faire mieux !

— J'ai des menottes, dit-elle en riant.

— Je ne veux pas t'attacher. Je veux au contraire que tu te sentes libre de ton corps.

Son rire s'éteignit et elle attira mon visage contre le sien pour un baiser tendre et teinté de reconnaissance. Elle en profita pour se remettre sur le dos et m'attirer au-dessus d'elle. Je sortis un préservatif du tiroir de mon chevet et déchirai l'opercule avec les dents. Summer m'observait avec intensité, le regard lourd d'anticipation et de désir. Impatient, je me redressai et déroulai la protection sur mon sexe dur.

Puis je me positionnai entre ses cuisses et taquinai son intimité, ce qui la fit rire. Je déposai un baiser sur son front, suivis la ligne de son nez délicatement, avant de finir sur sa bouche.

— C'est bon de t'entendre rire, tu sais, chuchotai-je.

— J'essaye.

Elle remua sous moi, trahissant sa hâte. Très lentement,

je m'enfonçai enfin en elle, fasciné par ses réactions. Son corps venait à la rencontre du mien, son sexe m'accueillait avec chaleur, sa peau s'enflammait au contact de la mienne. Sa respiration se fit plus courte et ses seins gonflés de plaisir se soulevèrent. Elle se cambra, accentuant le contact entre nos deux corps, avant de nouer ses mains autour de ma nuque. Nos bouches avides se retrouvèrent, pendant que j'allais et venais plus vite en elle, renonçant à prendre davantage mon temps. Nos corps bougeaient en rythme, dans une danse lascive et contenue. Les mains de Summer coururent le long mon dos, me serrant contre elle avec ferveur, comme si elle craignait que je m'éloigne.

— Je suis là, murmurai-je à son oreille.

Sa réponse ne fut qu'un gémissement. D'un mouvement de reins, elle m'invita à accélérer le rythme. Sa peau brûlante frottait délicieusement contre la mienne, nos corps ne formaient plus qu'un, noués l'un autour de l'autre, plus proches que jamais, soudés comme si notre vie en dépendait. Mes mouvements s'amplifièrent, et je la pénétrai de plus en plus vite et de plus en plus fort. J'embrassai la courbe de son épaule, j'aurais voulu l'embrasser tout entière. Summer se tendit et remonta davantage les genoux contre moi. J'enfouis mes poings sous l'oreiller, nichai mon visage contre elle et respirai son parfum. Quelque chose d'entêtant : une pointe d'iode, une touche de sel et un soupçon de sexe. Ses gémissements s'amplifièrent et je m'enfonçai en elle, puissamment, la laissant presque à bout de souffle. J'étais sur le point de céder, mais plus que tout je voulais l'entendre. Je voulais voir cette femme jouir sous moi et sentir ses mains se cramponner à mon dos mutilé. À elle seule, Summer pouvait me faire oublier mon état et me sentir bien.

Avec elle, je sortais de l'ombre et revenais à la lumière.

— Encore, murmura-t-elle, comme une supplique.

Je m'exécutai, allant et venant en elle dans une saccade folle. Son corps suivit la cadence, ondulant contre le mien, tous les deux pris dans une frénésie intense et hors de contrôle. Dans un dernier coup de reins, Summer se tendit contre moi et cria mon nom. Ses doigts s'enfoncèrent dans mes épaules et je jouis à mon tour, essoufflé et trempé de sueur. Après quelques secondes où je tentai de reprendre mes esprits, je lâchai :

— C'est un bon début pour quelqu'un qui n'a pas l'habitude de lâcher prise.

— Je risque d'avoir besoin d'entraînement, fit-elle en souriant, les paupières lourdes de fatigue.

— Je pense être à la hauteur pour cette mission périlleuse.

Elle embrassa ma cicatrice et je m'écartai d'elle pour me débarrasser du préservatif et tirer les draps pour nous couvrir. Sans ajouter un mot, Summer se nicha contre moi et posa sa tête sur mon torse.

— J'aime bien ça, commenta-t-elle. Perdre le contrôle.

— J'aime bien ça aussi. Tant que tu perds le contrôle avec moi.

Elle laissa échapper un petit rire, tout en dessinant des arabesques sur mon torse. Mes yeux se fermèrent et je savourai le sentiment de sérénité qui m'envahissait. Sentir le corps chaud de Summer contre moi m'apaisait et me rassurait.

Durant notre adolescence, j'avais eu souvent l'occasion de dormir à ses côtés — elle dans mon lit, moi allongé sur le sol —, de la veiller, de m'assurer qu'elle allait bien. Cette fois, sans le savoir, c'était elle qui veillait sur moi.

À mon réveil, Summer était blottie dans mes bras. Ses cheveux étaient étalés sur mon torse et sa main gauche reposait sur mon ventre. Je déposai un baiser sur son front, savourant le contact de sa peau chaude et veloutée contre mes lèvres. Qu'elle ne soit pas partie au milieu de la nuit était déjà une victoire.

— Je ne dirais pas non à un café, marmonna-t-elle.

— Double, je sais. Viens à la cuisine, je te prépare un petit déjeuner.

Je déposai un nouveau baiser sur sa tempe et me levai. Summer s'étira dans le lit, laissant le drap glisser sous sa poitrine. Elle croisa mon regard intéressé et m'adressa un sourire lascif. Une vague de désir me parcourut et je tirai brutalement le drap pour la contempler tout entière. Elle gloussa et je vins m'allonger sur elle, mon sexe tendu contre son ventre.

— Je ne dirais pas non à autre chose qu'un café, chuchotai-je contre ses lèvres.

— Maintenant ?

Mon ventre gargouilla et elle éclata de rire.

— Maintenant. Et plus tard aussi.

Une heure et une douche plus tard, nous arrivions dans la cuisine. Summer avait récupéré un de mes T-shirts et un boxer. Jérémiah avait laissé un mot, indiquant qu'il était parti avec Charlotte, pour récupérer les meubles achetés hier. Je lançai la machine à expresso, pendant que Summer s'installait sur un des tabourets.

— Tu sais, on devrait… établir des règles, proposa-t-elle.

— Des règles ? Pourquoi ?

— Pour nous. Vu… Vu qu'on va travailler ensemble.

Je pivotai vers elle, l'observant se tordre les mains en cherchant ses mots. Elle se torturait pour retrouver son équilibre : pour Summer, tout devait rentrer dans des cases. J'esquissai un sourire, me demandant vaguement si je pouvais me permettre un nouveau coup d'éclat.

— J'annule donc le lit que j'ai commandé pour le loft ? la taquinai-je.

— Théo, je suis sérieuse. Je ne veux pas… Je ne veux pas que notre histoire empiète sur le travail. Et je ne veux pas que les gens pensent que j'ai eu ce poste parce que…

— Techniquement, tu as eu ce job parce que je te voulais.

— Théo, j'ai besoin de faire mes preuves. J'ai besoin de me dire que j'ai réussi à remplir les missions de mon poste.

— Bien. Qu'est-ce que tu proposes ?

— Que le loft soit une zone strictement professionnelle.

Je déposai son café devant elle. Elle me fixa de longues minutes, attendant une réponse. Je n'avais pas envie de me battre avec elle. Elle avait fait un pas immense en venant me rejoindre cette nuit, je pouvais donc lui accorder cette faveur.

— Ça t'aiderait ? demandai-je.

— Je crois que j'ai besoin de… temps. Encore un peu.

— D'accord.

— D'accord ? s'étonna-t-elle. Tu es vraiment d'accord ?

Summer avait toujours montré une confiance sans faille. Dans son métier, elle avait réussi ; elle ne se laissait pas démonter, elle était forte. La voir devant moi si vulnérable me toucha. Je m'approchai d'elle et posai mes mains sur ses hanches. Je collai son front contre le mien, faisant mon possible pour la rassurer.

— On fera ce que tu veux, murmurai-je.

Sa main trouva mon torse. Sous sa paume, elle devait deviner les battements frénétiques de mon cœur. Elle poussa un soupir d'aise et caressa ma bouche de la sienne. Notre baiser fut tendre, loin des émotions passionnées de la nuit dernière.

Douze ans plus tôt

— Démarre, intimai-je à Jérémiah.

Les mains de part et d'autre du moteur, j'écoutais

attentivement chaque bruit qui s'en échappait. Mon frère m'avait indiqué qu'un truc ne tournait pas rond, mais il avait été incapable de me dire quoi. Il était bon derrière un volant, mais en mécanique il n'assurait pas.

— Accélère !

Le moteur rugit dans le garage et une volute de fumée noirâtre s'échappa du pot d'échappement. Je grimaçai à l'odeur, avant de reprendre mon inspection.

— Tourne au ralenti !

Je me penchai au-dessus du moteur et tendis l'oreille. Je repérai enfin d'où venait l'anomalie et, d'un geste de la main, demandai à mon frère de couper le moteur. Il sortit de la voiture aussitôt et regarda dans la même direction que moi.

— Alors ?

— Alors il faut démonter tout le moteur, corriger les turbos et remettre le moteur. J'en ai pour au moins deux nuits.

— Merde.

— Si on s'y met maintenant, ça me permet de voir s'il faut des pièces, comme ça, je pourrai les commander dès demain matin. Apporte-moi la grue !

— J'avais prévu de sortir ce soir, répondit Jérémiah.

— Un jour, il te faudra choisir entre les filles et la voiture.

— Hillary a de fort belles calandres !

Je secouai la tête et morigénai dans ma barbe. Mon frère était une véritable tête brûlée, incontrôlable et insolent. À ses côtés, je passais pour un enfant de chœur.

— Quant à choisir, c'est déjà fait : j'aime trop piloter.

— Un jour ou l'autre, une fille finira par te faire changer d'avis.

— En attendant, personnellement, je compte passer un bon moment avec Hillary. Te souviens-tu seulement de ce que c'est ?

Je lui lançai un regard sombre. Jérémiah était un séducteur qui collectionnait les filles comme moi je collectionnais les voitures. De toute façon, la seule femme qui occupait mes pensées était hors d'atteinte. Summer avait placé un mur entre elle et le reste du monde, et je parvenais très difficilement à l'escalader.

Je ne lui en voulais pas : elle avait bien d'autres choses en tête. Je n'avais même pas cherché à la séduire. Pour l'instant, mon seul objectif était d'avoir sa confiance. Elle savait qu'elle pouvait compter sur moi.

Jérémiah approcha la grue, pendant que je commençais à déboulonner avec méthode. Jérémiah accepta de rester trente minutes supplémentaires, au moins pour m'aider à préparer le démontage complet.

Mon téléphone vibra dans la poche arrière de mon jean. J'essuyai mes mains couvertes de graisse sur mon T-shirt et, en voyant le nom de Summer s'afficher sur mon écran, je m'éloignai de mon frère.

— Summer ?

Un sanglot étouffé me parvint et me glaça jusqu'aux os.

— Summer ? Où es-tu ?

Mon ton alarmé fit pivoter Jérémiah. L'air concerné et inquiet, il approcha de moi. Du regard, je fis le tour du garage, cherchant les clés de ma voiture.

— Dans le jardin, murmura-t-elle.

— Ne bouge surtout pas, je suis chez toi dans cinq minutes.

— Il est là.

Ses sanglots redoublèrent, pendant qu'à grandes enjambées je récupérais mes clés et grimpais dans ma voiture. La communication se coupa et j'évacuai ma colère en frappant mes poings contre le volant couvert de cuir.

— Ouvre le portail ! hurlai-je.

— Tu as besoin d'aide ? demanda mon frère.

— Ça ira. À plus tard.

Je fonçai à l'extérieur du garage, patientant tant bien que mal le temps que le portail vétuste daigne s'ouvrir. Sur la route, j'appuyai sur l'accélérateur, brûlai deux feux et me risquai à un dépassement dangereux dans un virage. Je m'arrêtai devant chez Summer dans un crissement de pneus agressif.

— Summer ?

Je me faufilai dans le jardin, à sa recherche. Sa cachette habituelle était vide. Après plusieurs minutes d'inquiétude, je la trouvai enfin, en boule, prostrée dans un trou de la haie.

— Summer ? dis-je d'une voix plus douce.

Elle releva le visage vers moi, me laissant constater les dégâts que son père avait faits. Sa lèvre inférieure était fendue et elle arborait aussi une méchante coupure sur le front.

— Viens par ici.

— Je crois que je me suis foulé une cheville en sautant de la fenêtre.

— Je vais te porter.

Elle se dégagea des branches et entoura ma nuque de ses bras. Elle était si légère que j'en fus surpris. J'agrippai ses jambes pour qu'elle les referme autour de ma taille et retournai à la voiture. Je la déposai délicatement sur le siège et remontai derrière le volant.

Mon trajet retour fut moins survolté que l'aller. Je jetais des coups d'œil inquiets en direction de Summer, mais elle ne laissa rien échapper. J'étais furieux et, pendant quelques minutes, envisageai la possibilité de retourner voir son père pour lui faire goûter mes poings.

— Tu dors à la maison, soupirai-je finalement.

— Merci.

— Et jusqu'à nouvel ordre.

— Hors de question. S'il apprend que je suis chez toi, il sera encore plus furieux. Il sera plus calme demain.

— Tu le défends encore ?

— Je me protège, rien à voir.

Elle laissa planer une seconde de silence, avant d'ajouter :

— Merci pour ce soir. Je pensais vraiment pouvoir gérer, mais…

— Mais il s'est encore défoulé sur toi.

Arrêté par un feu, je me penchai vers elle pour scruter son visage. Dans l'obscurité du jardin, je n'avais pas vu cette égratignure sur sa joue, ni son menton écorché.

— Il m'a pris mon argent, murmura-t-elle finalement. Tout ce que j'avais.

— Je te dépannerai, ne t'en fais pas. Mais j'aimerais vraiment que tu envisages une solution à long terme. Je n'aime pas te savoir seule avec lui. Depuis le départ de David, c'est de pire en pire.

— L'armée envisage de le radier. Ça n'a fait qu'empirer la situation.

Le feu passa au vert et je redémarrai, les mains serrées à m'en faire mal autour du volant. Nous rejoignîmes le domaine dans un silence tendu, entre ma colère et sa résignation. Je mis la voiture dans le garage, constatant que Jérémiah était finalement resté, attendant mon retour.

Il savait que Summer était maltraitée, mais il n'avait jamais eu l'occasion de voir son visage les soirs où j'intervenais. Il blêmit en le découvrant et esquissa un pas dans notre direction.

— On se voit demain, éludai-je.

Summer, les yeux rivés au sol, accéléra le pas et ignora mon frère.

— Monte dans ma chambre, je vais nous préparer quelque chose à manger.

— Je n'ai pas très faim, me coupa-t-elle.

— Il faut que tu manges. Tu as l'air à bout de

forces. Va prendre une douche et sers-toi dans mes vêtements.

Dans la cuisine, je préparai rapidement deux sandwichs et pris une bouteille d'eau. J'ajoutai des fruits à notre pique-nique improvisé et rejoignis ma chambre.

L'eau de la douche coulait et le parfum de mon gel douche me parvint. Je posai mon plateau sur le lit et patientai. Summer ressortit après dix minutes d'une douche brûlante, habillée d'un vieux T-shirt et d'un short de sport. Elle avait meilleure mine, mais les traces de fatigue étaient bien visibles sur son visage.

Du tiroir de mon chevet, je sortis de quoi désinfecter ses plaies et de la pommade.

— Viens t'asseoir.

Elle acquiesça et vint s'installer sur le lit, les jambes repliées sous elle. Les dents serrées, elle ferma les yeux et attendit que je soigne ses blessures. J'imbibai une compresse de désinfectant et la tamponnai sur sa joue.

— C'est une branche, expliqua-t-elle.

— Tu veux me raconter ?

— Ma soirée ? Non. Je préférerais qu'on parle d'autre chose.

— Comme quoi ?

Elle grimaça alors que je pressais plus fort sa blessure. Nos yeux se croisèrent, mais dans les siens je ne vis rien d'autre que de la confiance. Ce n'était pas le premier soir où Summer revenait avec des blessures, mais c'était la première fois qu'elle me laissait la soigner.

— Je ne sais pas. Ton livre préféré ?

Ensemble. Maintenant. Pour toujours.

— *Le Vieil Homme et la mer.* Quel est le tien ?

— *Anne… La Maison aux pignons verts.* Tout est merveilleux dans cette histoire. Et puis ça finit bien.

— Ça finira bien pour toi aussi, Summer. J'en suis certain. Tu es bien plus forte et courageuse que les filles de ton âge.

Je changeai la compresse et nettoyai sa coupure au front. Je sentis son regard curieux sur moi. Je risquai un sourire, espérant détendre l'atmosphère.

— Qu'y a-t-il ?

— Tu as une copine ?

J'étouffai un rire, tentant de me concentrer sur ma tâche.

— C'est une question intéressée ?

— Ça changerait ta réponse ?

— Potentiellement.

Pour la première fois depuis des semaines, Summer m'adressa un sourire timide. Au vu de sa situation, je me doutais que personne n'avait jamais osé un compliment, même détourné.

— Je n'ai pas de copine, dis-je finalement.

— Tout ton temps est voué aux voitures, alors.

— Aux voitures, et à toi. Je crois qu'aucune fille n'apprécierait de savoir qu'une autre femme hante mes pensées.

Je laissai son front et m'occupai maintenant de sa lèvre. Elle saignait encore un peu et risquait de prendre du temps pour cicatriser.

— Et toi, aucun petit ami ?

— Non. Aucun.

— Je suis certain que tu croules sous les opportunités.

— Bien sûr. Tout le monde veut sortir avec la fille de l'alcoolique et la dépressive. Toi, tu dois crouler sous les opportunités.

— Parfois. Mais, je te l'ai dit, personne ne voudrait quelqu'un qui est déjà engagé avec quelqu'un d'autre.

— Je devrais peut-être m'éloigner. Je ne veux pas que tu gâches ta vie pour sauver la mienne. Je n'apporte rien en contrepartie.

— C'est ça, ton inquiétude ? Me rétribuer ?

— Je me suis toujours demandé pourquoi tu faisais ça. Est-ce que c'est pour David ou…

— C'est pour toi, Summer. David n'a été qu'un intermédiaire. Mais je le fais pour toi. Je n'aime pas qu'on te fasse du mal, je n'aime pas t'entendre pleurer. Je n'ai pas besoin de rétribution. Te savoir en sécurité, avec moi, en particulier, me suffit.

— Avec toi en particulier ? sourit-elle.

— J'aime assez l'idée d'être un super héros. Autant te l'avouer, je supporterais assez mal l'idée que tu laisses ce sale boulot à quelqu'un d'autre.

Du bout de l'index, j'appliquais de la pommade sur sa lèvre. J'étais si près d'elle que je sentais son souffle chaud caresser ma peau. Elle laissa échapper un petit soupir.

— D'accord, murmura-t-elle finalement.

— D'accord pour quoi ?

— Pour te laisser le sale boulot.

— Merci de ta confiance, dis-je en me reculant. Tu veux regarder un film en grignotant un truc ?

Summer se contenta de hocher la tête, comme si soudain les forces lui manquaient. Je posai le plateau entre nous deux, puis lançai un film. Après vingt minutes, Summer, allongée sur mon lit, la tête sur mes cuisses, s'endormit alors que je jouais avec ses cheveux humides. Je l'installai confortablement dans mon lit et remontai la couette sur elle.

— Merci, chuchota-t-elle.

Je refoulai l'envie de déposer un baiser sur son front. Malgré sa fragilité, Summer était déterminée et forte. J'aurais aimé être constamment à ses côtés pour la préserver, la garder dans la bulle rassurante et sécurisée du domaine. Mais je savais qu'elle aurait refusé. Summer était un électron libre et indépendant.

Je songeai encore à sa question, au pourquoi j'agissais comme ça avec elle. Je ne lui avais pas donné ma raison première : j'étais amoureux d'elle.

Summer

Gemma tapait nerveusement des doigts contre la table, les yeux rivés sur la porte du café.

— Il est quand même 6 heures, marmonna-t-elle, mécontente.

— Situation d'urgence. J'ai besoin de vous parler.

Nous attendions Charlotte depuis vingt bonnes minutes. Au téléphone, elle avait grommelé qu'elle arrivait dès que possible. Derrière elle, j'avais deviné les grognements d'un Jérémiah agacé — il n'avait jamais été du matin. J'avais longuement hésité avant de téléphoner à mes amies. Je m'étais laissée aller avec Théo et nous avions fixé des règles pour bien encadrer notre relation professionnelle. Malgré tout, je craignais cette première journée de travail.

Gemma réprima un bâillement et leva la main pour commander un nouveau café.

— Honnêtement, je ne serais pas contre l'idée de tenir des cellules de crise au crépuscule. Avec des cocktails, précisa-t-elle.

— Je suis plutôt une fille du matin. Et puis ça ne pouvait pas attendre.

— Ça concerne Théo ?

Je levai les yeux au ciel, agacée d'être si prévisible. Gemma m'adressa un sourire complice et sirota une gorgée de son café.

— Je m'en doutais. J'ai déjà fait ça, tu sais.

— Quoi donc ?

— Conseiller Charlotte autour d'une table regorgeant de gras. Je suis plutôt douée. Quel est ton problème, au juste ?

— Comment sais-tu qu'il s'agit de lui ?

— Quelle autre raison pourrait t'empêcher de dormir ? Tu as de l'argent, tu as un métier et, malgré tous ces petits déjeuners, ton taux de cholestérol est toujours dans la norme. J'en ai donc déduit que, le seul problème que tu pouvais avoir, c'était… lui.

— Je travaille avec lui, soupirai-je, lasse.

Gemma éclata d'un rire sonore, rassemblant sa chevelure rousse et sauvage dans un chignon informe. Je comprenais aisément pourquoi elle plaisait à David : Gemma était l'incarnation de la joie de vivre. Elle resplendissait et, en sa présence, il était difficile de retenir un sourire.

— C'est si drôle ?

— Summer, mon quotidien, c'est de passer mes journées avec des enfants de quatre ans, persuadés que mettre un Lego dans leur nez est le summum de l'inventivité. Je rêverais de travailler avec Théo.

— C'est contraire à toutes les règles que j'applique. J'ai l'impression de… brouiller les pistes.

— On se fout des règles ! Ce n'est pas parce que tu as une relation avec lui que le monde va s'écrouler.

Ensemble. Maintenant. Pour toujours.

Elle se tourna vers le jeune serveur, et lui commanda une nouvelle assiette de pancakes. Du bout de la fourchette, je triturai mes œufs. J'avais l'appétit coupé depuis la veille. Tant que j'étais au domaine, j'avais eu la sensation de vivre une parenthèse agréable avec Théo, protégée du monde extérieur et de la réalité. Dès que nous étions revenus ici, la bulle avait explosé.

— J'ai travaillé dur pour avoir ce niveau de vie, lui rappelai-je.

— Je le sais, Summer. Mais il y a ce truc entre Théo et toi. C'est impalpable mais puissant. Je sais que tu n'aimes pas qu'on te dicte tes choix, mais sur ce coup c'est inéluctable.

Charlotte arriva enfin et s'effondra sur la banquette près de la mienne. Gemma se régalait de ses pancakes, tandis que je méditais sur ce qu'elle venait de me dire. J'avais rejoint Théo dans la salle de bains après avoir longuement pleuré. J'en avais assez de lutter, assez d'avoir mal, assez de me sentir vide.

Théo m'apportait plus de force et de sérénité qu'aucun autre homme. Il savait tout de moi. Prendre la décision de m'abandonner à lui n'avait pas été simple, mais dès que j'avais franchi le seuil de sa chambre je n'avais plus eu aucun doute. Tout avait été clair, simple. Évident.

— On en est où ? s'inquiéta Charlotte.

— Gemma en est à sa seconde assiette de pancakes.

Elles rirent toutes les deux, pendant que je noyais mes pensées sombres dans mon café. D'ici une heure, je devrais affronter Théo, passer la journée avec lui, rester professionnelle, maintenir une distance acceptable, sans pour autant menacer notre relation encore fragile. En résumé, j'allais faire l'équilibriste sur un fil trop mince, sans matelas de secours.

— Un problème avec Théo ? demanda naïvement Charlotte.

— Je vais travailler avec lui, répondis-je, laconique.

— Je pensais que vous aviez réglé ce problème, non ?

Elle commanda un petit déjeuner copieux et un thé vert. Puis elle retira l'imposante écharpe qu'elle portait et m'adressa un sourire d'encouragement.

— Tu lui as parlé ? l'interrogeai-je.

— À peine, répondit Charlotte. Il m'a juste dit que vous aviez passé la nuit ensemble et que tu voulais faire la part des choses entre le travail et votre histoire.

— Et ? insistai-je.

— Et je crois qu'il le vit très bien, conclut-elle.

— C'est elle qui le vit mal, intervint Gemma. Elle se plaint de travailler avec lui !

— Je ne me plains pas ! C'est juste que je ne sais pas… comment faire. C'est nouveau pour moi.

— Votre relation est nouvelle, mais vous vous connaissez depuis longtemps, pondéra Gemma. C'est une évolution. Et, sincèrement, tu ne risques pas grand-chose. Il t'a attendue pendant des années, il pourra attendre la fin de la journée pour… Enfin… Pour faire ce dont il a envie !

Elle adressa un regard à Charlotte, cherchant du soutien. Je fis la moue, peu convaincue par son argument. C'était justement parce que Théo m'avait attendue pendant des années que je risquais maintenant de le perdre. J'avais la sensation de n'avoir aucun droit à l'erreur. Et l'idée de tout gâcher me terrifiait.

— Et si… Si c'était moi qui perdais le contrôle ?

Charlotte manqua de s'étouffer avec un muffin, pendant que Gemma se figea, la fourchette en l'air, abasourdie. Ce fut pourtant elle qui me répondit, avec son énergie et sa bonne humeur habituelle :

— Il y a une pharmacie juste en face. Fais-toi plaisir, achète trois boîtes de préservatifs et oublie donc toute retenue. Comme je le disais avant que Charlotte arrive, le monde ne va pas s'écrouler parce que madame Summer perd le contrôle.

— C'est aussi ce que tu penses ? demandai-je à Charlotte.

Elle hocha la tête, presque désolée d'être d'accord avec Gemma. Intérieurement, je savais pourtant qu'elles avaient raison : je n'avais pas lieu de m'inquiéter. Mais c'était plus fort que moi. J'avais toujours réussi à mettre de la distance dans toutes mes relations avec les hommes, à ne pas m'investir sentimentalement. Théo était le seul à avoir réussi à forcer mes défenses.

Et, sans mes repères habituels, j'étais désemparée.

— Reste naturelle, le reste coulera de source.

— C'est ce que je t'ai dit pour Jérémiah ?

— Tu m'as dit de foncer, me rappela-t-elle dans un rire.

— Conseil de merde, marmonnai-je.

— Tout se fera naturellement, me rassura-t-elle. Tu n'as pas à changer quoi que ce soit.

— Comment faisais-tu avec William ? m'interrogea Gemma, en séparant un muffin en deux.

— Je m'en allais avant qu'il se réveille.

Gemma et Charlotte échangèrent un regard, stupéfaites par mon ton cassant. Je frottai mon visage dans mes mains, exténuée. Une nuit blanche et un tourbillon d'anxiété me rendaient irritable et injuste. Mes meilleures amies, à 6 heures du matin, ne méritaient pas ça.

— Ce n'était que sexuel, expliquai-je. Avec Théo, c'est différent. Il me connaît parfaitement, il anticipe mes réactions, il sait me pousser dans mes retranchements.

Charlotte laissa échapper un rire, comme si elle se régalait d'une blague qu'elle seule comprenait. Elle secoua la tête et, à son tour, déchiqueta un muffin au chocolat pour en prendre un petit morceau.

— Il a donc réussi, dit-elle finalement.

— Quoi donc ?

— À trouver la faille.

— La faille ? En moi, tu veux dire ?

Elle hocha la tête, engloutissant un nouveau morceau de gâteau. Je cachai mes poings serrés sous la table. Je n'appréciais pas d'être considérée comme un objet d'analyse, encore moins comme une proie dont il fallait trouver les faiblesses. Charlotte perçut mon humeur, car elle se tourna vers moi et m'adressa un sourire.

— Je lui ai dit de t'envisager comme une course,

de trouver le moyen de franchir la ligne avant toi. Apparemment, il a gagné. Alors, je suggère que tu lui laisses le bénéfice du doute. Lâche-toi, Summer. Oublie le reste. Après tout, si vous devez être ensemble, alors ça fonctionnera.

— Et sinon ?

— Tu veux une grille d'analyse des risques ?

— Je vais faire comme si je n'entendais pas la pointe de sarcasme dans ta voix, rétorquai-je, avant de vider d'un trait mon café.

— Oublie aussi cette histoire d'analyse de risques. C'est Théo, pas une étude de marché, ni un lancement produit.

— Conseil de merde, râlai-je dans un sourire.

— Convoque-nous à une heure décente et on sera certainement meilleures, conclut Gemma.

Elle jeta un coup d'œil à sa montre, puis essuya sa bouche rapidement avant de se lever de sa chaise. Elle enveloppa un muffin dans une serviette en papier et le glissa dans son sac. Je vérifiai l'heure : il était bien trop tôt pour l'école.

— Tu pars ? demanda Charlotte.

— J'ai… Euh… Je dois voir quelqu'un.

— Mon frère finit dans trente minutes, soufflai-je à Charlotte.

Un rougissement massif orna le visage de Gemma, faisant presque disparaître la frontière entre sa peau et sa chevelure rousse. Je pouffai de rire. En une seconde, Gemma venait de perdre quinze ans et agissait comme une adolescente prise en faute.

Malgré tout, je l'enviais. J'aurais aimé avoir cette légèreté d'esprit, cette excitation palpable à l'idée de me confronter à Théo. J'aurais voulu m'abandonner à lui, sans inquiétude. Mais, par nature, j'étais bien trop méfiante et sur la réserve pour me laisser aller avec quiconque. Encore une bonne raison de détester mon père. Même des années après avoir quitté la maison, j'avais conservé cette armure qui m'isolait du monde. Aucune thérapie n'était parvenue à m'en séparer.

— Il faut que j'y aille aussi, annonçai-je finalement.

— Si tôt ?

— Avec un peu de chance, il arrivera après moi et ça sera à lui de gérer les premières minutes de confrontation.

— Ça ne résoudra pas le problème, me rappela Charlotte.

— Rappelle-moi de ne plus t'appeler en cas de crise, plaisantai-je.

Gemma nous embrassa rapidement et disparut dans le froid new-yorkais. Je n'avais aucune idée de ce qui la liait à mon frère, mais cela me tira un sourire heureux. Lui, il y arrivait, il s'en était sorti.

J'ajustai mon bonnet et me calfeutrai dans une écharpe, me préparant à affronter l'air glacial. Charlotte sirotait son thé, m'observant avec bienveillance. Parfois, elle me faisait penser à sa mère. Si Jérémiah l'avait sortie de sa routine et d'une vie trop étriquée pour son âme d'artiste, elle avait conservé la douceur et la prévenance de sa mère.

— Laisse-lui une chance quand même, me dit-elle alors que je boutonnais mon manteau.

— C'est justement ce que j'essaye de faire. Merci d'être venue.

— Avec plaisir.

Je quittai le café à mon tour. Je n'avais pas l'esprit plus clair et mon angoisse était toujours aussi présente. Je naviguais entre deux eaux : je craignais de perdre l'ami et j'étais terrifiée à l'idée d'une relation amoureuse, mais je ne parvenais pas à réprimer l'attraction et le désir que j'éprouvais pour Théo.

À ma grande surprise, Théo était déjà au loft quand j'en franchis la porte. Le téléphone vissé sur l'oreille, il marqua une pause en me voyant et me salua d'un mouvement de tête. Je lui adressai un sourire et lui retournai le geste.

Un salut simple, facile, naturel. Gemma et Charlotte auraient été fières de moi.

Je retirai mon manteau et mon bonnet, puis lissai nerveusement ma robe. Aussi naturelle que cette entrée semblait, je redoutais maintenant notre premier véritable échange.

Le regard de Théo toujours sur moi, je m'installai derrière mon bureau et allumai l'ordinateur. J'avais prévu de passer les premières semaines à analyser la situation de la Fondation. J'avais déjà déniché quelques informations, notamment toutes celles transmises par la presse, mais j'avais besoin d'une vue plus précise, de faire l'état des lieux des dépenses et des projets financiers pour établir un budget de communication. À mes yeux, c'était ce sur quoi nous devions nous concentrer.

— Salut, fit la voix de Théo, me tirant de mes pensées.

— Tu es matinal.

— Ce qui te contrarie. Tu pensais que j'allais gérer l'« après » ?

Je risquai un sourire, les détails d'un autre « après » me revenant en mémoire. Après, il avait été là, nu contre moi, son ventre grognant de faim, ses mains sur moi, son corps épousant le mien, devançant le moindre de mes désirs. J'avais eu la sensation d'être vénérée par un homme.

— Tu l'as déjà géré, murmurai-je.

— Je parlais du « après-après », du moment où nous allions nous revoir ici. Jolie robe.

— Je crois que ce genre de phrases est hors limite.

— Oh. Donc je n'ai pas le droit de te complimenter ?

— Non.

— Ni de dire que je te trouve éblouissante ou de t'encourager à retourner au bord de la mer plus fréquemment, car ça te donne une mine splendide ?

— Théo…

— Je peux aussi me contenter de dire que je suis heureux de te voir.

Simple. Facile. Naturel. Je répétai ces mots comme un mantra.

Sans attendre une réaction de ma part, Théo se leva de son bureau, prit ma main qui tapotait nerveusement contre le bois, et la porta à ses lèvres.

Ce seul contact me permit de relâcher la pression. En m'embrassant ainsi, Théo me faisait comprendre que j'étais en territoire ami et que je pouvais ranger mes griffes. Il n'y avait pas de piège, pas de test.

— On fera comme tu veux, promit-il. Et je ne ferai rien pour te mettre mal à l'aise.

— D'accord.

— En t'attendant, je t'ai préparé plusieurs dossiers pour que tu te familiarises avec les actions de la Fondation. Je t'ai aussi ressorti les travaux des consultants en termes d'image et de publicité.

Il désigna des chemises aussi épaisses que des dictionnaires sur son bureau. Je hochai la tête, prête à me mettre au travail. J'étais ravie d'avoir autant d'occupations, cela limitait mes capacités à gamberger sur ma relation avec lui.

— Parfait.

— Je voudrais des premières pistes dès la fin de la semaine.

— La fin de la semaine ? m'écriai-je. Mais il va me falloir des jours pour engloutir tout ça !

— J'ai un conseil d'administration mardi prochain : d'ici là, il me faudrait au moins les grandes lignes de ton plan d'action. Pour le planning, j'aviserai. Je me contenterai de parler de projets.

— Bien. Je… J'espère que je serai à la hauteur.

Dans le travail, j'étais habituée à tout maîtriser. Je doutais parfois des projets, rarement de mes capacités. Mais je ne voulais surtout pas décevoir Théo. Il me faisait tellement confiance que je m'en serais voulu de louper le coche.

— Je n'en doute pas une minute. Un café ?

— Pas tout de suite. Je viens justement...

— ... d'avoir un petit déjeuner de crise, finit-il pour moi en se rasseyant à sa place. Jérémiah m'a appelé, exigeant vaguement que je t'interdise ce type d'activité. J'ai refusé, évidemment, indiqua-t-il en trouvant mon regard stupéfait.

— On a parlé de toi.

— Je crois que c'est hors limite, plaisanta-t-il.

— Mauvais joueur.

— Mauvaise perdante.

Il m'adressa un regard brûlant et chargé de désir qui me fit suffoquer. Malgré la taille du loft, je me sentais à l'étroit dans cette pièce, comme si je me débattais contre des chaînes invisibles.

— On en reparlera ce soir, promis-je en me levant pour attraper le premier dossier.

— Tu m'en vois ravi. Tu gères parfaitement l'« après-après », me félicita-t-il avec un brin d'ironie dans la voix.

— Je débute.

— Là encore, tu m'en vois ravi.

Durant cette semaine, Théo et moi trouvâmes rapidement notre rythme de croisière : nous travaillions efficacement la journée, et nous retrouvions le soir chez moi. Nous dînions, nous parlions de la Fondation et nous finissions dans mon lit, nous caressant comme deux adolescents insouciants.

Jérémiah eut gain de cause pendant ces cinq jours : je ne convoquai aucun petit déjeuner de crise.

Je tâtonnai pourtant, avançant avec prudence dans cette relation. Non seulement je n'avais aucune expérience dans ce domaine, mais aussi, je craignais plus que tout de gâcher ma relation avec Théo. Elle comptait énormément pour moi : pendant longtemps, Théo avait été la seule personne de confiance dans ma vie.

— Je dois être à Norfolk demain, m'annonça Théo alors que nous regardions un film à la télévision.

Assise contre lui, ses mains jouant avec ma chevelure, je mis une seconde avant de réaliser. Je me tournai vers lui, sourcils froncés.

— Donc tu n'es pas là demain ?

— Ni demain ni dimanche. Tu penses survivre ?

— Moi, oui. J'ai un doute sur la survie de ton ego, cela étant ! Des rendez-vous ?

— Oui. Je ne peux pas les décaler.

— Je pourrais venir.

Il haussa un sourcil, surpris par ma remarque.

— Où est donc la femme qui défend coûte que coûte son indépendance ?

— Elle te propose sa compagnie.

— C'est justement ce qui m'inquiète. Honnêtement, je ne serais certainement pas très disponible. Tu t'ennuierais au Domaine. Alors qu'ici tu peux toujours... petit-déjeuner avec tes copines, plaisanta-t-il.

— Je n'ai rien organisé depuis le début de la semaine !

— Je sais, murmura-t-il avec un sourire ravi. Ma mère sera présente au Domaine, tu ne veux certainement pas subir ça ?

— Non. En effet.

La perspective de croiser son acariâtre mère suffit à me couper l'envie. Elle avait toujours été désagréable et mesquine avec moi. Elle devait certainement croire que j'en avais après l'argent de la famille alors que j'avais toujours refusé que Théo m'en prête. Même si je devais admettre que cela m'aurait aidée à m'en sortir plus vite, j'avais toujours mis un point d'honneur à ne rien devoir à personne, pas même à lui.

— Je travaillerai, dis-je finalement. J'ai fini de lire tous tes dossiers.

— En une semaine ?

— Tu m'as dit que tu voulais un plan pour la semaine prochaine.

— Tu as une idée ?

Le regard de Théo s'éclaira et je lui répondis par un simple sourire. Je me mordis la langue : quand il comprendrait les tenants et aboutissants du projet, il serait certainement moins enthousiaste. J'appréhendais déjà l'instant où je devrais le lui présenter. Je n'aurais pas assez de ce week-end pour peaufiner mes arguments.

— Tu ne vas rien me dire ?

— J'ai besoin d'étudier la faisabilité financière et technique.

— Tu peux au moins me donner l'idée de base, non ?

Ensemble. Maintenant. Pour toujours.

— Je préfère vérifier certains éléments avant. J'ai quelques coups de fil à passer, des vérifications à faire, je veux m'assurer que... Quoi ? m'interrompis-je en le voyant sourire.

— Tu veux t'assurer que tout est sous contrôle.

— C'est pour ça que tu m'as engagée !

— En effet. Et j'adore ça.

Il ponctua sa phrase d'un baiser tendre sur ma tempe, qui me fit aussitôt perdre le fil de mes pensées. Ses lèvres traînèrent le long de ma joue, avant de capturer ma bouche avec douceur. Sa langue vint aussitôt à la rencontre de la mienne et un gémissement m'échappa. Il s'écarta doucement de moi, dégageant les cheveux de mon visage. Ses yeux verts brillaient d'une joie intense et forte qui me rappela la course du week-end dernier.

Quand il était sorti de la voiture, il affichait cette mine radieuse et ravie de la victoire. Voir ce sourire euphorique m'avait manqué. Voir ce sourire m'avait surtout fait comprendre que j'aimais Théo. D'une façon inhabituelle et marquée par mon passé, certes, mais je l'aimais.

Et, parce que je l'aimais, j'avais voulu prendre la fuite. Aimer un homme, c'était accepter de le laisser entrer dans ma vie et de perdre le contrôle. Aimer un homme, c'était prendre le risque qu'il me fasse du mal.

— Un problème ? s'inquiéta-t-il face à mon silence.

Je posai ma main sur sa joue marquée. J'étais apaisée de mes doutes. Après douze ans de lutte, j'avais rendu les armes. Et je devais admettre qu'il était plutôt agréable de faire confiance et de se laisser porter.

— Non, rien, murmurai-je.

— Bien. Si on reparlait de ce projet, alors ?

Je secouai la tête, refusant de lui en dire plus. Il fronça les sourcils mais, à l'instant où je grimpai sur ses cuisses, ce fabuleux sourire, un peu tordu et qui ne ressemblait à nul autre, réapparut.

— J'ai une meilleure idée, chuchotai-je contre sa bouche.

Je défis les deux premiers boutons de sa chemise, devinant son sexe se durcir sous moi. Ses mains saisirent mon visage et il m'embrassa à nouveau, avec force. Je tirai sa chemise de son pantalon et la dégageai de ses épaules. Le corps de Théo était une véritable carte : toutes ses cicatrices, ses coupures, ses blessures disaient à quel point il était fort et courageux.

— Tu es en train de détourner mon attention ? demanda-t-il.

— Oui. Ça marche ?

— Parfaitement.

L'instant suivant, il me bascula sur le canapé et il me couvrit de son corps.

Il oublia le projet, j'oubliai tout le reste.

Je profitai de mon week-end en solitaire pour peaufiner le dossier que j'allais présenter à Théo. J'étais partagée entre excitation et inquiétude. Sur le papier, ce projet avait tout pour réussir : une couverture médias assurée, un financement sous contrôle, une communication axée sur de l'innovation. Ce projet était parfait.

Je devais juste le faire approuver par Théo et cela représentait un gros grain de sable dans les rouages parfaits de ce projet bien huilé. J'avais mentalement listé tous les contre-arguments qu'il pouvait m'opposer. J'étais prête à l'affronter point par point.

J'avalai mon troisième café, sauvegardant ma présentation. J'aurais pu me contenter de lui faire un résumé, lui donnant les grands axes autour d'un café. Mais conserver une forme de distance en lui faisant une présentation officielle, dans les règles de l'art, me semblait nécessaire : je voulais qu'il comprenne que c'était sa collaboratrice qui lui parlait et non sa... petite amie. Je ne voulais pas faire interférer mes émotions avec la Fondation.

La porte du loft s'ouvrit et Théo y entra, boitant ostensiblement. Appuyé sur sa canne — qu'il n'utilisait qu'en cas d'extrême besoin —, il grimaçait, tout en se débattant avec la serrure de la porte. Il finit par récupérer sa clé, en poussant un soupir exaspéré.

— Salut, lançai-je.

— Salut.

Le ton de sa voix me confirma qu'il était de mauvaise humeur. Les relations avec sa mère n'avaient jamais été bonnes ; sûrement qu'il avait passé un week-end affreux. Il n'avait visiblement pas pris le temps de se raser... ni de dormir. Depuis que je connaissais Théo, j'avais appris à lire sur son visage. La bonne fatigue, je connaissais : c'était celle qu'il arborait avec fierté après une nuit passée dans son garage, les mains dans le cambouis et le visage barré de graisse noirâtre.

Ce matin, Théo affichait son air des mauvais jours. La fatigue, la douleur, l'agacement. Quelque chose l'avait suffisamment mis en rogne pour qu'il en arrête de dormir. Malgré tout, il restait élégant, avec une chemise immaculée et un jean bleu foncé.

— Un café ? proposai-je.

— Au moins un, oui.

— Ton genou te fait souffrir ?

Il avança vers moi, penché sur sa canne. Son visage trahissait une vive douleur et je me levai pour le débarrasser de ses dossiers. Les chances de voir mon projet validé sans débat animé s'amenuisaient à vue d'œil. Il s'installa sur sa chaise et alluma son ordinateur. Son corps déjà très tendu se crispa davantage quand son écran laissa apparaître sa messagerie. Je filai jusqu'à la cuisine et préparai un café. J'étais agacée par la situation : je n'avais pas prévu l'humeur de Théo dans mon équation déjà complexe. J'allais devoir composer avec son esprit grognon et son genou récalcitrant.

— Ça va bien se passer, me motivai-je en récupérant la tasse fumante.

Je retournai au bureau, constatant que Théo était en pleine conversation téléphonique. Il leva ses yeux verts dans ma direction et j'y décelai une pointe de fureur. Je l'avais rarement vu dans cet état. Il détailla ma tenue — une robe bordeaux qui mettait ma silhouette en valeur — avant d'esquisser un maigre sourire en me voyant pieds nus.

— Donnez-lui le double et faites-lui signer ce maudit papier ! lâcha-t-il, glacial, à son interlocuteur.

Je posai sa tasse sur son bureau, surprenant un nouveau regard caressant mon corps. Je vérifiai ma robe, à la recherche d'un problème éventuel.

— Tu es superbe, me complimenta-t-il tout en reposant son téléphone.

— Merci.

— Et pieds nus, donc ?

— Je voulais être à l'aise. Comment s'est passé ton week-end ?

Je m'appuyai contre son bureau, remarquant sa jambe droite étendue.

— Pénible de bout en bout. Je sais que c'est hors limite, mais je ne serais pas contre un baiser. Histoire de me faire oublier ces deux derniers jours.

— Tu me donnes trop de crédit, je pense, répondis-je en me penchant vers lui.

Je déposai un baiser chaste et tendre sur ses lèvres, mais dès que Théo posa sa main sur ma joue il se transforma et devint plus passionné. Les fameuses limites étaient en train d'exploser. Nos bouches se séparèrent, mais Théo garda son front collé au mien avant de murmurer :

— Tu m'as manqué.

— La faute à qui ?

— Je sais, soupira-t-il.

— Ton genou ?

— Douloureux, mais il n'est pas en cause. Le week-end a été chargé. J'ai eu quelques contrariétés, mais tout devrait être réglé d'ici ce soir.

— Tant mieux. J'aime bien cette barbe.

En souriant, je passai ma main sur sa joue, espérant adoucir son humeur. Son corps se détendit peu à peu et Théo prit ma main, en embrassa doucement la paume puis me libéra.

— Tes limites, murmura-t-il.

Je haussai les épaules. Les limites étaient hors sujet vu sa mauvaise humeur. J'aurais tout fait pour chasser la noirceur qui perçait dans son regard. Ce n'était pas de la contrariété, comme il essayait de me le faire croire, c'était une vraie colère froide.

— Que se passe-t-il ? demandai-je.

— Rien de grave. Change-moi les idées, et parle-moi de ce fameux projet !

Il saisit sa tasse de café, pendant que je rassemblais mes affaires. Je récupérai mon ordinateur et me dirigeai vers le salon. Après un moment de stupéfaction muette, Théo me vint me rejoindre, sa tasse dans une main, sa canne dans l'autre.

— Une présentation ? s'étonna-t-il en m'observant relier mon ordinateur à l'écran.

— On revient dans les limites.

— J'avais bien compris. En fait, je crois que je suis intrigué. Ce qui ne devrait pas m'étonner vu que tu m'intrigues depuis quelques années, maintenant !

Je haussai un sourcil, appréciant qu'il redevienne lui-même : doux, amusant et charmant. Avec cette meilleure humeur, j'avais peut-être une chance de m'en sortir.

— J'ai préparé un dossier complet. J'espère que... Enfin... J'espère que ça sera à la hauteur de tes attentes.

— Tu en doutes ? Je t'ai connue plus sûre de toi.

J'ignorai sa remarque. Il avait touché juste. De toute ma carrière, je n'avais jamais été aussi nerveuse. Je frottai mes mains moites contre ma robe et m'installai à la grande table, restant néanmoins à distance de Théo. Il me fixa et je me lançai.

— J'ai regardé les dernières actions de communication de la Fondation, expliquai-je en lançant la première diapositive. Des articles essentiellement tournés vers vos actions envers l'enfance défavorisée, pour l'accès à la culture et pour le mécénat. La communication a été axée sur les missions de la Fondation et sur les résultats visibles.

— En effet.

— De ce que j'ai vu, c'était très consensuel.

— Construire des appartements refuges pour des familles sans abri est rarement sujet à polémique.

— Je crois que c'est là, le principal écueil.

Théo se renfrogna et termina sa tasse de café. J'avais piqué sa curiosité. Je pris une profonde inspiration et passai à la seconde diapositive. Une photo jaunie de son grand-père apparut et mon patron croisa les bras sur son torse.

— La communication sur les résultats ne fonctionne pas, assenai-je.

— Parce que...

— Parce que c'est ce que tout le monde attend d'une fondation : que vous soyez des bienfaiteurs invisibles. Mais la bienveillance, c'est passé de mode, finis-je, volontairement provocatrice.

— Que vient faire la photo de mon grand-père là-dedans ?

— Il a lancé la Fondation. Je veux revenir à son origine.

— Le pétrole ?

— Votre nom. Celui des Montgomery.

Les yeux de Théo valsèrent de l'écran à moi, tandis qu'il m'observait, interdit. Je tentai de décrypter son visage mais, hormis la surprise, je ne vis rien. Il n'avait pas l'air contrarié, ni opposé à cette amorce de projet. Mais ce n'était que la première manche.

— Continue, m'encouragea-t-il.

— Aujourd'hui, si le nom des Montgomery est connu, c'est surtout grâce à Jérémiah.

Je pressai sur une touche de mon clavier, laissant une avalanche d'articles sur le frère de Théo inonder l'écran. Depuis quelques années, il avait cumulé les unes des magazines de presse. Au-delà de ses victoires, sa vie privée tumultueuse avait aussi fait l'objet d'un certain nombre de papiers, certes moins élogieux, mais qui faisaient aussi parler de lui.

Or, c'était là le but de Théo : faire parler de la Fondation. Il avait juste oublié qu'il s'agissait de la Fondation Montgomery et que ce nom était leur meilleur atout.

— Tu veux faire taire mon frère ? s'inquiéta Théo. Tu penses qu'il fait de l'ombre à la Fondation ?

— Je pense qu'on devrait au contraire se servir de lui.

— Tu veux transformer mon frère en porte-parole de la Fondation ? Tu sais, je crois qu'il n'a pas vraiment... le profil le plus adapté à la situation.

— Je veux juste me servir de son nom. Et de son métier, ajoutai-je après une courte pause.

Je lançai l'avant-dernière diapositive, décidant de ne plus regarder Théo. Je ne voulais pas être troublée, ni interrompue. Pour l'instant, il s'était contenté de questions simples et faciles. J'appréhendais la suite.

— De son métier ?

— Il a une course en fin de semaine. Première course de la saison, audience estimée à 10 millions de téléspectateurs. Avec les réseaux sociaux, on peut facilement doubler l'impact. J'aimerais qu'on profite de ce lancement de saison pour faire parler de la Fondation.

— Avec Jérémiah ? Tu veux faire quoi ? Un gros macaron de pub sur sa combinaison ?

— En effet. Achat d'espaces publicitaires, diffusion d'un clip promotionnel, discours lors de la remise de trophées. On peut imaginer plein de choses. J'ai déjà passé quelques coups de fil et tout est envisageable.

— Intéressant. Donc on se sert de la notoriété de Jérémiah pour faire parler de la Fondation. Il est d'accord ?

— J'attendais ton accord pour lui en parler.

— J'ai besoin du coût global de l'opération et d'un chiffrage des retombées. En tout cas, bravo, c'est du très bon boulot.

— Je dois encore avoir une validation de la part du comité d'organisation de la course.

— Je te fais confiance, ça m'a l'air très bien engagé, dit-il en se levant de sa chaise.

Je retins mon souffle, sentant mon cœur battre à tout rompre. Il aurait pu objecter sur le milieu compétitif de la course ou sur Jérémiah et son attrait modéré pour la Fondation, mais pour l'instant il avait accepté toutes mes propositions. Pourtant, ce n'étaient pas celles-ci qui m'avaient inquiétée. Mes arguments étaient tous prêts pour la dernière diapositive.

— Il y a un dernier aspect dont je ne t'ai pas encore parlé.

Debout dans le salon, Théo pivota vers moi. Mon index tremblant flotta au-dessus de mon clavier. J'avais eu cette dernière idée dimanche matin, en sirotant mon café. Mes pensées avaient vagabondé et, saisie, j'avais mis une seconde à comprendre que cette idée était la seule valable, la seule qui nous ferait durablement connaître.

— On peut encore renforcer l'impact de ce projet.

— Tu m'intrigues, encore, sourit-il.

J'appuyai sur la touche et laissai le silence envahir la pièce. Derrière moi, j'entendis la respiration sifflante de Théo, puis un juron étouffé. Je jetai un coup d'œil vers lui. Il avait blêmi et se cramponnait à sa canne, les mâchoires serrées.

— Non, dit-il finalement.

— Théo, ça peut vraiment...

— Non. Non, je ne pilote plus depuis des années, Summer.

Il s'éloigna et retourna à son bureau. Je retins l'envie de me précipiter derrière lui. À la place, je pris une profonde inspiration et posai mes mains sur la table. Sa réaction était prévisible, je devais juste lui prouver qu'elle était totalement illégitime.

Lentement, je me redressai et rangeai mon ordinateur. Peut-être que ma présentation avait été trop brutale.

— Tu peux le faire, assurai-je en revenant à nos bureaux.

Plantée debout devant lui, je me jurai de tenir bon. Ce projet tenait la route ; Théo pouvait piloter. Il était fait pour ça, fait pour courir sur un circuit et attiser les foules.

— Absolument pas. Et je ne le veux pas.

— Pourquoi ? Tu es fait pour ça ! Et avoir les deux frères Montgomery sur une même piste serait formidable.

— D'une part, ce n'est pas techniquement possible. Aucune écurie n'a un volant de libre. Surtout pour un mec avec un genou en moins et une canne en trop.

— Jérémiah a déjà fait le nécessaire. Son écurie propose de mettre un véhicule à disposition pour toi.

— D'autre part, je n'en ai pas envie.

— Tu mens. J'ai vu ton regard après la course avec ton frère. Je t'ai vu piloter comme tu le faisais avant.

— Sur une route de campagne que je connais par cœur, Summer. Et contre mon frère, que je soupçonne d'avoir fait exprès de perdre. Ce n'est pas parce que tu fais du footing que tu vas vouloir t'aligner au marathon, si ?

— Tu as ça dans le sang, Théo. Tu pilotes. Sans l'accident, tu serais certainement aligné sur cette course. On peut se faire une publicité incroyable, c'est vrai, mais, honnêtement, c'est avant tout pour toi que tu dois le faire.

— Summer, je ne sais pas si tu t'en es rendu compte, mais dernièrement je vis plutôt en ermite.

— Personne ne te le demande. Surtout pas moi.

— Je ne veux pas être une bête de foire, je ne veux pas qu'on me regarde avec pitié. C'est insupportable pour moi. Imagine que je me plante au premier virage, je serais ridiculisé !

— Et imagine que tu gagnes !

— On trouverait à redire. Un truc du genre « son frère a eu pitié, il a ralenti pour lui ».

— Là, tu es ridicule.

— Écoute, je te valide tout le projet mais pas ça !

Il frappa son bureau du plat de la main et je me figeai sous la violence de son geste. Quand son regard croisa le mien, j'y décelai immédiatement des regrets. Je l'avais certainement poussé à bout, bien plus loin que je ne l'avais prévu. Je contournai son bureau et, sans lui demander son avis, ouvrai son deuxième tiroir.

— Qu'est-ce que… ?

Je jetai le jeu de cartes sur son clavier d'ordinateur,

affichant ma mine la plus déterminée possible. Un silence oppressant s'installa, jusqu'à ce que Théo lève les yeux vers moi.

— Tu crois que je vais jouer ça aux cartes ?

— « Ça doit être terrible pour toi d'être aussi déchiré entre le besoin de garder le contrôle et l'envie de relever le défi », le citai-je.

— Je ne suis pas déchiré. Je suis au contraire totalement serein à propos de ma décision. Je ne piloterai pas, même si c'est toi qui le demandes.

— Ça ferait une campagne de publicité formidable : les deux frères Montgomery réunis sur un même circuit ! Franchement, ça attirerait les foules.

— Je n'ai pas besoin de me mettre en scène.

— Tu es irrationnel. Je t'ai vu piloter, Théo. Je t'ai vu faire ça des tas de fois et j'ai vu ton sourire, ta force, ta détermination. Tu es fait pour ça. J'en suis certaine. Aussi certaine que du fait que je t'aime.

C'était mon dernier argument. Le regard de Théo s'éclaira et son sourire s'élargit. Un doux silence s'installa, comme si l'énormité que je venais de lâcher prenait tranquillement et facilement sa place.

— C'est un merveilleux coup bas, murmura-t-il. Un merveilleux coup bas hors limite et hors contrôle.

— Tu... Tu es en train de me féliciter ?

— Je suis en train de savourer le moment. Mais bravo, après toutes ces années, tu arrives encore à me surprendre.

Il s'enfonça dans son fauteuil, affichant un petit sourire satisfait. Je n'avais pas imaginé lui avouer mes sentiments aussi vite et de façon si... spontanée. Pourtant, c'était vrai, je l'aimais. Et j'aimais l'homme qui pilotait des bolides au mépris de tout le reste.

— Et puisque nous en sommes là, je t'aime aussi.

Je me figeai en prenant conscience de la situation. Comment en étions-nous arrivés à avoir ce type de conversation au bureau ? Ce n'était pas le lieu, ni le moment. Je devais le convaincre de reprendre le volant, c'était la priorité. Pourtant, j'étais troublée, partagée entre l'envie de le secouer pour qu'il accepte mon projet et le désir violent qui m'étreignait tout entière. Mon regard se posa sur le jeu de cartes et je tentai de reprendre le fil de mes pensées. Je me concentrai sur mon objectif : faire en sorte que Théo accepte ma proposition.

— Bien, soufflai-je.

— Bien ? Je te dis que je t'aime et tu me réponds « bien » ?

— Ce n'est pas le moment, ronchonnai-je en prenant le jeu pour mélanger les cartes.

— Donc tu dépasses les limites et ensuite tu me reproches de le faire ?

— Exactement. Revenons au cœur du sujet : je veux que tu pilotes. Puisque je ne peux pas te convaincre de manière traditionnelle, jouons une partie.

Je repoussai les dossiers qui recouvraient le coin de la table et distribuai deux cartes à Théo. Je m'en donnai deux, puis étalai cinq cartes entre nous. Comprenant que je ne changerais pas d'avis, Théo soupira et prit ses cartes.

— Si je gagne, je ne fais pas cette course.

— Si je gagne, tu la fais. Mieux, tu la gagnes !

Je tirai ma chaise et m'installai face à lui. Je jetai un coup d'œil à ma main, pas vraiment convaincue par mon idée. La dernière fois, j'avais cru pouvoir le coiffer sur le poteau, avant de perdre lamentablement.

— Je peux ? demanda-t-il en désignant la ligne de cartes face cachée sur le bureau.

Je hochai la tête, nerveusement. Théo découvrit les trois premières cartes, une à une, puis se renfonça dans son siège. Il joua avec ses cartes, les déplaçant d'une main à une autre. Il affichait ce petit sourire conquérant et victorieux qui me faisait douter.

— Tu veux vraiment qu'on aille au bout ?

— Oui.

Il révéla la quatrième carte et je louchai sur la ligne de cartes, puis sur mon jeu, à la recherche de la meilleure combinaison possible. Ce n'était franchement pas brillant. Nous échangeâmes un regard, tandis que la tension montait entre nous. Mon 7 de cœur et mon 9 de carreau me semblaient bien faiblards, vu l'enjeu.

— La course est en fin de semaine, lui rappelai-je. Tu as un vol à 19 heures, ce soir.

— J'ai un dîner ce soir.

Je devais admettre qu'il contrôlait parfaitement ses émotions. Théo ne semblait pas subir la tension qui alourdissait l'air, ni la nervosité qui m'animait. Cette partie, c'était ma seule chance de m'en sortir.

— Important, ce dîner ?

— Avec la fille qui m'intrigue, qui m'a dit qu'elle m'aimait, qui me pousse à bout et qui est très mauvaise perdante. Important, donc, oui.

— Et de quoi allez vous parler ?

— L'ordre du jour n'est pas vraiment arrêté. Mais j'avais vaguement envisagé la possibilité de lui proposer de m'accompagner à la soirée du gala annuel de la Fondation.

Je haussai un sourcil, nullement impressionnée. Le gala annuel était un véritable événement mondain. Pour l'occasion, un théâtre était privatisé et un dîner à l'entrée hors de prix permettait de financer quelques actions caritatives.

— Prête ? demanda-t-il.

— Pour le gala ?

— Pour dévoiler ton jeu.

Je grimaçai, tapant du pied contre le pied du bureau. Mon jeu était prometteur, mais j'avais été échaudée. Théo affichait une attitude nonchalante et confiante qui ne me rassurait pas sur mes chances. Il tourna la dernière carte et son visage s'éclaira. Lentement, il posa ses cartes sur la table.

— Deux paires, murmura-t-il. Une paire de dix et une paire de dames.

— D'accord.

Je vérifiai mon jeu et regardai fixement les cartes. Je me pinçai les lèvres, le cœur battant. Je posai mes cartes sur la table et, un grand sourire aux lèvres, annonçai ma combinaison.

— Quinte.

Ensemble. Maintenant. Pour toujours.

Pendant une seconde, le monde cessa de tourner et Théo retint son souffle. Comme je l'avais fait avant lui, il vérifia mon jeu, puis les cartes centrales. Un doute affreux m'étreignit :

— C'est bien ça, hein ?

— C'est ça. Félicitations, Summer !

— J'ai gagné ? demandai-je dans un petit cri honteux.

— Tu as gagné !

Je bondis de joie sur ma chaise et me précipitai vers Théo. J'enroulai mes bras autour de sa nuque et déposai un baiser furtif sur ses lèvres. Il se contenta de sourire contre ma bouche, tandis que sa main remontait le long de ma cuisse, sous ma robe. Je le repoussai gentiment et me reculai.

— Ton billet est dans ton tiroir.

— Tu l'avais déjà pris ?

— Je suis très persuasive, en temps normal. Les entraînements commencent demain, à l'aube.

— Tu ne viens pas ?

— Je te rejoindrai pour la course. Tu pourras t'en sortir sans moi pendant les entraînements. Et puis j'ai une foule de choses à faire, à commencer par organiser l'événement et appeler ton frère.

Je composai le numéro de Jérémiah et éclatai de rire en l'entendant grommeler. Jérémiah n'avait pas cru à mes capacités de persuasion de son frère. Quand je lui avais proposé le projet, il avait poliment hoché la tête, avant de me souhaiter bonne chance.

— Tu as réussi à le convaincre ? demanda-t-il finalement.

— Tu ne devrais pas être surpris.

— Non. Je vais appeler mon directeur technique. Tu es certaine de ce que tu fais, Summer ?

Je regardai Théo, absorbé dans une contemplation muette de son billet d'avion. Même s'il avait gagné, j'aurais fini par mettre en jeu notre relation pour qu'il pilote. Parce que je m'étais rendu compte que je l'aimais quand nous nous étions réunis sur cette plage, parce que j'avais vu dans son regard la lueur de l'excitation et de la passion, j'étais décidée à ne rien lâcher.

— Certaine, assurai-je. On se voit ce week-end.

Je raccrochai et rapprochai ma chaise de celle de Théo.

— Est-ce que tu es content ? l'interrogeai-je.

— Tu t'inquiètes maintenant de mes états d'âme ?

— Si tu voulais vraiment échapper à ça, tu m'aurais déjà virée. Toi et moi savons que c'est une bonne idée. Tu aimes être au volant et j'adore te voir courir. C'était un projet évident. Je m'étonne que personne n'y ait pensé plus tôt !

— Personne ne savait que je pilotais avant.

Il se rembrunit et je m'en voulus d'avoir touché un sujet sensible.

— C'est un bon projet, dis-je d'une voix plus douce.

— On verra.

Je devinais le doute dans sa réponse, mais ne relevai pas. J'espérais juste qu'il doutait du projet et non de ses capacités. Je voulais voir cet homme heureux. Derrière un volant, il était le Théo d'avant, libre et sans responsabilités.

— On finalise ? J'aimerais te présenter le plan médias.

— Allons-y !

Nous passâmes la matinée à travailler sur le projet, avant d'aller déjeuner. Théo quitta le loft en milieu d'après-midi, pour prendre son vol. Toute la journée, nos conversations se bornèrent strictement au projet. Son implication dans la course ne fut pas évoquée. Je savais qu'il avait toujours des doutes, mais j'étais intimement persuadée que, dès le premier tour avalé, dimanche, il retrouverait ses sensations de pilote.

Je passai le reste de la semaine à peaufiner l'organisation de la course pour la Fondation. Sponsoring, écran publicitaire, communiqué de presse, je passai même une nuit au loft, recroquevillée sur le canapé pour une heure de sommeil. Charlotte se chargea de m'amener à dîner chaque soir, me donnant des nouvelles des entraînements.

— Tu ne l'as pas appelé de la semaine ? s'étonna-t-elle alors que nous étions dans le taxi qui nous menait vers l'aéroport.

— Je lui ai envoyé quelques messages, mais nous nous sommes constamment loupés.

À sa demande, nous étions parties le jour même de la course. Elle était toujours aussi effrayée de voir Jérémiah derrière un volant et, personnellement, j'avais des détails à parfaire et partir à la dernière minute me convenait. D'après Charlotte, Jérémiah avait besoin de se concentrer, et j'imaginais que Théo avait besoin, lui aussi, ne pas être dérangé pendant sa préparation.

— Honnêtement, c'est l'idée du siècle, ton truc ! Jérémiah pensait vraiment qu'il allait refuser net. Comment l'as-tu convaincu ?

— Avec une main très chanceuse, répondis-je en souriant. Je crois qu'il en avait envie depuis longtemps, je lui ai juste offert l'opportunité.

Mon amie se contenta de sourire, énigmatique. Je repensai à tout ce que je vivais depuis presque trois semaines : Théo, la course, les cartes. Contre toute attente, ma vie avait pris un virage inattendu. J'étais sortie de la route habituelle, pourtant, je m'y sentais bien, comprenant qu'en favorisant ma carrière pendant des années j'avais certainement manqué des choses dans ma vie sentimentale.

— Tu lui as offert bien plus que ça, fit enfin Charlotte.

Elle pressa ma main, geste qui me rappela à nouveau sa mère, quand elle m'encourageait à ne pas renoncer à mes choix, m'assurant que partir de la maison était la meilleure décision à prendre.

— Je m'inquiétais pour vous deux, sur la manière dont vous alliez gérer cette nouvelle relation.

— On se connaît depuis longtemps, la coupai-je vivement.

— Évidemment, mais c'est différent. Je crois qu'il

avait peur que tu le considères éternellement comme un ami, comme le mec qui te protège de ton père.

— Il y aura toujours ça. Il connaît mon passé, ça facilite beaucoup les choses. Je n'ai pas à m'expliquer, il lit en moi. Il anticipe mes réactions. Honnêtement, je ne pensais pas que ça serait aussi… facile.

— Ça l'est toujours, en fait. Je ne sais pas qui a décrété que l'amour devait être compliqué.

— Gemma, répondis-je avec un petit rire. Aux dernières nouvelles, elle a posé deux lapins à mon frère. Je crois qu'il envisage la séquestration.

Charlotte éclata de rire et se pencha vers la vitre. Les avions étaient déjà en vue. Je songeai rapidement à mon frère, cherchant une solution pour l'aider avec Gemma. Je ne comprenais pas pourquoi elle lui résistait autant.

— Il a essayé de la rendre jalouse ? demanda Charlotte.

— Je crois.

— Et si je réservais une seule chambre d'hôtel pour eux deux lors du mariage ?

— Ton mariage est dans un mois. Je ne sais pas si David tiendra aussi longtemps.

— Je pourrais dire que c'est un accident malencontreux…

— J'approuve. J'imagine que tu as déjà saboté le plan de table pour qu'ils se retrouvent ensemble.

— Table des enfants. Entourés de gamins de huit ans. Ils n'auront pas d'autre choix que de se parler.

— Tu es démoniaque.

— C'est une idée de Jérémiah. C'est son domaine, la manipulation ! Tu as d'autres idées ?

— Pour l'instant, non.

David avait été patient. Il se montrait maintenant un peu agacé par la situation. Le mutisme et la fuite en avant de Gemma le rendaient fou. Il avait essayé de l'inviter à dîner, de la surprendre à la sortie des classes, de lui envoyer des fleurs. Mais mon amie était restée très évasive sur la possibilité d'une relation entre eux.

Le taxi nous déposa à l'entrée de l'aéroport. Deux heures plus tard, nous embarquions pour rejoindre le circuit de la course.

Durant la semaine, le travail m'avait évité de m'inquiéter. Ce ne fut qu'une fois sur le circuit, cernée par les bruits de moteur et assaillie par l'odeur de la gomme brûlée, que je fus prise d'une légère angoisse.

Pendant des années, j'avais assisté aux courses de Théo et de Jérémiah. J'avais adoré l'aspect illicite et fou de ces courses. C'était un secret qui m'avait procuré l'adrénaline dont j'avais eu besoin pour survivre à mon adolescence. Ici, sur ce circuit, la réalité me rattrapait. Il ne s'agissait plus d'un jeu, ni d'un pari.

Théo allait courir. La dernière fois que j'avais assisté à l'une de ses courses, il avait failli y laisser la vie. Le simple souvenir du bruit de tôle et de l'odeur d'huile brûlée me tira un frisson.

Je tournai sur moi-même, admirant les gradins se remplissant peu à peu. Je jetai un coup d'œil à mon téléphone. Le premier spot publicitaire passerait dans moins de cinq minutes. Il était normalement diffusé sur les écrans géants du circuit. Je vérifiai une dernière fois mes messages, m'assurant qu'aucune urgence ne vienne troubler le spectacle.

— C'est par là, m'indiqua Charlotte.

Elle me désigna l'interminable rangée de paddocks, devant lesquels ronflaient les voitures de course. Le bruit était omniprésent, entre la foule hurlante et le speaker qui braillait dans son micro. C'était presque insoutenable.

— Prends ça, lança Charlotte.

Elle me tendit une petite boîte, que j'ouvris aussitôt. Je découvris des bouchons antibruit et lui en fus reconnaissante.

— Question d'habitude, dit-elle, répondant ainsi à ma question silencieuse. Tu en auras besoin pendant la course. Il faut que ton badge soit visible.

Je le sortis de mon T-shirt, le laissant apparaître au grand jour. Derrière moi, je reconnus les premières notes de la publicité pour la Fondation. J'eus un sourire victorieux. Je savais que cette idée pouvait être le point de départ de belles opportunités. À l'issue de cette course, il nous faudrait faire le bilan pour envisager d'autres axes de communication.

Je déambulai de paddock en paddock, suivant Charlotte. Cela prit une éternité de retrouver l'écurie de Jérémiah. Mon amie salua les ingénieurs et les mécaniciens, avant de jeter un regard en direction des voitures.

— Ils sont là ! cria-t-elle pour couvrir le bruit.

Elle accéléra le pas. Je peinais presque à la suivre. La foule était dense, mélange de mécaniciens sous pression et de jeunes femmes bien trop jolies pour être honnêtes. Je jetai un coup d'œil à ma tenue : un simple jean et un haut noir qui laissait apparaître mon épaule. Presque trop simple par rapport à ces femmes en combinaison moulantes et bien trop suggestives. Peut-être parce que je n'aimais pas particulièrement mon corps, parsemé de souvenirs du passé, je ne portais jamais de tenues très ajustées. J'étais loin d'être une séductrice. J'avais appris à être élégante et professionnelle, pas à jouer de mes charmes pour attirer les regards.

Après quelques mètres, nous arrivâmes enfin sur le stand. Jérémiah était appuyé contre une voiture, écoutant les instructions de son directeur de courses. Derrière lui, Théo répondait à une journaliste perchée sur des talons hauts. Il tourna son visage vers moi et je lui adressai un petit signe de la main.

Aussitôt, il coupa court à son interview et se précipita vers moi.

— J'ai cru que tu allais manquer le départ, dit-il avant de m'embrasser.

Je reculai presque face à son enthousiasme, lui rendant son baiser avec empressement. Je ris contre sa bouche et il se détacha de moi.

— Tu m'as manqué, avoua-t-il.

— Qui était la journaliste ?

— Mauvaise réponse. Il aurait été élégant de ta part de répondre que je t'avais manqué aussi.

— Je n'ai dormi que quelques heures par nuit. Je suis venue ici pour me reposer, en fait. Et, oui, tu m'as manqué, surtout quand il fallait répondre aux sollicitations de la presse et aux appels de ta mère.

Du dos de la main, il caressa ma joue et secoua la tête.

— Parfois, j'ai l'impression de sortir avec une fille parfaitement insensible.

— Je suis une véritable friche émotionnelle. Quand tu me dis que je te manque, ça me fait paniquer. Je propose donc que tu cesses de m'affoler constamment.

— C'est hors de question !

— J'en étais certaine.

Je fourrai mes mains dans mes poches, laissant mon regard vagabonder sur le stand. L'agitation était si présente qu'une forme de tension me gagna. J'avais misé beaucoup sur cette course — d'un point de vue financier et publicitaire — et je n'avais que peu de marge d'erreur.

— Les entraînements se sont bien passés ?

— Très bien. J'ai fait moi-même les réglages. Ces types n'ont pas l'oreille pour les moteurs.

— D'accord.

Je frottai mes mains moites contre mon jean, tentant de camoufler ma nervosité. Il n'avait pas besoin de ça. Au contraire, il avait besoin que je sois confiante, que je l'encourage.

— J'ai le trac, aussi, me confia-t-il.

Il me prit dans ses bras et me serra contre lui. Je fermai les yeux, protégée par son étreinte. C'était un geste habituel pour lui, sa façon de me rassurer quand j'étais plus jeune. À l'époque, je n'avais pas réalisé à quel point cette marque d'affection m'avait allégée de mes tourments.

— Tout ira bien, murmura-t-il en déposant un baiser sur le haut de mon crâne.

— Je devrais t'encourager, répondis-je en levant les yeux vers lui.

— Tu as tout organisé, tu m'as défié au poker et tu as gagné. Tu m'as déjà encouragé. Maintenant, je n'ai plus qu'à gagner.

J'éclatai de rire, appréciant sa façon bien à lui de détendre l'atmosphère. J'en oubliai presque l'agitation autour de nous et le vacarme assourdissant de la foule hurlante.

— Et j'ai une excellente raison d'aller vite, continua-t-il.

— Comme ton frère ?

— Je suis né avant lui, j'allais vite avant lui et je franchirai cette ligne d'arrivée avant lui. J'apprécierais que ma copine insensible cesse de me contrarier, plaisanta-t-il.

Une sonnerie retentit, signifiant la fin de notre conversation. Théo fit un geste en direction de son frère et s'écarta de moi. Il garda mes mains dans les siennes, me fixant avec intensité.

— Je vais gagner. On se revoit dans 25 tours ?

— Je n'accepterais pas de te revoir avant la fin, de toute façon !

Il s'écarta et se dirigea vers sa voiture. Un des

mécaniciens vint à ma rencontre et m'invita à me mettre à l'abri. Je refusai net. Je voulais voir Théo courir... Et pas seulement assister au spectacle sur des écrans. Charlotte embrassa Jérémiah une dernière fois, triturant nerveusement sa bague de fiançailles.

— Je vais attendre à l'intérieur, m'indiqua-t-elle.

— Tu es sûre ?

— Certaine. Je regarde sur les écrans, ça me suffit. Mais reste ici, si tu veux.

Elle entra à l'intérieur du garage, mordillant l'ongle de son pouce dans un accès d'angoisse. Désormais, j'étais tendue, mais ce n'était en rien comparable à l'état de mon amie : pour elle, assister à une course était une insupportable souffrance. Elle en avait pris son parti, elle encaissait, seulement parce qu'elle aimait Jérémiah.

Je me demandais vaguement si j'étais capable d'un sacrifice de même ampleur pour Théo. Je n'en avais aucune idée. Pendant longtemps, ma vie s'était résumée à réussir ma carrière, à travailler dur pour obtenir les postes dont je rêvais. Avec Théo, mes perspectives changeaient.

Après une bonne heure de mise en place, l'ensemble des coureurs se retrouvèrent sur la ligne de départ. Les moteurs grondaient, le public, debout, hurlait, les mécaniciens, casqués, avaient les yeux rivés sur les écrans de contrôle. Le départ, c'était la principale crainte des écuries. En cinquante mètres, la course pouvait s'arrêter net.

Du stand, je ne voyais rien du départ. À regret,

je dirigeai mon attention vers un des écrans, me concentrant sur la voiture de Jérémiah. Après un décompte interminable, les voitures s'élancèrent dans un vacarme épouvantable. Un des mécaniciens me tendit un casque antibruit, je le remerciai d'un hochement de tête avant de mettre.

Jérémiah prit un départ ultra-rapide, distanciant la deuxième ligne de pilotes. Derrière lui, les coureurs se disputaient la corde — l'intérieur du virage était stratégique — et un accrochage eut lieu au bout de cent mètres. Théo était loin derrière, prudent. D'un coup de volant, il évita les deux véhicules impliqués et remonta le long de la rambarde pour prendre de la vitesse. Dans le stand, une vague de soulagement gagna l'équipe.

Je rejoignis l'extérieur du stand, les yeux rivés sur la piste. Les voitures passaient à une vitesse folle, j'étais incapable de repérer Théo parmi les coureurs. Je levai les yeux vers le classement, constatant qu'il pointait à l'avant-dernière place.

— L'idée du siècle, se moqua une voix derrière moi.

Je pivotai vers l'intrus, le regard mauvais, et prête à mordre.

— Il finira la course, promis-je.

— Certainement. Mais communiquer sur des frères qui finissent aux deux extrêmes du classement ne va pas être simple !

— Ce n'est que le début de la course, il est prudent.

— Il est au ralenti, rectifia-t-il, acerbe. En gros, il n'a aucune chance. S'il ne dépasse pas d'ici trois tours, il finira coincé derrière les retardataires. Et encore, pour ça, il faudrait qu'il termine la course !

J'éclatai de rire face à ce directeur de courses bien trop confiant et qui ne connaissait pas Théo. L'occasion était trop belle pour que je la laisse passer.

— On parie ? tentai-je.

— Quoi ? Qu'il gagne ?

— Qu'il finit dans les cinq premières places. 200 dollars.

Je tendis la main vers lui pour sceller notre petit accord. En temps ordinaire, je n'aurais jamais parié une somme si importante, mais ce type m'avait tellement agacée que j'aurais même parié mon salaire tout entier pour lui prouver qu'il avait tort. Une lueur de doute éclaira son regard, mais il finit par serrer ma main dans la sienne.

— Maintenant, j'aimerais regarder la course et admirer la façon dont Théo va franchir la ligne d'arrivée.

Intérieurement, j'encourageai Théo à ne pas me faire mentir. Je savais qu'il était capable de faire un bon résultat, il pouvait surprendre tout le monde. Cinq tours plus tard, je sautai de joie. Avec patience, le long de la rambarde, Théo rattrapait son regard, doublant les véhicules qui le devançaient. Sur l'écran d'affichage du classement, je vis son nom remonter en haut de la liste pour atteindre la septième place.

Soudain, une voiture fit un écart devant lui et il frotta contre la rambarde, récoltant un cri de stupéfaction de la part de la foule. À la sortie du virage, il parvint à accélérer et à se dégager. La seconde voiture fit un tête-à-queue spectaculaire et heurta une flopée de véhicules retardataires. Près de moi, je vis le directeur de courses secouer la tête et serrer les dents.

Je jubilais, admirant Théo qui enchaînait les tours avec dextérité. Mon regard passait de la piste au tableau de classement. À deux tours de la fin de la course, Théo accusait un retard certain sur son frère, premier. En si peu de temps, il n'avait aucune chance de le rattraper. Il accéléra pourtant, doublant un concurrent, en acculant un autre contre la rambarde, jusqu'à ce que ce dernier fasse une erreur.

Au dernier tour, la foule dans les gradins se leva et s'agita. Des fanions s'envolèrent, pendant que des fans scandaient le nom de Jérémiah. Du coin de l'œil, je vis Charlotte réapparaître. Les traits tirés, elle se posta près de moi et esquissa un fragile sourire.

— Ils ont presque fini, dis-je, enthousiaste.

— Je sais, soupira-t-elle.

Je reportai mon attention sur la piste, découvrant Théo dans une dernière manœuvre de dépassement. Il accéléra jusqu'au bout, doublant deux derniers concurrents dans les derniers mètres avant la ligne d'arrivée.

Je poussai un cri de joie et levai les bras, avant de tomber dans ceux de Charlotte. Elle rit avec moi et, comme deux gamines, nous sautillâmes sur le stand, devant les regards éberlués des techniciens.

Ensemble. Maintenant. Pour toujours.

— Vous me devez 200 dollars ! rappelai-je dans un cri au directeur de courses.

Il hocha la tête, visiblement mécontent de la tournure de la course. Au même moment, Jérémiah et Théo ramenèrent leurs voitures abîmées au stand. Je me précipitai vers Théo et lui sautai au cou.

— Tu as été parfait ! le complimentai-je.

— Mon genou me fait un mal de chien ! dit-il avec un sourire. Mais c'était génial !

Il déposa un baiser sur mes lèvres, mais très vite les organisateurs de la course nous interrompirent. Théo fut agrippé par le coude et sommé de les suivre. Il m'adressa un signe de la main et disparut, englouti par la foule.

— Ils en ont pour deux heures. Champagne ? proposa Charlotte.

Théo claqua la porte de la chambre d'hôtel et s'y appuya. Après le brouhaha de la course, l'agitation de la conférence de presse et l'assaut des photographes devant l'entrée de l'hôtel, le silence était bienvenu et apaisant. Théo portait encore sa combinaison de course. Son visage tiré trahissait sa fatigue, mais, malgré sa défaite, son regard pétillait de joie.

— Je n'ai pas gagné, lâcha-t-il, presque désolé.

— Tu as couru, c'est l'essentiel.

Je me fichais qu'il gagne. Je me fichais même qu'il finisse. Le voir s'installer au volant, mettre son casque et prendre le départ suffisait à me rendre heureuse.

La lumière dans son regard, son air épanoui étaient tout ce que j'attendais.

— C'était bien ? demandai-je finalement.

— C'était génial. La course, la foule hurlante, la vibration de la voiture. C'était incroyable.

Il avança vers moi, ses yeux conquérants accrochés aux miens. L'énergie de la course était en train de se dissoudre. À la place, la vague de désir intense et violente que nous avions retenue depuis mon arrivée sur la piste resurgit. Je retins mon souffle, suffoquant presque. Je lui adressai un sourire, tandis qu'il attrapait ma main.

— Merci, murmura-t-il contre ma paume.

— Je n'ai fait que mon boulot.

— Non, tu as fait bien plus que ça. Tu m'as botté les fesses et tu m'as mis une raclée au poker !

— Je crois que je devais te renvoyer l'ascenseur, non ? J'avais quelques années de retard.

— Je n'attendais rien en retour. Je l'ai fait parce que j'étais amoureux de toi, répondit-il avec douceur.

— Je l'ai fait parce que je suis amoureuse de toi.

Son sourire s'élargit et ses lèvres se posèrent sur les miennes. Il me fit lentement reculer, jusqu'à ce que mes mollets rencontrent le bord du lit. Je descendis la fermeture de sa combinaison, laissant apparaître un marcel noir. Il dégagea ses bras, puis m'aida à retirer mon haut. Son index longea la dentelle de mon soutien-gorge, remontant jusqu'à ma bretelle. Déjà, ma peau me brûlait et j'étais hors d'haleine. Cesserait-il un jour d'avoir cet effet sur moi ? Cela m'effrayait presque de constater le pouvoir qu'il détenait. J'eus un frisson, chassant du même coup mes idées sombres.

— Très joli, mais en trop, indiqua-t-il.

J'acquiesçai et dégrafai mon dessous. Je le fis tournoyer autour de mon index et le jetai quelque part dans la chambre. Théo prit mon visage entre ses mains et promena ses lèvres le long de ma mâchoire.

— J'ai assez conduit pour aujourd'hui. Je te veux au-dessus de moi, chuchota-t-il à mon oreille.

— Bien. Retire tes chaussures, je m'occupe du reste.

Il étouffa un rire et s'exécuta. Quand il eut fini, il me regarda, attendant une nouvelle instruction de ma part. Sans rien dire, je lui retirai son marcel et sa combinaison. Je laissai mes mains vagabonder sur son torse musclé, admirant la façon dont son corps réagissait à mon contact. Il y avait quelque chose de jouissif à réaliser que cet homme était à moi. Cela me rendait heureuse et fière… et passablement excitée.

Mes mains descendirent jusqu'à son boxer déformé par son sexe en érection. Théo poussa un gémissement tandis que je déposais un baiser tendre sur son torse. La chaleur dans mon bas-ventre se répandit peu à peu, remontant jusqu'à ma poitrine. Je me hissai sur la pointe des pieds et nouai mes mains autour de sa nuque. Mes seins frottèrent contre lui, pendant que je l'embrassais doucement. Il posa ses mains sur mes hanches et m'allongea sur le lit.

Notre baiser s'intensifia, à peine interrompu par nos gestes nerveux et nos soupirs d'excitation. Je luttai pour remonter jusqu'à l'oreiller, entraînant Théo dans mon sillage, qui rampait au-dessus de moi avec la férocité d'un lion traquant sa proie. Il attaqua le bouton de mon jean pour le défaire. D'un geste vif, il se releva et tira sur mon pantalon. Je battis des jambes en riant, mais Théo me fit vite taire en prenant la pointe de mon sein droit dans sa bouche chaude. Je me cambrai, perdis mes mains dans sa chevelure folle et me laissai emporter par le désir brûlant qui coulait dans mes veines.

Sentir son corps au-dessus du mien était grisant. Il n'y avait aucune hésitation dans ses caresses, aucun doute dans ses baisers. Mon corps accueillait celui de Théo presque aussi facilement que mon cœur s'était ouvert à lui.

Ses lèvres descendirent jusqu'à mon nombril et il embrassa mon sexe couvert par ma culotte. Je frétillai sous lui, impatiente.

— Très joli, mais encore en trop, dit-il.

— Je peux aussi rester nue tout le temps, ris-je.

— Décidément, si tous tes projets sont aussi merveilleux, je vais devoir t'augmenter.

— Ou me faire l'amour ?

Je laissai échapper un gémissement, désespérant qu'il me touche. Il releva vers moi ses yeux assombris d'excitation et me retira mon dernier sous-vêtement. Puis il fit le chemin inverse, embrassant ma cheville droite, remontant le long de ma jambe, effleurant ma cuisse, caressant mon ventre avant d'atteindre mes lèvres. Je le repoussai sur le lit.

Ensemble. Maintenant. Pour toujours.

— À mon tour, chuchotai-je. J'aimerais féliciter le troisième de cette formidable course.

— Tu as perdu combien ?

— J'ai gagné.

— Tu as parié sur Jérémiah ?

— J'ai parié sur le fait que tu finirais dans les cinq premiers. Le directeur de courses m'en veut toujours.

Son rire envahit la pièce. Être amoureuse de lui était si facile que je m'en étonnais. Nous nous comprenions en un regard, nous riions des mêmes blagues. Facile, oui. Avant lui, mon seul but était d'oublier mon passé, de m'en défaire, de prouver aux autres que j'avais réussi. Maintenant, tout cela était sans importance. D'une part, parce que Théo savait tout de moi et que je ne ressentais plus le besoin de jouer un rôle ; d'autre part, parce que je vivais maintenant le moment présent, je savourais ce que cette fichue partie de cartes — celle d'il y a plus de dix ans — m'avait offert : un gain continu et incroyable. Un homme exceptionnel et tout à moi.

Je posai ma main sur sa joue, devinant son sexe qui grossissait sous moi. Il m'offrit un sourire lascif — et un peu fier —, parfaitement conscient de l'effet qu'il me faisait.

— Au-dessus, alors ?

— S'il te plaît. Il doit y avoir des préservatifs dans la table de nuit.

J'étirai le bras et récupérai une protection dans le tiroir. Je la gardai dans le creux de ma main, pendant que je le débarrassai de son boxer. Avec une infinie lenteur mâtinée de cruauté, je déroulai le préservatif sur son sexe tendu. Puis, doucement, je le guidai en moi.

Théo se raidit brutalement, cramponnant ses doigts à mes hanches. Il siffla entre ses dents, retenant un râle de plaisir. Une douce chaleur envahit mon bas-ventre et je basculai la tête en arrière, saisie par le plaisir.

— Bouge, m'implora Théo.

J'accrochai son regard et glissai sur son sexe, les mains délicatement posées contre son torse. Théo m'aida à maintenir le rythme, me soulevant au gré de ses hanches en mouvement. Mon regard s'attarda sur ses biceps tendus, puis sur son visage concentré. Mon sexe humide coulissait parfaitement sur le sien, nos corps venant à la rencontre l'un de l'autre pour en avoir toujours plus.

Je me penchai sur lui, la pointe de mes seins effleurant son torse. Je soudai mon front à lui, à bout de souffle. J'étais sur le point de jouir, mais je voulais faire durer cet instant parfait, cette connexion indescriptible entre nous.

Je lui adressai un sourire heureux. Le sien était beaucoup plus paresseux, concentré sur le plaisir que nous ressentions. Ses hanches se soulevèrent plus vivement et je fermai soudain les yeux, éblouie par la puissance de mon orgasme. Théo jouit en moi juste après, à l'instant où je m'effondrai, épuisée, sur lui. Je devinais les battements affolés de son cœur. Ils ne surpassaient pas les miens.

Ensemble. Maintenant. Pour toujours.

À cet instant, rien ne pouvait surpasser ce que je ressentais pour lui.

Douze ans plus tôt

La voiture flotta dans les airs avant de s'écraser sur la plage. Je hurlai le prénom de Théo et courus jusqu'à lui. Autour de moi, la foule se dispersait. Les larmes brouillaient ma vue, mes poumons me faisaient un mal de chien. Je criai sans que personne ne réagisse. J'avais froid et mon jean humide était couvert de sable.

Je courais aussi vite que possible, mais la zone de l'accident était inatteignable et semblait reculer constamment. Je tendis la main vers la voiture, et, d'un bond, me retrouvai près de Théo.

Je vis son visage pâle, strié de sang. Je criai à nouveau, avant de sentir une pression sur mon bras.

— Summer ?

Le décor devint flou et j'eus soudain la sensation d'étouffer, comme si je me noyais.

— Summer ?

Dans un râle et le souffle court, je me redressai d'un bond. En larmes, je mis une seconde à me resituer. J'étais dans la chambre d'amis de Charlotte, dans mon lit, le corps glacé et le cœur en miettes.

— Ça va ?

— Un... L'accident.

— Encore un cauchemar ?

— Oui. Pardon, je ne voulais pas te réveiller. J'ai crié ?

— Tu pleurais, surtout. Tiens, je t'ai ramené à boire et des mouchoirs. Ça va aller ?

Elle se leva du lit, pendant que je passais une main sur mon visage.

— C'était si réel, murmurai-je.

— C'est réel. Essaye de te rendormir.

Charlotte ne voulait pas reparler de l'accident. Au-delà de la violence du drame, elle s'inquiétait d'une éventuelle enquête. Personnellement, je m'en fichais. Seule la vision du corps désarticulé de Théo et de son visage couvert de sang me hantait. Dès que je fermais les yeux, il réapparaissait. Le vacarme de la tôle, le crissement des pneus, les hurlements terrifiés de la foule… Je revivais chaque instant de cette soirée encore et encore.

La semaine suivante, la vie de tout le monde avait repris son cours : le lycée, les examens à venir, les inscriptions universitaires. L'accident de Théo et de son frère n'avait même pas eu le droit à un entrefilet dans la presse locale. Sûrement que la famille Montgomery avait œuvré pour étouffer un potentiel scandale.

Ma vie à moi était devenue une sorte d'enfer. Si j'avais quitté la maison pour rester chez Charlotte, je n'avais que peu de perspectives pour la poursuite de mes études et toujours aucune nouvelle de Théo. Je sentais qu'il était toujours en vie. J'avais besoin d'y croire, en tout cas, de me rassurer en me disant que si Théo était mort sa famille aurait fini par l'annoncer. J'avais la sensation d'errer dans ma propre vie, d'attendre un signe qui me ferait comprendre que tout irait rapidement mieux. L'inverse se produisit : à l'instar de Théo, dont j'étais sans nouvelles, Jérémiah quitta aussi brutalement notre vie, abandonnant Charlotte au profit de ses rêves de pilotage.

Lentement, toutes les petites pièces du puzzle qui me maintenaient en vie se disloquaient. J'avais besoin de voir Théo.

Je tentai plusieurs fois ma chance, me présentant même au Domaine dans un dernier acte de désespoir.

— Vous ne pouvez pas nous laisser sans nouvelles ! hurlai-je en tambourinant à la porte d'entrée du Domaine.

Sa mère ouvrit finalement la porte. Sa grande taille, son visage pincé et son allure impeccable me firent immédiatement reculer d'un pas.

— Partez d'ici.

Sa voix était glaciale, son regard, vide. Théo ne m'avait jamais parlé de sa mère, hormis pour me glisser qu'elle était la pièce rapportée et qu'elle n'était pas particulièrement appréciée des Montgomery.

— Comment va-t-il ? demandai-je dans un souffle.

— Je veux que vous partiez.

— Je partirai quand vous m'aurez dit comment il va !

Je contenais mes larmes. J'étais habituée depuis de longues années à le faire. Je savais rester de marbre, ne rien montrer, ne rien trahir de mes états d'âme.

Je refusais de m'humilier davantage en m'effondrant devant elle.

— Il est à l'hôpital et personne ne peut le voir.

Un soupir de soulagement m'échappa. Il était à l'hôpital. Ça n'y ressemblait pas, mais pour moi c'était une bonne nouvelle. Pendant quelques jours, j'avais craint qu'on me cache que le pire était arrivé.

— À quel hôpital ?

— Loin d'ici. Il n'est pas en état de recevoir qui que ce soit.

Elle referma la porte, mais je parvins à glisser un pied pour la bloquer. Je jetais mes dernières forces pour avoir des informations. Je voulais être rassurée, être certaine qu'il allait bien et qu'il allait revenir ici. C'était tout ce que je voulais : qu'il revienne ici. Depuis l'accident, j'avais la sensation qu'on m'avait arraché une partie de moi.

Comme je l'avais confié à Charlotte quelques heures avant la course, j'avais prévu tout autre chose pour cette soirée. Je voulais parler à Théo, lui avouer que ce que je ressentais pour lui avait évolué. Nous étions amis, nous avions flirté, mais Théo n'avait jamais tenté d'aller plus loin avec moi. Il respectait mon mode de fonctionnement, avec une patience et un humour qui avaient achevé de me séduire. À quelques mois de la fin de l'année scolaire, j'étais prête à abaisser mes barrières et à le laisser m'approcher. C'était comme me jeter à l'eau… avec la sensation qu'il ne m'arriverait rien.

Mais tout avait été bouleversé.

— Et si je lui écris une lettre ? proposai-je.

— Je crois que je n'ai pas été assez claire, mademoiselle Hendricks : il ne veut voir personne, et surtout pas vous.

Elle avait craché mon nom comme on crachait un pépin indésirable dans un fruit. C'était ce que j'étais à ses yeux : une indésirable. Qu'elle se serve de mon nom — que je détestais — et qu'elle ait reçu pour instruction de m'écarter de la vie de Théo m'acheva. En une seconde, elle venait d'anéantir le maigre espoir qui me restait de le voir. C'était pire que sentir les coups de mon père, pire que voir ma mère dépérir, c'était comme si, soudain, il n'y avait plus rien qui légitime ma présence sur terre.

Désormais, j'étais seule à supporter mes sombres secrets.

La mère de Théo repoussa mon pied et claqua la porte. Je restai hébétée pendant plusieurs minutes, fixant le bois de la porte devant moi en me refaisant le fil de la conversation.

« Il ne veut voir personne, et surtout pas vous »...

— Je suis certaine que Théo n'a pas dit ça, me rassura Charlotte en rentrant à la maison.

— C'est encore pire que je ne l'imaginais. Savoir qu'il ne veut pas me voir est... insupportable. J'ai l'impression que mon cœur a été cramé au lance-flammes.

— Je t'assure qu'il doit s'agir d'un malentendu. Il n'a pas pu te rayer de sa vie comme ça.

— Et pourquoi pas ?

— Parce qu'il est amoureux de toi.

— Jérémiah était amoureux de toi et il t'a quand même quittée.

— Merci de me le rappeler, cingla-t-elle.

— Pardon. Ce n'est pas ce que je voulais dire.

— Ce que j'ai vécu avec Jérémiah n'a rien à voir avec ton histoire avec Théo. Il t'aime vraiment. Je l'ai vu tout de suite et cette façon dont il parle de toi...

— Il ne veut pas me voir, Charlotte. Tu vois, c'est ça, mon histoire : je finirai seule.

En colère, j'enfilai une veste et, sans laisser le temps à Charlotte de me retenir, je filai jusqu'à la plage. Ce ne fut qu'une fois sur place que je pleurai à chaudes larmes, maudissant mon père d'avoir fait de moi cette fille terrifiée par les sentiments et incapable de faire confiance à quelqu'un. À cause de lui, j'avais raté ma chance avec Théo. Et désormais je l'avais perdu pour toujours.

Je hurlai ma douleur dans le vent et les dunes et retournai sur le lieu de l'accident. Le sable avait déjà tout recouvert — les traces de pas, les débris des voitures, les taches de sang —, ne laissant aucune trace du drame des semaines précédentes. Tout était immaculé et lissé. Je gagnai la rive et longeai les vagues pendant un long moment.

Théo n'était plus là, je devais désormais penser à mon avenir.

Je me promis de quitter cet endroit, plein de mauvais souvenirs et d'amertume.

Ensemble. Maintenant. Pour toujours.

Je me promis de réussir à tout prix, d'oublier cette vie misérable de fuite et de larmes.

Je me promis surtout de me préserver et de laisser mes sentiments de côté. Je refusais d'éprouver à nouveau ce déchirement brutal, la sensation d'avoir offert une partie de son cœur et qu'elle soit broyée sans états d'âme.

En quittant la plage, je ne me sentais pas mieux. Théo me manquait plus que jamais. Lui qui m'avait tant interrogée et encouragée dans mes études aurait été fier de constater que je m'étais finalement décidée.

Je secouai la tête et me morigénai. Je devais maintenant éviter de penser à lui. Pendant longtemps, cela m'avait rassurée et fait sourire. Maintenant, je ne ressentais qu'un trou béant à la place du cœur. Jamais plus je ne laisserais quelqu'un m'atteindre ainsi. Jamais plus je ne permettrais à un homme de me faire souffrir.

Quelques mois plus tard, après la remise des diplômes, je quittai Norfolk et ma vie en miettes.

Comme si rien ne s'était produit.

Onze ans plus tard

À notre arrivée, la plupart des tables étaient déjà garnies de convives. Les serveurs s'apprêtaient à servir les entrées, alors que nous finissions notre première coupe de champagne. Les conversations étaient lancées, les rires fusaient. Le malaise des retrouvailles après une longue séparation était déjà oublié. Pendant des jours, j'avais contenu mes émotions à la perspective de cet événement. Officiellement, cette soirée ne visait qu'à faire renouer Charlotte et Jérémiah. J'avais œuvré avec lui, en coulisses, pour convaincre Charlotte de venir. Je n'avais pas mentionné le nom de son frère et j'avais fait tout mon possible pour ne pas penser à lui. Mais je devais admettre que j'espérais voir Théo et parler avec lui.

Comme ça. Pour nous souvenir des bons moments et rire un peu. Pour vérifier si mon cœur était toujours en vie. Pour m'assurer que je pouvais toujours ressentir quelque chose pour quelqu'un, en particulier pour lui. L'accident avait fait de moi un dommage collatéral. J'y avais pensé pendant des semaines, j'avais pensé à Théo régulièrement, souffrant de son absence. Maintenant que j'étais ici, c'était l'instant de vérité : j'allais découvrir si j'étais capable de tenir ma promesse de ne plus rien ressentir, si le garçon — l'homme, maintenant — que j'avais aimé plus jeune me faisait toujours de l'effet.

En le voyant sur l'estrade, j'en avais eu la confirmation : mon cœur avait manqué un battement, avant de s'emballer, comme fou furieux. Malgré les années, malgré la distance qu'il avait instaurée, il y avait toujours ce lien profond, inexplicable, entre lui et moi. Je n'étais pas arrivée à lui en vouloir d'avoir quitté si brutalement ma vie. La fuite, je connaissais et je comprenais. Pendant longtemps, la honte m'avait empêché de demander de l'aide et m'avait fait me replier sur moi-même. Pour rien au monde je n'aurais voulu qu'on me pose des questions. J'imaginais que ça avait été la même chose pour lui.

L'accident l'avait amoché : une balafre sur la joue, une démarche hésitante, même sa voix était différente, plus rauque et enrouée. Malgré cela, Théo, le garçon qui avait passé des soirées à me sauver, était devenu un homme aux épaules dessinées, à la mâchoire volontaire et avec beaucoup d'allure. Aussi séduisant que dans mon souvenir.

— Salut, fit sa voix derrière moi, alors que j'attendais mon verre au bar.

Je pivotai vers lui, pris une profonde inspiration et répondis aussi assurément que possible :

— Salut !

— Je voulais venir te voir plus tôt, mais j'ai été accaparé par les autres invités.

Le serveur me tendit mon verre et Théo en commanda un pour lui d'un mouvement de la tête.

— C'est une très belle soirée, le complimentai-je.

— Jérémiah voulait que tout soit parfait. Merci, lança-t-il au serveur en récupérant sa boisson. Veux-tu aller marcher ?

Il m'offrit son bras avec un sourire chaleureux et mon estomac fit un petit bond. Malgré toutes ces années loin de lui et sans nouvelles, Théo me faisait toujours de l'effet. J'entourai mon bras du sien et il m'entraîna vers l'extérieur, dans cette grande allée couverte de gravillons que j'avais si souvent arpentée.

— Rien n'a vraiment changé, dis-je pour meubler le silence.

— Sauf toi. Tu es absolument superbe.

— Tu n'es pas mal non plus.

— Tu veux dire pour un invalide ?

— Non. Ce n'est pas ce que je voulais dire. Je te trouve très élégant et je suis prête à parier que tu as fait de la musculation, non ?

— En effet. Dis-moi ce que tu fais de ta vie, maintenant...

— Du marketing, dans une grosse boîte. Gros poste, gros salaire, gros horaires.

— Oh. Est-ce trop tôt pour une question intime ?

— On se connaît depuis des années, Théo, tu peux tout me demander.

— Est-ce que tu as quelqu'un ?

Je m'arrêtai net, surprise par sa question. Cette soirée nous avait catapultés des années en arrière. Je n'étais pas certaine de tenir le coup émotionnellement. Je lui adressai finalement un sourire et repris :

— C'est une question intéressée ?

— Ça dépend. Est-ce que ça peut modifier ta réponse ?

— Potentiellement.

Nous échangeâmes un nouveau sourire et Théo reprit notre marche. Je réfléchis pendant un instant à ma réponse. Il y avait bien William... Mais est-ce que je pouvais considérer notre histoire comme une vraie relation ? J'en doutais. Et je savais que William me voyait plus comme un amusement agréable que comme une petite amie officielle.

— Il n'y a personne, admis-je finalement.

— Je vais prendre ça comme une bonne nouvelle. Tu restes à Norfolk pendant combien de temps ?

— Quelques jours seulement. Charlotte a son examen prochainement et j'ai beaucoup de travail.

Malgré moi, j'étais froide et distante.

— Je suis heureux que tu aies réussi à quitter cet endroit.

— J'ai tout fait pour. Je ne te cache pas que revenir ici, dans une voiture qui n'est pas à toi, est tout à fait inédit.

— C'est pour ça que je voulais t'inviter à dîner : pour te faire reprendre les bonnes habitudes.

— Tu parles de celles où je finis par passer une nuit dans ton lit ?

— Celle-ci est, et de loin, ma préférée.

J'éclatai de rire, pendant que Théo enroulait son bras autour de ma taille. Il y avait quelque chose de rassurant dans sa façon de me tenir contre lui. Je ne me sentais ni inquiète ni sur le point de prendre la fuite. Dans ce jardin, en quelques phrases, nous retrouvions nos automatismes.

La nostalgie — celle-ci, en tout cas — avait parfois du bon.

— J'ai toujours la carte, tu sais. Celle qui m'a fait perdre contre toi.

— Tu l'as gardée ? s'étonna-t-il.

— Pour me souvenir d'où je viens.

— Et où tu ne veux surtout pas revenir.

— Tout n'a pas été mauvais.

J'étouffai la montagne de regrets qui m'assaillaient.

Le timing, le destin, l'accident, les cartes : je ne savais pas ce qui avait vraiment décidé de la nature de ma relation avec Théo. Cela étant, j'avais pris pour habitude de ne jamais m'appesantir sur le passé.

— Et j'ai de très bons souvenirs de cette maison, comme ta chambre bordélique ou ton don douteux pour la cuisine.

— Laisse-moi l'occasion de réparer ça : je t'invite à dîner et on visite à nouveau ma chambre, plaisanta-t-il.

J'étouffai un rire. Il y a des années, j'aurais accepté avec joie. J'aurais même envisagé qu'il s'agît du début d'autre chose. Maintenant, je savais que mon amitié avec Théo avait survécu à tout, même à dix ans de séparation, et je n'avais pas envie de prendre le risque de l'abîmer.

— Tu as une copine ? demandai-je finalement.

— Non. Quelle femme supporterait de vivre avec moi ?

— À cause de ta jambe ?

— A cause de mon cœur. Rentrons, tu as froid.

Il me couvrit de sa veste et nous fîmes le chemin inverse, rejoignant la salle de réception, véritable sas vers le passé. Avant de me laisser, il m'embrassa furtivement sur la joue, me laissant muette et désemparée.

— Je te rappelle pour ce dîner. Tu aimes toujours les sandwichs, n'est-ce pas ?

Je hochai la tête, partagée entre rire et larmes de joie, après des années de séparation, des années à monter des murs entre les autres et moi, des années à lutter contre ce que je ressentais. Théo venait de trouver une brèche dans mon cœur abîmé.

Ça n'aurait pas dû me surprendre. Il avait été le seul à m'émouvoir et me faire tomber amoureuse. Il l'était toujours.

Théo

Je jouais délicatement avec les mèches soyeuses de Summer tandis qu'elle somnolait, la tête posée contre mon torse. Peu à peu, la nuit était tombée. Nous étions toujours dans le lit, lovés l'un contre l'autre, en train de rattraper notre semaine de séparation.

— Cette idée de course était fabuleuse, la complimentai-je.

— J'attends demain pour faire un point complet sur les retombées médiatiques. Tu vas sûrement avoir des journalistes intéressés par une interview.

— Je ne pensais pas à ça. Je pensais à… moi, à ce que j'ai ressenti derrière ce volant.

Mon corps vibrait encore de la vitesse et de l'adrénaline de cette course. Pendant des années, j'avais cru que je ne ressentirais plus rien de comparable. J'avais considéré mon corps brisé d'invalide comme une prison, comme si on m'avait repris en une seconde tout ce que la vie m'avait donné. Ça n'avait rien à voir avec la course contre Jérémiah. Cette fois, j'avais lutté et gagné contre mes propres démons. J'avais eu ma minute de gloire : c'était parfaitement égoïste, mais avoir réussi à gagner cette course mettait finalement un terme à de nombreuses questions.

En tout cas, toutes celles qui commençaient par « Et si… »

— C'était comment ? demanda finalement Summer.

Elle traça des arabesques sur mon torse, les yeux rivés sur ses doigts. Je me redressai, tentant de capter son regard. En vain.

— L'accident ?

Elle hocha la tête, absorbée par sa tâche. Je fixai le plafond et poussai un soupir las. Pour moi, l'accident n'avait pas été qu'un événement ponctuel et limité dans le temps. Il durait encore aujourd'hui, s'était installé dans mon corps, me rappelant régulièrement celui que je n'étais plus.

— Je ne me souviens que de mon réveil.

— Et de la douleur ?

Un frisson la parcourut. Je remontai la couette sur nos corps nus et me tournai pour me placer face à elle. Ses vieux démons dansaient dans son regard. Arriverais-je un jour à les faire disparaître ? Je pouvais effacer les souvenirs de l'accident mais je n'avais aucune idée de la façon dont elle avait vécu notre séparation forcée.

— Tu n'étais pas là, murmurai-je.

Je repoussai ses cheveux et caressai sa joue du dos de la main. Summer posa sa main chaude contre ma cicatrice et souda son front au mien.

— Les médecins ont dit que je ne marcherais

plus, que je finirais ma vie dans un fauteuil. J'étais désespéré.

— C'est horrible...

— Ce qui était horrible, c'était de te savoir sans défense auprès de ton père. C'est pour toi que je me suis battu, pour toi que j'ai fait travailler mon genou. Tu m'as sauvé, Summer.

Elle esquissa un bref sourire, trop furtif pour être vrai. Elle battit des paupières, chassant des larmes, avant de relever les yeux vers moi.

— J'ai cru... Sur cette plage, j'ai cru que tu étais mort.

— Je l'ai presque été. J'arrivais bien trop vite et la voiture avait des ratés. J'ai été imprudent, c'était uniquement pour battre Jérémiah. Et mon frère est loin d'être une raison suffisante pour aller vite, plaisantai-je dans l'espoir de lui tirer un vrai sourire.

— Et ensuite ?

— Rien. Le noir. Je te l'ai dit, quand j'ai rouvert les yeux, j'étais à l'hôpital.

— Ta mère a empêché tout le monde de te voir.

— Tu m'as cherché ?

— Pourquoi es-tu si surpris ? Nous étions amis. Ou un truc du genre. Évidemment, que je voulais te voir. Je m'inquiétais et personne ne nous a donné de nouvelles. Pendant des semaines, j'ai appelé ta mère tous les jours et...

— C'était moi, l'interrompis-je. Je ne voulais pas qu'on me voie dans cet état. Pendant quelques semaines, ma vie n'a tenu qu'à des machines. Et à toi.

Tu es la seule raison qui m'a empêché de me faire du mal. Ma vie ne tenait à rien d'autre qu'à toi.

— Alors pourquoi n'as-tu pas donné signe de vie ensuite ?

— Parce que je n'étais plus le même homme.

— Rien n'avait changé pour moi, murmura-t-elle.

— Pour moi, si. Je devais m'éloigner, je devais mettre de la distance. J'ai fait le deuil de ma vie d'avant.

— J'étais dans ta vie d'avant, me fit-elle remarquer d'un ton sec. Ça a été très dur pour tout le monde. Pour moi, ça a été insurmontable. Je me suis retrouvée seule, du jour au lendemain. Je crois que je me suis encore plus isolée du monde.

— Ce n'était pas contre toi, au contraire. Je voulais te préserver. Tu avais déjà ton père, David, tes études... Je ne voulais pas en rajouter. Je voulais que tu t'en sortes, Summer. Qu'aurais-tu fait si j'étais revenu ici ? Tu serais restée là, à culpabiliser pour de mauvaises raisons. Je voulais mieux pour toi... Mieux que ce corps-là.

— J'ai compris ensuite, admit-elle. Je sais ce que c'est de mettre de la distance. Alors, j'ai tenu bon et j'ai fait ce que tu m'avais dit ce premier soir : je suis partie d'ici. Ensuite, j'ai souvent pensé à t'écrire, t'appeler, mais je me suis dit que c'était trop tard, que j'avais loupé le coche. Je craignais ta réaction, encore plus la mienne. Je ne savais pas si j'étais capable de revenir ici. Ça faisait longtemps... Je me suis dit que tu avais quelqu'un, ajouta-t-elle dans un rire.

— Je suis l'homme d'une seule femme.

Ensemble. Maintenant. Pour toujours.

— Ce soir-là... Avant la course, j'avais imaginé que... Enfin, je crois que...

Pour la première fois depuis des années, je vis Summer rougir jusqu'à la pointe des oreilles. J'étouffai un rire et posai mes mains sur ses hanches pour l'attirer contre moi.

— Je crois que tu aurais encore trouvé un moyen de m'échapper, en fait.

— J'avais une vision très romanesque de notre rapprochement, avoua-t-elle, songeuse. Genre dîner, balade en voiture, baiser volé et... Ensuite... Après l'accident, je me suis dit que c'était trop tard, que je représentais quelque chose de ta vie d'avant.

— C'est vrai. Je devais m'éloigner. Plusieurs fois, j'ai songé à reprendre contact, mais je trouvais toujours une bonne excuse pour ne pas le faire. Je le regrette, maintenant. J'ai l'impression d'avoir perdu beaucoup de temps. Mais quand je vois la femme que tu es devenue... Summer, je suis fier de toi et je peux t'assurer que, malgré les années, tu as toujours été là.

Je pris sa main et la posai contre ma poitrine. Mon cœur frappait si fort que tout l'hôtel devait l'entendre. Summer n'avait jamais été une grande bavarde et encore moins du genre à exprimer ses sentiments : pour elle, se confier équivalait à être faible. Qu'elle s'ouvre à moi — enfin ! — était déjà une récompense incroyable.

— Mais j'ai pris des notes : dîner, balade en voiture, baiser volé. Je peux le faire, fanfaronnai-je.

— Je n'ai plus dix-sept ans !

— Pour moi, tu seras toujours cette fille revêche qui a bu mon café avant de perdre lamentablement aux cartes.

— Lamentablement ? Je sais que tu as triché ce matin-là !

— Je te voulais.

— Donc tu avoues ?

— Non, c'est le destin qui a choisi pour nous.

Elle étrécit le regard, moyennement convaincue par mon envolée lyrique.

— J'avoue, j'ai triché. Pour la bonne cause !

Je déposai un baiser sur son front et la serrai contre moi. Elle se laissa faire et poussa un petit soupir d'aise.

— Je n'aime pas l'idée que le destin qui nous a réunis porte le nom de mon père. Je déteste ce nom.

— Tu pourrais en changer. Je pourrais t'aider.

Son regard perdu et incrédule me fixa. Elle tenta de répondre, mais les mots semblaient coincés dans sa gorge. Je risquai un sourire rassurant.

— Summer, le jour où je te demanderai en mariage, ça sera nettement plus romantique que ça. Tu sais, un dîner, une balade en voiture... Là, je te proposais juste les services de mes avocats.

— Je... Merci.

Son visage blême reprit des couleurs et son corps se détendit. Elle paraissait si soulagée que ça en devenait drôle. Ma Summer indépendante et farouche ne se voyait pas du tout en épouse modèle. Je le savais et j'aimais qu'elle fasse passer sa liberté avant tout.

— Pour en revenir à cette partie, disons que tu as

perdu ce matin-là et que tu as gagné le jour où je me suis redressé seul sur mes jambes.

— Nous sommes quittes, alors ? murmura-t-elle.

Je retins un sourire. À mes yeux, j'étais le plus grand gagnant de tous les temps. Je remarchais, j'avais Summer, j'avais la Fondation. Je m'étais moqué de Jérémiah et de son histoire de liste avec Charlotte. Je réalisais maintenant que lui, au moins, avait eu l'audace de se l'avouer bien avant moi : il ne pouvait rien faire sans la femme de sa vie.

— J'ai encore quelque chose à te demander.

Elle s'écarta de moi et plongea son regard azur dans le mien. Je décelai pourtant une pointe de doute, comme si elle craignait un affrontement.

— On va le jouer aux cartes ? s'inquiéta-t-elle.

— J'espère que non. Je détesterais perdre cette manche ! J'aimerais refaire une course.

Son sourire s'élargit et elle opina avec enthousiasme. Pour un peu, elle serait sortie du lit pour prendre son téléphone et entamer l'organisation de ce nouveau projet.

— Ça sera certainement la dernière, mais je me dis qu'on doit tirer profit de toutes ces retombées.

— Bien sûr ! Et puis, maintenant que je me suis fâchée avec le directeur de courses, les négociations vont être beaucoup plus simples, ironisa-t-elle.

— J'ai confiance. Tu as amadoué beaucoup plus coriace ! Maintenant, j'aimerais qu'on reprenne cette conversation où je t'emmène dîner et où je parviens à te voler un baiser.

— Il est minuit passé, fit-elle en riant.

— Tu as raison. Je suggère donc qu'on passe tout de suite au baiser.

Je l'attirai contre moi et laissai mes mains vagabonder sur son corps. Toutes les courses du monde ne pouvaient rivaliser avec elle. Summer, de loin, était mon ultime récompense.

Après trois semaines de négociations, Summer parvint à m'intégrer à une nouvelle course. Pour l'occasion, nous avions consenti à un effort budgétaire plus important, pour acheter davantage de créneaux publicitaires pour la Fondation et organiser une soirée avec l'ensemble de nos bienfaiteurs à l'issue de la course.

— Prêt ?

Summer fit remonter le zip de ma combinaison, avant d'en fermer le col d'un geste sûr. J'avais envisagé la première course comme un divertissement, une façon comme une autre de faire parler de la Fondation. Cette seconde course était un plaisir égoïste : je voulais revivre cette sensation grisante de liberté, de vitesse et d'énergie débordante.

Je me faisais l'effet d'un ancien drogué, replongeant dans son addiction.

— Savoure-la, ça sera la dernière. Sauf si tu veux organiser une course d'exhibition à la fin de la saison.

— Je savais que tu étais une adorable tentatrice, mais je dois admettre que tu arrives encore à me surprendre. Note cette idée dans un coin de cette jolie tête, dis-je en tapotant sa tempe.

— Et évite de finir dans les derniers, j'ai demandé l'ouverture du cocktail pour 19 heures.

— Quelle autorité !

— J'ai réussi à faire venir des journalistes et des photographes de renom. Tout l'événement sera couvert et fera le bonheur des magazines. J'ai vendu ce cocktail à prix d'or, alors je me permets un petit élan autoritaire !

— Avec moi, tu peux tout te permettre. Tu assistes à la course ?

— Rien au monde ne me ferait louper ça !

Son sourire mutin me fit éclater de rire. Le destin et un changement de carburateur m'avaient fait rencontrer cette femme. Un dix de trèfle et une pointe de pugnacité étaient parvenus à la faire rester près de moi. Elle pensait à tort qu'elle me devait beaucoup, je savais que c'était l'inverse. Summer m'avait évité de sombrer dans la folie et aujourd'hui elle m'avait redonné goût à la vie.

— Monte dans cette voiture. Je vais tenter de subtiliser encore quelques billets à ton directeur de courses.

— Charlotte est dans les stands ?

— Elle nous rejoindra à la soirée, elle devait rencontrer un client pour la réfection d'un restaurant.

Summer prit mon casque et me le tendit. Je m'offris un dernier baiser avant de le sangler. J'enfilai mes gants et vérifiai mes lacets. Je tentais de contenir mon excitation, ravi de constater que mon genou coopérait. Je sentis le regard de Summer m'accompagner tandis que je rejoignais ma voiture. Jérémiah, devant moi, était déjà installé et faisait ronfler son moteur. À l'oreillette, on m'annonça que le départ était imminent et que je devais rejoindre la grille. Comme lors de la dernière course, je me trouvais dans le ventre mou : ni dans les premières places ni dans les dernières. J'aurais presque préféré être dans les derniers, pour éviter une embuscade dès le début de la course.

Quelques minutes plus tard, les voitures s'élancèrent dans un vacarme atroce. Un bruit de tôle sur ma gauche capta mon attention et je donnai un violent coup de volant pour éviter un accrochage. J'appuyai sur la pédale d'accélérateur aussi fort que possible et pris le haut de la piste pour éviter de frotter. Au cinquième tour, le nombre de voitures avait été divisé par deux. Jérémiah n'était que second — pas franchement son habitude — et bataillait pour gagner la première place.

Dans l'oreillette, un de mes ingénieurs me donna ma place et m'encouragea à poursuivre. Je serrai le volant entre mes mains et lentement glissai vers la corde. Ma voiture frotta contre celle d'un concurrent, avant de s'imposer devant lui. Un sourire victorieux s'étira sur mes lèvres.

— Tu es huitième, hurla mon ingénieur.

— Je vais aider Jérémiah.

— Laisse-le, il va se débrouiller.

Ensemble. Maintenant. Pour toujours.

J'étais à deux doigts d'arracher l'oreillette. Je n'aimais pas qu'un type qui n'avait certainement jamais fait une course de sa vie me donne des ordres. Surtout quand il me contredisait. J'accélérai encore, prenant l'aspiration de la voiture qui roulait devant moi. Le pilote, loin d'être un idiot, slaloma, espérant me faire décrocher. Je tins le coup pendant deux tours, avant de profiter d'un nouvel écart pour me faufiler entre lui et la rambarde de sécurité.

— Jérémiah vient d'accrocher ! criai-je, en repérant mon frère dans le virage opposé.

— Il va bien. Rien de méchant.

— Summer ?

— Ton ingénieur est un crétin, j'ai dû lui arracher le casque pour te parler. Tu es sixième, c'est top, Théo. Il te reste cinq tours, tu peux encore gratter des places.

— Tu devrais plutôt m'encourager à me calmer, non ? Combien as-tu parié ?

— Trop, rit-elle. On se retrouve à l'arrivée. Tu me dois un cocktail !

La communication fut coupée et je décidai de profiter des cinq derniers tours pour faire le plein d'adrénaline. Il y avait de fortes chances que cette course soit la dernière pour moi. J'aimais toujours ça, j'aimais gagner, j'aimais prendre des risques, mais j'avais changé. Mes priorités avaient changé. Désormais, j'avais Summer, la Fondation, un tas de projets à financer.

Pendant longtemps, j'avais envisagé l'accident comme

la fin de ma vie. Je réalisais seulement maintenant qu'il avait marqué le début d'une autre vie, une vie plus calme, une vie où je pouvais aider les autres — comme j'avais autrefois aidé Summer — et en tirer de la fierté.

Je terminai la course à la troisième place, notamment grâce à un accident dans l'avant-dernier tour. J'eus les honneurs du podium, des journalistes et d'une tripotée de photographes. Après avoir répondu à leurs questions, je regagnai l'hôtel, en compagnie de mon frère.

— Ça va ? demanda-t-il, alors que je regardais le paysage défiler à la vitre.

— Oui. C'était la dernière fois, soufflai-je.

— Heureusement. Encore deux courses et tu finissais par me battre. J'ai une réputation à tenir, tout de même !

— Tu te maries dans une semaine, tu ne songes pas à raccrocher ?

— Mon contrat expire l'an prochain, j'ai encore le temps de me poser la question. De toute façon, je resterai dans le milieu, c'est évident. Je ne sais pas faire sans.

Je jetai un coup d'œil à ma montre. J'avais juste le temps de prendre une douche et de sauter dans mon smoking. Summer devait déjà être sur place, s'assurant des derniers détails.

— Combien d'invités ?

— Environ 200 et quelques journalistes. Charlotte doit t'y traîner, tu le sais ?

— Je le sais. Elle m'attend sûrement dans la chambre. Au fait, j'ai signé ce que tu m'as demandé.

— Parfait.

— Et j'ai lu aussi.

Nous échangeâmes un regard, conscients tous les deux de garder un secret. Ce n'était ni honteux, ni triste, ni grandiose. Juste un secret que j'avais conservé pendant des années et que je tentais de garder pour moi.

— Tu lui as donné combien ? demanda Jérémiah.

— Pas assez, de toute évidence.

— Tu devrais couper les ponts. Ce type ne mérite pas qu'on s'intéresse à lui. Je ne comprends même pas que tu te préoccupes de son sort.

— Si je ne le fais pas, il reviendra. Je préfère encore payer pour avoir la paix. Je veux transformer cet endroit, en faire quelque chose de bien. J'ai aussi songé à vendre des terres du Domaine, qu'en dis-tu ? C'est bien trop grand, de toute façon !

— Je me fous du Domaine. Tu pourrais le vendre pierre par pierre que j'applaudirais des deux mains.

— Bien. On devra en rediscuter.

— Fais comme d'habitude : prépare les papiers et je signerai. Et épouse Summer, qu'on en finisse.

— Elle n'est pas ce genre de femme. Elle préférerait prendre la fuite que lier sa vie, pour de bon, à quelqu'un.

— J'ai dû mal comprendre, alors : j'étais persuadé que vous étiez liés, pour de bon ! Épouse-la avant qu'un sombre crétin qui ne sait pas changer un pneu le fasse.

Le chauffeur nous déposa devant l'hôtel et Jérémiah sortit de la voiture, me laissant abasourdi sur la banquette. Je passai une main sur mon visage, brutalement fatigué. Épouser Summer n'avait jamais été dans mes plans. Nous étions liés, différemment et plus durablement que n'importe quel acte nuptial pourrait l'affirmer. Summer connaissait mon passé, l'homme que j'avais été et celui que j'étais devenu. Elle me rendait heureux. Cela me suffisait amplement.

Comme je m'en doutais, la chambre était vide. Summer m'avait laissé un mot, m'indiquant qu'elle partait pour le lieu du cocktail : une monumentale tente dressée en pleine nature, décorée en l'honneur de nos bienfaiteurs et de leurs actions.

En à peine trente minutes, je fus prêt. Une voiture me conduisit jusqu'au lieu des festivités et je fus épaté par la décoration extérieure et l'organisation. Des voituriers accueillaient nos visiteurs, pendant que des hôtesses les escortaient ensuite vers la réception. Si les hommes arboraient le costume sombre réglementaire, les femmes, elles, rivalisaient d'élégance, dans des robes de soirée spectaculaires et luxueuses. Je repérai Gemma, resplendissante dans une robe bleu nuit. Un verre à la main, elle discutait avec animation avec David.

Je retrouvai Summer à l'entrée de la réception, parlant avec nos invités. J'enroulai un bras autour de sa taille et embrassai sa tempe. Elle se tendit brutalement et garda les yeux rivés sur Collins, un de nos généreux contributeurs.

— Je disais justement à votre collaboratrice à quel point j'étais époustouflé par cette organisation. Et quelle course ! Les places en loge étaient tout à fait adaptées !

— Summer a fait un travail formidable.

— J'espère que nous aurons l'occasion de parler de nos prochains projets dans la soirée !

Collins s'éclipsa et je profitai de deux minutes de solitude avec Summer pour l'attirer dans un coin sombre. Typiquement le genre de choses que j'aurais aimé faire avec elle pendant mon adolescence.

— Par où commencer ? murmurai-je. Tu es absolument superbe !

Ses cheveux sombres cascadaient en boucles souples sur ses épaules, encadrant son visage lumineux. Sa robe fourreau rouge vif laissait entrevoir sa jambe droite. Son décolleté était chaste, rehaussé d'un pendentif en diamant noir, assorti à des pendants d'oreilles.

— Bravo pour la course, me complimenta-t-elle.

— Bravo à toi : la course, cette soirée. Toi. Donne-moi une bonne raison de ne pas rentrer à l'hôtel tout de suite.

— C'est pour la Fondation, expliqua-t-elle en redressant mon nœud papillon. Un peu de relations publiques arrosées de champagne n'ont jamais fait de mal.

Perchée sur des talons aiguilles puissamment érotiques, elle arrivait presque à ma hauteur. Je n'avais qu'une envie : lui retirer cette robe et la prendre dans la minute, dans ce coin, en oubliant le brouhaha des coupes et des conversations derrière nous.

— Je sais ce que tu as derrière la tête, fit-elle.

— Tu me connais bien, chuchotai-je en pressant mon entrejambe contre elle.

— Oui. Et j'y ai pensé en te voyant entrer. Il va falloir attendre un peu.

Je ronchonnai, pour la forme. Je savais qu'elle avait raison, mais le désir que je ressentais pour elle était loin d'être rationnel. Elle me repoussa gentiment et ajusta sa robe sur elle.

— Comment suis-je ?

— Trop habillée. Allons-y, avant que je change d'avis.

Nous rejoignîmes la soirée et je rencontrai chacun des donateurs, discutant avec eux de nos projets autour de l'enfance maltraitée et de l'accès à la culture. Summer resta avec moi. Depuis son arrivée à la Fondation, elle avait fait des miracles. Si son recrutement avait été compliqué — et un peu orienté —, je ne regrettais aucunement de lui avoir forcé la main.

— Je vais nous chercher un verre, murmurai-je à son oreille.

— D'accord.

Je la laissai en compagnie de Charlotte et autour d'un plat de petits-fours. Sur le chemin, je fus interpellé par une vieille connaissance et nous discutâmes de longues minutes au sujet du financement de la bibliothèque de sa ville. Je l'encourageai à nous transmettre une demande de financement. Les invités étaient agglutinés autour du bar, perdus dans leurs conversations, et récupérer nos deux verres me prit un temps fou.

Quand je revins vers Summer, je me figeai, tétanisé. Face à elle se tenait mon avocat, tout sourire. En théorie, toute cette affaire avec son père était strictement confidentielle. Il s'agissait d'un arrangement contractuel et financier entre deux personnes qui se haïssaient. Sauf que, lorsque mon avocat m'avait demandé le motif de mon acharnement à tenir ce type éloigné, j'avais dû mentionner, dans les grandes lignes, mon amitié avec Summer. Il n'avait aucune raison de penser qu'elle n'était pas au courant, surtout au vu du développement de ma relation avec elle.

Je me frayai un chemin à travers les petites grappes d'invités, me faisant régulièrement arrêter pour être félicité pour ma course ou pour l'organisation de la soirée. Quand je retrouvai Summer dans ma ligne de mire, son regard était dur. Elle se tourna vers moi, les mâchoires serrées, le corps tendu ; son regard bleu était devenu un lac gelé.

Elle savait.

Elle savait et j'étais tétanisé, impuissant.

Les lèvres pincées, elle adressa un sourire sans saveur à mon avocat puis fendit la foule et sortit de la salle de réception.

— Summer ? Summer, attends !

Je déposai mes deux verres sur une table haute et la suivis jusqu'à l'extérieur, aussi vite que mon genou le permettait. Elle allait me demander des explications et je savais qu'elle m'en voudrait de lui avoir caché la vérité. Pire : elle risquait de me détester.

— Summer ? Je t'en prie, attends !

— C'est toi ! hurla-t-elle. C'est toi qui as acheté la maison ?

Elle se dressait devant moi, superbe, furieuse et les poings serrés. Elle ne pleurait pas, elle se contentait de me mettre au pied du mur. Ce secret que j'avais gardé pour moi pendant des années était en train d'exploser. Je n'avais jamais prévu de parler à Summer de mes petits arrangements avec son père. C'était un accord entre lui et moi.

— Oui, avouai-je.

— Combien je te dois ?

— Tu veux la racheter ?

— Je veux te rembourser. Tu comptais en faire quoi ?

— Je... Je ne sais pas. Je voulais juste... Écoute, Summer, j'ai fait ça pour te protéger.

— Tu as filé de l'argent à mon père, au type qui a foutu ma vie en l'air, pour me protéger ? Tu te fous de moi ?

— Rentrons, je vais tout t'expliquer...

Je m'approchai d'elle mais elle recula, me maintenant à distance. J'accusai le coup et tentai de reprendre mes esprits. Summer était une fille rationnelle, peut-être qu'elle finirait par comprendre pourquoi j'avais fait ça.

Le souvenir de mon retour au Domaine me laissait encore un goût amer. En quelques semaines, mon monde s'était effondré. Les courses n'avaient plus lieu, Summer n'était plus là, mon corps se révoltait contre moi. Je n'étais plus le même.

— David m'a dit que tu n'avais pas un sou, que ton père t'avait tout pris, encore. Alors, je suis allé le voir et je lui ai demandé de partir. Ta mère était déjà à l'hôpital.

— C'était toi ? La chambre individuelle, les soins… Tout ?

— Oui, j'ai payé pour ta mère. Je voulais qu'elle finisse sa vie dans des conditions dignes. Ton père a accepté de s'en aller et j'ai conseillé à David de vendre la maison.

— Et tu l'as achetée.

— David et toi avez récupéré l'argent. Ton père n'a rien eu.

Elle me fixa, désemparée, perdue. Je ne savais pas ce que mon avocat lui avait raconté. Aussi, j'y allais lentement dans mes révélations. Je fis un pas en avant, me réjouissant que Summer ne me repousse pas.

— Pourquoi n'as-tu rien dit ?

— Je voulais te protéger. Je ne cherchais pas à avoir ton attention ou à te faire revenir. Je me disais juste que… je ne voulais pas que cette maison abrite une nouvelle famille. Je trouvais ça bizarre, malsain. Et vous aviez besoin de cet argent.

— Et ensuite ? Ton avocat a dit que tu avais donné de l'argent à mon père…

Elle croisa les bras sur sa poitrine, prête à en découdre. Si l'histoire de la maison avait trouvé grâce à ses yeux, je doutais que le reste passe aussi bien. Je réfléchis à une façon délicate de présenter les faits, mais rien ne vint.

— Il revient régulièrement à la charge.

— Il boit toujours ? demanda-t-elle.

Je hochai la tête, impuissant. Son père était alcoolique au dernier degré. Il buvait du matin au soir, sans jamais sortir de chez lui. Parfois, je me demandais s'il faisait la distinction entre le jour et la nuit. Il restait claquemuré chez lui, vociférant contre les westerns qu'il regardait en continu et puant la crasse.

— Donc tu aides un homme qui m'a battue depuis mes huit ans ?

— Summer, ce n'est pas…

— Tu aides un homme qui passait son temps à me pourchasser en m'insultant ? Un homme qui a volé mes économies, un homme qui m'a envoyée un nombre incalculable de fois à l'hôpital et qui pourtant s'en sortait toujours !

Sa fureur débordait, maintenant. Son regard étincelait de rage, son corps était crispé, elle agitait les mains nerveusement. Je ne l'avais jamais vue dans cet état. Je l'avais vue triste, désespérée, en colère. Mais jamais dans cette rage folle et insupportable. Le souffle court, je parvins à lui saisir les mains ; j'espérais que ce contact la calmerait. Cela ne fit qu'envenimer la situation. Elle se débattit avec énergie avant de m'assener une gifle aussi forte qu'inattendue.

— Tu n'as pas idée d'à quel point je hais cet homme ! Je le hais !

Ensemble. Maintenant. Pour toujours.

— Je sais.

— Alors pourquoi l'aides-tu ? Je voudrais qu'il meure, je voudrais qu'il pourrisse en enfer !

— Il a menacé de revenir dans ta vie, de te réclamer de l'argent.

Elle s'immobilisa, comme brutalement gelée de l'intérieur. Des larmes roulèrent sur ses joues, striant de noir son visage maquillé. Elle me repoussa à nouveau quand j'essayai de la prendre dans mes bras et me tourna le dos pour se diriger vers les voituriers. Cette soirée devait être parfaite, elle devait être pour nous.

Au lieu de ça, mon histoire avec la femme que j'aimais venait d'exploser sous mes yeux. Chaque pièce de ce puzzle que j'avais mis des années à construire semblait désormais se détacher et s'enflammer pour ensuite former un tas de cendres à nos pieds.

— Tu l'as aidé, murmura-t-elle, toujours sous le choc.

Je la suivis péniblement, ralenti par mon genou récalcitrant et par le terrain accidenté. Elle grimpa dans la première voiture qu'elle vit et claqua la portière derrière elle. Je cherchai mes mots pour la retenir, mais rien ne me venait hormis lui répéter que j'avais voulu la protéger, que j'aurais aimé tout lui avouer plus tôt, que je l'aimais plus que tout... Mais ça ne suffisait pas.

Ça ne lui suffisait plus.

Ce soir-là, en retournant sous la tente, je fis semblant de m'amuser. Je remis en place le masque que j'avais porté durant des années, depuis mon retour de convalescence au Domaine. Pendant des années, j'avais fait semblant : semblant de rire, semblant d'être normal, semblant d'être heureux d'être en vie. Encore une fois, je me forçais à sourire alors que mon monde venait de s'effondrer.

Charlotte, accompagnée par Gemma, partit juste après Summer, inquiète de savoir son amie seule à l'hôtel. Jérémiah fit bonne figure, prenant son rôle plus à cœur qu'habituellement. David laissa des dizaines de messages vocaux à sa sœur, en vain. Je fus tenté de quitter les lieux, de la rejoindre. Mais nous n'avions jamais fonctionné ainsi. Dans le passé, j'avais toujours laissé Summer revenir dans ma vie ; je lui confiais le contrôle de la situation. Elle avait besoin de temps. Elle finirait par comprendre, j'en étais certain.

À mon retour à l'hôtel, la chambre était vide. Summer avait remballé ses affaires, s'offrant le plaisir de me laisser sa lettre de démission, coincée sous un coussin. Je me contentai de la rouler en boule et de la jeter à la poubelle.

Ces douze dernières années, Summer avait rythmé ma vie, allant et venant en fonction de ses envies et des miennes. Chacun de ses départs avait marqué le début d'un nouvel épisode de ma vie. Un épisode plus triste et plus sombre.

La fin du week-end s'étira lentement, sans aucune nouvelle de Summer. Mes appels furent rejetés, mes messages ne reçurent aucune réponse. Le lundi, au loft, je croulais sous les sollicitations. Le projet de Summer avait fonctionné bien au-delà de ses espérances. Je peinais à faire le tri, à hiérarchiser les priorités, et finis même par couper mon téléphone, incapable de répondre à toutes les demandes.

Je fis livrer des fleurs à Summer, la suppliant de venir me parler. Lui laisser du temps et de l'espace ne signifiait pas que je ne devais rien faire. Malgré mes nombreux gestes — fleurs, cartes, messages divers —, Summer ne donna aucun signe de vie. Elle devait considérer qu'en aidant son père j'avais commis une impardonnable trahison.

En milieu de semaine, fatigué par les nuits blanches et inquiet, je finis par aller chez elle. À ma grande surprise, Jérémiah m'ouvrit.

— Elle est chez nous, répondit-il sans attendre ma question.

— Comment elle va ?

— Ça va. Elle est… Disons que je ne l'avais jamais vue aussi en colère. Tu as grave merdé !

— Je voulais la protéger.

— En donnant de l'argent à son père ?

— Il voulait revenir ici.

Je m'effondrai sur le canapé, espérant bêtement que Summer déboule de sa chambre pour me soutenir contre mon frère. Je savais pourtant que c'était impossible. Jérémiah s'installa près de moi et me donna un coup de coude.

— Mets-toi à sa place : tu couvres son père en faisant ça, tu lui permets d'avoir une vie confortable. Je t'avais prévenu que ça finirait mal ! Personnellement, j'ai toujours pensé que je finirais par frapper cet homme au point de lui faire cracher ses dents.

— Je ne voulais pas qu'il la harcèle, qu'elle retombe dans ses griffes. Ce type ne mérite même pas de la connaître.

— Tu voulais l'éloigner ?

— À vrai dire, je voulais le tuer, avouai-je dans un rire amer. J'aurais peut-être dû, finalement. Je voulais juste tenir ce type à distance de Summer. Je ne me suis jamais dit que je finançais sa belle vie. Il vit dans un trou minable, dans un taudis à peine salubre.

— Tu payes le loyer ?

— Oui.

Il arqua un sourcil, stupéfait.

— Y a-t-il un truc dans la vie de cet homme que tu ne payes pas ?

— Aucune idée. Nous avons un accord, que gère mon avocat. Chaque année, il demande de l'argent en plus. L'an dernier, il est venu au domaine, ivre mort.

— Plus tu lui en donneras, plus il réclamera. Tu devrais couper les ponts.

— Et s'il va voir Summer ?

— Elle lui pétera le nez et se fera un plaisir de le dépouiller de ce qui lui reste. Tu la vois encore comme une fille fragile. Elle est beaucoup plus forte que tu ne l'imagines.

— Tu as pris fait et cause pour elle ?

— Summer n'a pas besoin qu'on la protège. Au contraire, elle a besoin qu'on la pousse dans ses retranchements. C'est pour ça qu'elle a fini par accepter d'être avec toi, parce que tu as fini par lui rentrer dedans.

— Charlotte s'est réabonnée à *Psychologie magazine* ?

— Je vis actuellement avec deux femmes. Crois-moi, le mariage va me paraître une promenade de santé à côté de ça !

Je passai une main lasse sur mon visage fatigué. Trois jours s'étaient écoulés et ils m'avaient semblé aussi longs que l'éternité. Il me fallait encore survivre au mariage, où je devrais affronter la colère de la femme que j'aimais durant de longues minutes pendant que Jérémiah et Charlotte échangeraient leurs vœux.

— Parle-lui, me conseilla mon frère en prenant un sac rempli de vêtements appartenant à Summer.

— Elle refuse de m'écouter.

— Tu as réussi à la convaincre de bosser avec toi, tu finiras par trouver le moyen de lui parler.

— Tu as conscience que tes conseils sont minables ?

— Tu veux un bon conseil ? Coupe les vivres à son père. Et excuse-toi ! Même si tu pensais faire ça pour son bien, de toute évidence, le message n'est pas bien passé. Et remue-toi, je refuse de voir mon mariage gâché par deux imbéciles.

Il ouvrit la porte de l'appartement, m'invitant silencieusement à quitter les lieux. Je poussai un soupir à fendre l'âme. J'étais venu ici pour résoudre la situation et je la trouvais maintenant encore plus inextricable.

Je sortis de l'appartement, abattu. Pendant quelques minutes, je fus tenté de suivre Jérémiah et de débarquer à leur appartement. Cela collait parfaitement à la stratégie que m'imposait Summer : ne pas lui laisser le choix.

Mon frère me gratifia d'une accolade, puis referma l'appartement derrière nous.

— Tu veux venir boire un verre ? proposa-t-il.

— Non, je... Je vais essayer d'aller dormir.

J'étais au bout du rouleau en rentrant chez moi. Pour m'occuper l'esprit, je tentai de lire mes messages et de répondre à certains. Je fis un mail à mon avocat, lui demandant de résilier le bail du père de Summer, ainsi que notre accord financier. J'allais lui proposer un dernier chèque, en échange de sa disparition totale.

Je savais déjà qu'il refuserait.

Le vendredi, je rejoignis le groupe dans un restaurant pour un ultime dîner avant le mariage. Charlotte m'accueillit avec un large sourire, qui me surprit. Je pensais qu'elle prendrait le parti de sa meilleure amie et qu'elle me détesterait autant que Summer devait me détester.

— Elle n'est pas encore arrivée, m'expliqua-t-elle.

— Elle m'évite, je présume.

— Tu aurais dû lui en parler. Ça finira par s'arranger.

— Tu es incroyablement confiante !

— Elle ne te parle plus, elle t'évite et je crois pouvoir dire qu'elle t'en veut beaucoup. Elle ne serait pas dans cet état si elle ne t'aimait pas. Je suggère que tu gardes cette dernière information et que tu en fasses quelque chose de bien.

— Je vais essayer, promis-je.

Je m'installai autour de la table ronde et versai un verre à Gemma. Elle avait l'air fatiguée et un peu triste, elle aussi. Je me demandais si David était parvenu à ses fins avec elle. Elle n'avait rien de son énergie habituelle.

— David n'est pas avec toi ? demandai-je finalement.

— Je n'ai pas vraiment assez bu pour répondre à cette question. Qu'est-ce que tu veux dire par « avec » ?

— Je parlais de ce dîner.

— Il devait finir sa garde. Avec un peu de chance, il nous rejoindra pour le plat principal.

Sa voix se teinta d'amertume et elle but une nouvelle gorgée de son verre. Je songeai à ce que m'avait confié David. Il tenait vraiment à Gemma, envisageant même cette histoire de *roadtrip* aux beaux jours.

— La dernière fois, je l'ai attendu jusqu'au dessert, ajouta-t-elle. C'était plutôt humiliant !

— Je comprends mieux. Il a un métier plutôt prenant.

— Prenant. Dangereux. Fou. Trois bonnes raisons de ne pas vouloir renouveler l'expérience.

Je n'eus pas le temps de poursuivre cette conversation car Summer et son frère arrivèrent. David se contenta d'un hochement de tête distant pour Gemma, comme pour moi. Summer, quant à elle, s'assit prudemment à côté de moi, gardant un visage de marbre.

— Bonjour, murmurai-je.

Elle ferma les yeux brièvement. J'eus tout de même le temps d'apercevoir ce même regard glacial que la semaine précédente. Elle avait les joues creusées et le teint bien trop pâle. Je m'en voulus de lui avoir fait tant de mal. C'était tellement loin de mon objectif. Summer avait repris ses habitudes, son sens du contrôle absolu, son visage neutre, son attitude raide qui l'aidait à se protéger des autres et de ses émotions.

Jérémiah remplit nos verres et nous invita à les lever.

— Il faut qu'on parle, continuai-je.

— À ma future femme, Charlotte ! lança Jérémiah. Charlotte Montgomery, ajouta-t-il avec un petit sourire ravi.

— À Charlotte ! répondîmes-nous, tous en chœur.

À peine eûmes-nous trinqué et bu une gorgée de notre verre que Summer se leva brusquement de table. Sans attendre, je l'imitai. Je sentis les regards de nos amis sur nous, pendant que nous rejoignions une salle annexe du restaurant.

— Je lui ai coupé les vivres, lançai-je immédiatement. Il n'aura plus rien de ma part.

— C'est ton argent, tu fais ce que tu veux avec, répondit-elle, me tournant le dos.

— Pas si ça te fait du mal.

Elle se tourna vers moi. Malgré son visage émacié, malgré ses yeux rougis, elle était à tomber, habillée d'une longue robe noire et vaporeuse. Elle serra sa pochette entre ses mains, les lèvres pincées.

— J'aurais sûrement dû t'en parler, c'est vrai, admis-je.

— Sûrement, oui.

— Je voulais qu'il reste loin de toi. La première fois que je lui ai proposé de l'argent, j'ai cru qu'il refuserait. Je ne comprenais pas qu'un père puisse préférer l'argent à sa fille. Mais chaque année il a toujours fait le même choix. Ça m'arrangeait, finalement.

Je m'approchai d'elle, lançant mes dernières forces dans la bataille. Je voulais que Summer comprenne que je ne voulais qu'elle, qu'elle aurait pu me demander n'importe quoi — la lune ou ce fameux dîner —, je le lui aurais donné.

— Je suis désolé, continuai-je. Je voulais vraiment te protéger.

— Il m'a détruite, Théo. À la moindre contrariété, je prenais des coups. Il m'a insultée, il considérait que te fréquenter faisait de moi une call-girl. Cet homme m'a forcée à construire un mur entre les autres et moi. Depuis toujours, je vis dans la honte d'être ce que je suis : je repousse les gens, je n'accorde aucune confiance à personne. Même toi, pendant des années, tu as subi mon comportement hermétique. Et toi tu le payes ? Que crois-tu qu'il pense de moi ? Et que crois-tu qu'il pense de toi ? Le connaissant, je peux te dire qu'il doit bien rire et se frotter les mains de pouvoir te soutirer ce qu'il veut.

— Il peut me demander ce qu'il veut, tant qu'il te fiche la paix ! C'est ça que tu dois comprendre : je me fiche de lui ou de l'argent. Je m'en fiche depuis toujours, la preuve, je passe mon temps à en distribuer.

Ce que je veux, c'est toi. Ça a toujours été toi. De l'instant où ton frère nous a présentés à maintenant.

Elle me dévisagea avec intensité. J'étais à bout de souffle, usé, fatigué, las de lutter contre elle.

— Je voulais que tu réussisses ta vie, murmurai-je. J'aurais aimé que tu réussisses avec moi, mais si tu préfères qu'on s'éloigne alors je l'accepterai.

— Vraiment ?

— Non. Je mens. Évidemment, que je refuserai. Mais j'essaye de passer pour un gentleman et pas pour un mec flippant.

Elle esquissa un bref sourire et il me sembla voir son corps se détendre. En tout cas, elle ne maltraitait plus sa pochette et ses joues avaient repris des couleurs. J'ouvris ma veste et en sortis un jeu de cartes. Le regard de Summer vira, se teintant de panique.

— On va jouer, expliquai-je. Une seule carte, comme au tout début.

— Une seule carte ? Et tu veux jouer quoi ?

— Nous. Quoi que tu en penses, même si j'ai triché ce matin-là, j'ai eu un coup de chance fabuleux que tu me laisses entrer dans ta vie.

— Théo, on ne peut pas faire ça, cette fois. Les choses ont tellement changé.

— Quoi donc ? Je t'aimais déjà à l'époque, j'en ai été certain en te voyant arriver avec mon maillot sur toi. D'ailleurs, un jour, j'aimerais que tu portes vraiment mon nom, mais pour ça je vais devoir gagner cette manche.

Face à moi, Summer, médusée, ouvrit la bouche.

Cette histoire de mariage était nouvelle et sûrement prématurée. Peu importe. Elle connaissait au moins le fond de ma pensée. Je m'étais promis de ne plus avoir de secrets pour elle.

— Et mon père ? fit-elle.

— Je te l'ai dit : il n'aura plus rien de moi. Et, s'il revient, je te laisserai gérer ça. Je t'aiderai si tu as besoin, évidemment.

— Tu connais des avocats, ça peut aider si je finis par l'étrangler.

— Bien sûr.

Mon regard passa de ses yeux à ses lèvres. Depuis son départ précipité lors de la soirée, je crevais d'envie de l'embrasser à nouveau, de la serrer dans mes bras. Mais c'était trop tôt. Elle avait sûrement besoin de voir qu'elle pouvait à nouveau me faire confiance.

Je mélangeai nerveusement les cartes, les yeux rivés sur mes doigts. Elle posa sa main sur les miennes, m'arrêtant.

— Et si je gagne ?

— Je te laisse de l'espace, du temps. Tout ce que tu veux, y compris ton chèque de préavis. Je te rends ta liberté, Summer.

— Dans la mesure où je l'ai reprise sans te demander ton avis !

— Eh bien, disons que tu reprends le contrôle, si tu préfères. Tu reprends ta vie où tu l'as laissée.

— Tu crois que c'est si simple ? Tu vois, c'est exactement pour ça que je ne voulais pas être avec toi ! Je savais que j'en sortirais laminée et faible.

— Une seule carte, Summer. Et, si je gagne, on fait comme tu avais prévu.

— Comme j'avais prévu ?

— Dîner, balade, baiser volé. Tout.

Elle retint son souffle, puis hocha la tête. Je n'avais jamais eu autant envie d'elle, de l'avoir contre moi, de l'avoir pour moi. Je devais tirer la carte la plus forte. Je posai le jeu sur une table et, d'un geste, l'invitai à le couper.

— Commence, m'intima-t-elle.

— D'accord.

Je soulevai une partie des cartes et tirai celle du dessous. Le sept de cœur m'apparut. Je grimaçai, évaluant mes chances. Elles n'étaient pas très bonnes. Summer pouvait porter un point final à notre histoire très facilement. Je déposai ma carte près du jeu, la laissant découvrir mon résultat.

— Pas brillant, commentai-je.

— Prêt ?

Je hochai la tête, la gorge serrée d'émotion. Après des années d'atermoiement, nous y étions. Summer était réapparue dans ma vie, et, de nouveau, j'étais sur le point de la voir en sortir aussi rapidement qu'elle y était revenue. D'une main hésitante, elle souleva une partie des cartes et piocha celle du dessous. En silence, elle la posa près de la mienne.

— Un cinq, murmura-t-elle.

Je retins un sourire, pendant qu'elle m'adressait un regard noir. Je levai les mains devant moi, m'excusant presque d'avoir gagné.

Ensemble. Maintenant. Pour toujours.

— Avoue que tu as triché !

— Jamais de la vie. Jamais avec toi.

Je m'approchai encore d'elle, enroulant mon bras autour de sa taille, avant de poser mon front contre le sien. Elle exhala un petit soupir d'aise, pendant que je m'enivrais de son parfum floral.

— Je suis désolé, chuchotai-je contre ses lèvres.

— Tu me dois un dîner, avant de m'embrasser.

Sa lutte ne fut que pour la forme. À l'instant où je pressai ma bouche contre la sienne, son corps tout entier se moula au mien. Notre baiser fut tendre, délicat et prudent, comme si nous redoutions tous les deux de nous retrouver. Summer noua ses bras autour de ma nuque et sa langue caressa la mienne. Mes mains se promenèrent sur son corps, appréciant de retrouver ce territoire familier.

— Je vais me faire un plaisir de te refaire perdre le contrôle, promis-je.

Un raclement de gorge nous tira de nos retrouvailles. Pour un peu, j'en aurais oublié le motif de notre présence ici.

— Le plat est servi, annonça David.

— On arrive, répondis-je, sans quitter Summer des yeux. Est-ce que ce dîner compte ?

— Tu as déjà gagné aux cartes, n'espère pas de cadeau de ma part.

Elle noua ses doigts autour des miens et j'embrassai le dos de sa main avec tendresse. Après une semaine de séparation, j'avais compris que je ne pouvais plus laisser Summer s'éloigner de moi, que cette fois j'étais incapable de la regarder partir. Nous retrouvâmes la salle de restaurant, où nos amis nous attendaient.

— Il a triché, je le sais ! lança Summer.

Elle se tourna vers moi, son magnifique sourire vissé sur le visage. Elle était superbe, et elle était à moi. Je ne pouvais pas être plus heureux.

— Tu triches tout le temps comme ça ?

— Uniquement avec toi, Summer. Et pour un long moment, ajoutai-je à son oreille.

Un frisson la parcourut et elle m'offrit un regard brûlant, brillant de désir et de convoitise.

Elle était à moi, pour de bon.

J'étais à elle.

Nous étions ensemble.

Maintenant.

— Pour toujours, fit-elle dans un murmure.

Épilogue

Le téléphone de Summer vibra sur la table de chevet. Je pris l'appareil, ouvris péniblement les yeux pour maudire l'importun, avant de le tendre à sa propriétaire.

— Dis à Gemma qu'il est 6 heures et que nous avons un déjeuner important ce midi, grommelai-je.

— Affaire urgente, je vais dans la cuisine.

Elle repoussa les draps, déposa un baiser sur mes cheveux et prit l'appel tout en sortant de la chambre. Ça devait être un nouveau petit déjeuner de crise. Un de plus. À tous les coups, David avait demandé à Gemma de l'accompagner pour ce fameux week-end et elle paniquait.

Classique. Un peu trop même depuis quatre mois.

Je m'enfonçai dans les oreillers, m'enivrant du parfum de Summer entre les draps. Le lit était chaud et je gémis d'aise en remontant la couette sur moi.

— Il faut que j'y aille, chuchota Summer. Petit déjeuner.

— Reste. Faisons l'amour à la place.

— Désolée, Gemma n'est pas au top de sa forme. Et je sais que c'est en partie ta faute.

Je fis mine d'ignorer le reproche dans sa voix et je retins l'idée saugrenue, mais tentante, de jouer cette matinée crapuleuse aux cartes. J'avais eu mon quota de chance dernièrement. Dans le noir, Summer s'habilla puis elle m'embrassa à nouveau, avant de s'éclipser pour de bon.

Définitivement réveillé, je me levai à mon tour. Un café, un regard vers la ville et un toast plus tard, je me rendis au loft. J'y travaillai plusieurs heures, dans un silence parfait, avant de voir réapparaître Summer.

— Tout va bien ?

— J'espère. Elle nous a dit qu'elle allait accepter, mais Gemma est du genre à détaler devant l'obstacle.

— Quel est le problème au juste avec ton frère ?

— Son métier. Ça lui fout la trouille. Charlotte a partagé son expérience, et je lui ai expliqué les origines de la vocation de David. Elle ne savait pas tout, sur… notre passé.

Summer s'assit face à moi et prit le dossier qu'elle avait refermé elle-même la veille. Après réflexion, nous avions décidé de faire rénover sa maison, d'en faire un lieu d'accueil pour des enfants en souffrance. Summer voulait tout gérer de A à Z, quitte à en perdre le sommeil.

— J'aimerais aller visiter. Un jour, ajouta-t-elle devant mon air surpris.

— Bien sûr. On ira ensemble si tu veux.

Elle hocha la tête, perdue dans ses pensées. Dans ces moments-là, Summer décrochait, elle s'égarait dans ses souvenirs pendant plusieurs minutes, avant de revenir à elle.

— Désolée, je réfléchissais.

— Tout va bien ?

— Oui. Juste... Ça me fait bizarre, c'est tout. D'avoir fait un truc bien dans cet endroit. J'ai souvent rêvé de la raser, de la détruire.

— Je comprends. As-tu eu des nouvelles de ton père ?

— Pas depuis sa demande de pension. Le tribunal tranchera. Je refuse de le laisser me faire peur encore.

— Bonne idée. J'ai un autre projet pour toi.

Elle me fixa avec curiosité pendant que j'empilais mes dossiers les uns sur les autres. J'en sortis d'autres du tiroir, récoltant un haussement de sourcils stupéfait. Depuis nos deux courses très médiatiques, la Fondation avait un nom — un vrai — et nous recevions beaucoup de dons.

Finalement, je sortis ce que je cherchais : mon jeu de cartes.

— Un projet qu'on joue ? s'inquiéta Summer.

— Oui.

Je sortis une autre boîte, observant le visage de Summer se décomposer face à moi. Elle secoua la tête avec vigueur, incapable d'articuler un son.

— Pas de panique, il s'agit juste d'un porte-clés.

J'ouvris la boîte, laissant apparaître un dix de trèfle miniature, protégé par un étui en plastique. Son visage reprit des couleurs et elle se redressa.

— J'aurais pu opter pour une demande plus

traditionnelle, mais ça serait à l'opposé de notre histoire, non ?

— En effet.

Un sourire confiant s'étira sur ses lèvres. Elle me défia du regard, pendant que je poursuivais mon explication :

— Une carte. Si je gagne, tu acceptes qu'on vive ensemble. Nouvel appartement, nouveau départ et du café frais tous les matins.

— Alléchant. Et si je gagne ?

— Si tu gagnes, je ne ronchonne plus sur tes petits déjeuners matinaux.

— C'est inégal et injuste, râla-t-elle.

— C'est mon idée. Je n'ai jamais dit qu'elle serait équitable !

Elle croisa les bras sur sa poitrine, pendant que je m'emparais du jeu pour le mélanger. Ses yeux, dévorés de curiosité, passèrent de mes mains à la carte. Je retins un rire : Summer voulait gagner, c'était évident. Elle tenait tellement à sa liberté...

— Et si tu triches ? s'inquiéta-t-elle.

— Je ne triche pas. Tu veux mélanger ?

Elle hocha la tête et je lui tendis le jeu. Elle le mélangea pendant de longues minutes, les traits tirés par sa nuit écourtée et par une vague inquiétude. Avec délicatesse, elle posa le jeu sur mon bureau et m'invita à tirer une carte.

Je la pris, n'y jetai même pas un œil, et laissai Summer se servir.

— Gros enjeu, murmura-t-elle.

Ensemble. Maintenant. Pour toujours.

— Bel enjeu. Le plus beau, certainement.

— Me flatter ne changera rien au résultat.

D'un même geste, nous abattîmes nos cartes sur le bureau. Après une seconde de stupéfaction, nous éclatâmes de rire. C'était ce que j'aimais dans mon histoire avec Summer : la façon dont le destin donnait le rythme de notre histoire. Même si, la toute première fois, je l'avais un peu aidé.

Aujourd'hui encore, dans ce loft, nous avions décidé de laisser le hasard choisir pour nous.

Pour le meilleur.

Et pour elle.

Découvrez les autres romans

d'Emily Blaine

www.emilyblaine.com

Composé et édité par HarperCollins France.

Achevé d'imprimer en mai 2018.

CPI
BRODARD & TAUPIN

La Flèche
Dépôt légal : juin 2018.

Pour limiter l'empreinte environnementale de ses livres, HarperCollins France s'engage à n'utiliser que du papier fabriqué à partir de bois provenant de forêts gérées durablement et de manière responsable.

Imprimé en France